シューマンの指

奥泉光

シューマンの指

I

前略

二週間前に手紙を書いたばかりなのに、またかと思うかもしれないが、今回ばかりはどうしても書かなければならない理由があるのだ。これには貴兄もきっと驚く。いったいなんだと思う?……Nicht schnell!

まあ、そうあわてずに。じらすわけじゃないが、僕にも少しは報告者の喜びを味わせてほしいからね。

前の手紙で、この夏休みを使って、Jean Paul の故郷、Wunsiedel を訪れるつもりだと僕は書いた。Jean Paul で修論を書こうとしている人間としては、とにかく一度は見とかなくちゃならない。しばらくは Düsseldorf から出られないと思っていたら、奨学金の面接が予定よりずっとはやく終わったんで、貴兄に手紙を書いた翌々日に出発したというしだい。

Bayern 地方は日本人好みだというが、それは本当だ。僕もすっかり気に入ってしまった。食い物もうまい。Wunsiedel は感じのいい田舎町といったところ。Jean Paul の資料も、幸運な偶然がいくつか重なったおかげで、思いがけないものが手に入った。これも日頃の行いがいいせい（?）だろう。

Wunsiedel のあとは、Müünchen から Nürnberg、Bayreuth と回った。まるでおノボりさんだけど、留学の一年なんてあっという間だからね。行けるうちに行っておこうという了見さ。

Bayreuth では Parsifal を聴いた。振ったのは James Levine、評判はよかったが、僕はあまり感心しなかった。もっとも僕はもともと Wagner は好きじゃないからね。貴兄ほどの Wagner 嫌いじゃないにしても。とはいえ、自分の理想の音楽のために劇場をまるごと一つ作った Wagner の、気概というか、彼の企図した芸術の、片鱗には触れえた気がした。と、そういった話はまた今度の機会に。affrettando!

Bayreuth のあとは、この際だからというんで、Leipzig へ足を伸ばした。といっても、Leipzig は東ドイツ、軽く足を伸ばすというわけにはいかないんだが、実をいえば、最初からそこへ行くつもりで、用意はしてあった。ビザとかなんとか、色々と面倒なのはしょうがない。東ドイツは、はっきりいって、かなり荒れ果てている感じだ。まあ東西ドイツの情況なんて、こっちには関係ない。僕らがドイツと呼んでいるドイツは、実際のところ、1930年代までのドイツなんだからね。

Leipzigでは、J. S. Bachのトマス教会に行き、SchumannがClaraと住んだInsel通りの家を訪れた。ここでは毎週土曜日にサロンコンサートをやっている。僕が行ったのは木曜で、雨だったせいもあるが、訪問者は僕以外誰もいなくて、少々淋しかった。

もちろんZwickauにも足を伸ばした。けっこう不便なところなんだが、Schumannの故郷となれば、行かないわけにはいかないだろう?

駅を降りたら、案内所にもどこにも、シューマンのシの字すらない。それでもなんとか生家跡を見つけることができた。いちおう記念館ふうに整備されて、展示もそれなりに充実していた。小さなホールもあって、僕が行った日には、ちょうどコンサートが開かれていた。報告というのは、このコンサートだ。

時間をつぶす必要はあったんだけど、せっかくだから、僕は聴いていくことにした。午後の3：30開始だったかな。しばらく街をぶらついて、戻ってみたら、客席は満員で、といっても全部で200席くらい。ホールの規模からして室内楽だろうと思ったら、さにあらず。狭い舞台からはみ出す感じで、オケがずらり並んだからびっくりした。

プログラムはふたつで、最初が、Beethovenのレオノーレ序曲第2番、次が、

Schumann の a-Moll のピアノ協奏曲。

指揮は若いロシア人（名前は失念）で、オケは学生中心のアマチュアらしいんだが、悪くなかった。レオノーレ2番は、久しぶりに聴いたけれど、やはり名曲だね。オケは、弦はいまひとつ——とくにヴァイオリンのピッチ悪し——なんだが、管はいい響きをしていて、さすがの伝統といったところなんだけれど、しかしそんなことはどうでもいい。問題はピアノ独奏者だ。

誰だったと思う？　もしピアノの前にホロヴィッツが座ったとしても、僕はあれほど驚かなかっただろう。

ピアノを弾いたのは——永嶺まさとだった！

信じられないだろう？　僕だって信じられなかった。他人の空似かとも思ったが、プログラム（というほどじゃない紙切れだが）には、たしかに Masato Nagamine と書いてある。驚いただろう？　しかし、間違いなく、ピアノの前には、本物の永嶺まさと——修人と書いた方がいいかな——が座って、Schumann を弾いたんだ！

演奏はよかった。よかったと思う。以前に貴兄と一緒に武蔵野市民ホールで、永嶺の弾くソナタ3番を聴いたけれど、あれを遥かに上回っていたと思う。しかし、僕は音楽を聴くどころじゃなかった。その感じは貴兄には分かってもらえるだろうと思う。

終演後には話もした。演奏直後のピアニストというのは、昂奮しているせいか、やたらとしゃべるものなんだね。まあ、人によるんだろうが。そういえば、貴兄は、武蔵野市民ホールのコンサートのあと、打ち上げに行って、いろいろ驚かされたといっていたが、少し分かる気がした。

それで僕はきいてみた。Chicagoに留学していたはずのMasato Nagamineが、どうしてこんな所にいるのか？　夏休みを使ってヨーロッパに遊びに来たのだと、彼は答えた。ピアノを弾いたのは、アメリカでレッスンを受けている先生から頼まれたからだとも言っていた。先生の名前は忘れてしまったが、Berlin出身の女流ピアニストで、Schumannにゆかりのある人だそうだ。つまり、アメリカで僕らの「永嶺修人」はピアノを弾き続けていたんだ！

Doch!と、もちろん僕は叫んだよ。

テーブルの向かいでタバコを吸うピアニストの、右手の中指は普通に見えた。当たり前だ。たとえば義指だったとして、それでSchumannのコンチェルトが弾けるわけがないからね。僕は思い切って指の怪我のことをきいてみた。「永嶺修人」はなんて答えたと思う？

「指を切断しちゃったんだけど、ちょっとした方法で再生させたんだよ」と彼はいったんだ！　冗談めかした感じでね。

すごいだろう？　彼が本当にそういったんだからね。

ちょっとした方法とは何だと、僕はきいてみた。すると、古代エジプトに伝わる人体再生の秘法があって、それはアトランティスに由来する技術だとかなんとかいっていた。New York に人体再生の秘法を研究する機関があって、そこで治療したともいった。なんだか怪しい話だけど、「永嶺修人」の指が再生しているのは事実なんだから信じるしかない。そうじゃないか？　しかも、ただ再生しただけでなく、Schumann のコンチェルトを完璧に（それは完璧な演奏だった！）弾けるようになっているんだからね。

この問題に関しての貴兄の考えはどうだろう？　医者の卵である貴兄の専門的な意見を是非ききたいところだ。人間の指を再生する技術なんてものが、本当にあるのかないのか。それもただの指じゃない。ピアニストの指をだ！

いっておくが、Zwickau で Nagamine Masato のピアノを聴いたのは、嘘でも冗談でもない。全くの事実だ。僕はこっちでそんなに暇じゃないからね。

とりあえず報告は以上。時間ができたらまた書く。

草々

12／7／1984

鹿内堅一郎

里橋優様

留学中の鹿内堅一郎からは何通かの手紙を貰った。

右は、そのうちで唯一手元に残った一通を引き写したものである。他は二〇年余の年月のなかで失われてしまったが、たしか最後に貰った手紙には、ドイツ留学から戻って時間ができたら、シカゴを訪れてみるつもりだと書かれていたのを覚えている。

だが、鹿内堅一郎がシカゴへ行くことはなかった。彼には時間がなかったからだ。最後の手紙が書かれてまもなく、肺に腫瘍が見つかった鹿内堅一郎は、急遽帰国し、築地の病院に入院して三ヵ月後に死んだ。発見時、癌は肋骨にまで浸潤して、手の施しようがなかったとは、見舞いに行けず、葬式へも出席できぬまま香典だけ送った私に、鹿内堅一郎の母親が寄越した返礼の通信に記されていた。

日付が示すように、手紙が書かれたのが、一九八四年。

私は二五歳。東北の中心都市にある大学の医学部へ入って三年目だったはずだ。手紙を受け取った自分が、あのときどんな感想を抱いたのか、はっきりとは思い出せない。ただ覚えているのは、昆虫の翅《はね》のように薄い便箋に水色のインクで記された、読みづらい文字に一通り目を通しただけで、便箋を封筒に戻し机の引き出しに抛《ほう》り込んだことだ。

あの頃の私は、鹿内堅一郎が伝えてくるような事柄を一切受け付けなかった。事柄、というか、その気分をだ。ニュルンベルクでワーグナーを聴いて指揮や演出を云々する気分。ベートーヴェンを演奏するオーケストラを品評し、大バッハやシューマンの足跡を訪ねてライプツィヒに旅する気分をだ。

音楽文化が、とりわけ西洋古典音楽《クラシック》と呼ばれる音楽文化が、特定の「種族」によって担われるのだとしたら、私はその「種族」であることをやめ、音楽の圏域から逃れようとしていたのであり、音大を中退し医学部へ入り直したのもそのためだったといってよいだろう。鬱蒼と楠の茂る城趾公園を望むアパートの室《へや》には、ピアノはもちろんなかったし、レコードプレイヤーもなかった。ほどなくCDの再生装置は買ったけれど、かける音楽はジャズやポップス、あるいは落語に限られた。

それにしても、鹿内堅一郎の書いて寄越した内容は不可解である。人間はトカゲではない。蟹でもプラナリアでもない。もちろん組織再生のメカニズムは、皮膚や肝臓など、ヒトにも備わってはいるし、再生医療は世紀をまたいで急速な進歩を遂げつつある。失われた指の再生は決して夢ではない。いや、すでに豚の膀胱《ぼうこう》の細胞などから抽出したECM（細胞外基質）を使った、指を含む器官再生の技術は実現しつつある。だが、一九八〇年代前半の段階で、指の再生はとても考えられなかった。まして、鹿内堅一郎も書いているように、ピアニストの指を、である。

とれた指が残っていれば、接着し直すことはできる。しかし、永嶺修人の場合、右手中指の第二関節から先の部分が、永久に失われてしまっていた。永嶺修人が事故にあったのが一九七九年の夏。鹿内堅一郎の手紙が八四年。とするなら、鹿内堅一郎が東ドイツで見たという永嶺修人の姿を、どう説明したらいいだろう？

手紙の書き手が嘘をつき、私を担ごうとしているとは、考えられなかった。鹿内堅一郎は根っからの見栄っ張りではあるが、質《たち》の悪い冗談をいう人間ではなかったからだ。鹿内堅一郎が何かしら勘違いをしている、というのはありそうだった。たとえば、別人を永嶺修人と取り違える、あるいはツヴィッカウで永嶺修人に会ったのは事実として、ピアノを弾いたのは別人だったのに、そのように思い込んでしまった、といった具合に。

鹿内堅一郎は迂闊《うかつ》な人間だった。根っからのおっちょこちょいだった。そしてまた夢みがちな人でもあった。あるいは彼の見た永嶺修人とは、異国の旅人が知らずさまよいこんだ迷宮、そこに忽然現れ出た幻影ではなかったか。少なくとも、永嶺修人のピアノをもう一度聴いてみたいと、あの不幸な事故について、僅かながらであれ責任を感じていたはずの鹿内堅一郎が、自他ともに認める永嶺修人の崇拝者であったあの男が、密かに願っていたのは疑えないのであり、シューマンの協奏曲を弾く永嶺修人、その魅惑的な幻像が、異邦に独りある鹿内堅一郎の、夢みがちな頭からひょいと飛び出さなかったと誰がいえるだろう？

いや、そのようにいう私こそが、同じ幻影に捉えられなかったと、断言できるだろうか？　シューマンのコンチェルトを弾く永嶺修人の像を、羽毛の奥深くに護られたまま孵《ふ》化《か》しない卵のように、密かに抱いてはこなかっただろうか？

もし私が同じ幻をいまなお心に生かし続けているとするなら、音楽の圏域から逃れようとして、しかしついに私はそこから逃れえなかったというしかあるまい。

私が強烈にひきつけられていた音楽の圏域。その磁場の中心には、ピアノと、シューマンと、そして誰より何より、永嶺修人があったのだから。

*

シューマン《ピアノ協奏曲イ短調》Op.54。

バロック時代にチェンバロ協奏曲としてはじまり、モーツァルトの手で豊かに開拓された、ピアノ協奏曲というジャンルにおける最高傑作！

法学生をやめ、作曲家として立ったロベルト・シューマンは、最初ピアノ曲ばかりを書いた。その間、シューマンは、師事していたヴィークの娘、クララに恋をし、結婚を願い、しかしヴィークの反対にあう苦しい数年を経て、三〇歳になった一八四〇年、クララとの結婚に成功する。

突然歌い出した春の鳥のように、シューマンは歌曲を書き、この年だけで一二〇あまりの曲を作る。そして、翌年が「歌曲の年」に続く「交響曲の年」、次が「室内楽の年」と、シューマンはピアノ音楽から離れ、管弦楽曲へ、室内楽へ、また劇音楽へと、より宏大な音楽の沃野へ向かって才能と野心を羽撃《はばた》かせていくのであるが、《ピアノ協奏曲イ短調》は、シューマンの創作力が最も盛んだった一八四一年、第一楽章が《幻想曲イ短調》として書かれ、のちの四五年、二つの楽章を付け加えることでコンチェルトとして完成された。

作曲家シューマンについては、ピアノや歌曲など、小曲集形式において才能を発揮する一方で、規模の大きな楽曲では構築性に欠けるところがあるとの評価がなされてきた。だが、シューマン唯一のピアノ協奏曲である本曲を聴くなら、それが俗評にすぎないことは瞭然である。各楽章は明確な意匠の下で動機的に関連づけられ、主題は堅固な組み立てにおいて処理されて、高い構築性と奔放な幻想性をふたつながらに、ほとんど奇蹟のごとく実現している。

もう一つ、シューマンは管弦楽法に難がある、との悪評も昔からある。たしかにシューマンは、管弦楽の色彩感を追求はしなかった。加えて、バッハに深く学んだシューマンは、一つの旋律線が複数の声部に分かたれ、和声の糸に編み込まれる技法を多用し、そのため旋律が埋没しくすんでしまう傾向はある。しかしそれはシューマンの企みなのであり、彼の狙った対位法的効果を十全に発揮できない演奏者が無能なのだ。

シューマンに晦渋さがあるとしたら、それは伝統と前衛に橋をかけようとする彼の芸術的野心ゆえであり、楽譜に潜む魅力を十全に引き出しうるか否か、シューマンの管弦楽曲は、指揮者とオーケストラにとって一つの試金石といっていいだろう。誰が振っても「感動的」に盛り上がる、チャイコフスキーのごとき凡庸な音楽とシューマンは根本から違うのだ。

実際のところ、シューマンの管弦楽曲に名演といえる録音は多くない。演奏会でとりあげられる機会も少ない。そんななかで、ピアノ協奏曲は、ソロをとるのがピアノという「打楽器」であるせいか、ピアノと管弦楽とが混然と絡まり合い溶け合う、シューマンならではの音作りにもかかわらず、ソロパートが埋没することがないので、演奏の難しさはともかく、演奏効果を比較的発揮しやすい曲であり、シューマンの管弦楽作品のなかではプログラムに載る頻度が高い作品であるだろう。

私はこの曲を何度か実演で聴く機会があったし、本格的にではないけれど、自分でさらってみたこともある。レコードで一番聴いたのは、マタチッチが振ったリヒテルの演奏で(リヒテルは生でも聴いた)、リパッティのモノラル盤にもときおり針を落とした。最後にそれを聴いたのは、おそらく一九七九年。あれから三〇年、生でも録音でも聴いていないのは、さきほど述べたように、「音楽の圏域」を私が避けてきたからだ。

けれども、いまにして、自分がこの曲を、この三〇年の時間、密かに聴き続けてきたことを私は認めざるをえない。

「鼓膜を震わせることだけが音楽を聴くことじゃない。音楽を心に想うことで、僕たちは音楽を聴ける。音楽は想像のなかで一番くっきりと姿を現す。耳が聴こえなくなって、ベートーヴェンはよりよく音楽を聴けるようになったんだ」

永嶺修人はよくいっていた。そうして、私がこの曲を「聴く」とき、ピアノの前に座っているのは、リヒテルでもリパッティでもなく、永嶺修人その人なのだ。

＊

私は、シューマンのコンチェルトを弾く永嶺修人の姿をありありと思い描くことができる。

いくぶん高めの椅子に座り、両腕を鍵盤に向かってやや突っ張るようにした姿勢と、僅かに左へ傾けた首の形を想うことができる。速い楽句《フレーズ》を軽やかに粒だてようとするときには、すっと尻を後ろへずらして体勢を低くし、強くオクターブのユニゾンを叩き出そうとすれば、尻を浮かせ、ほとんど立ち上がるような格好で上から指を鍵盤に振り下ろす様子を想うことができる。難所にさしかかっては、何事か納得するかのように頭を小刻みに上下させ、カンタービレでは、音の流れに抗《あらが》うかのように、渓流の岩さながら軀を一所に固着させたまま、音楽に集中する永嶺修人を想うことができる。

第一楽章冒頭。あの、決然として、きらびやかなピアノの楽句を、永嶺修人は、速いテンポで、金属の青い火花が閃くように弾くだろう。それは鮮烈ではあるけれど、いくぶん冷たい印象を与えるだろう。続く、オーボエでまずは奏でられ、ピアノに引き継がれる第一主題は、氷塊の内側で炎が燃えるようであり、それは全体を支配する気分になるだろう。再現部の開始、全曲で最も印象的な、四分の六拍子の幻想的なアンダンテ・エスプレッシーヴォ、誰もが息を飲んで耳を傾けてしまうあの箇所を、永嶺修人は作曲家の意図に逆らい素っ気なく弾こうとするだろう。それでも、果実の冷たい外皮から果汁が滲《し》み出るように、シューマンに固有の夢見る気分や暖かみは、具体的な響きとなって現れ出ざるをえず、永嶺修人はやや苛立つ素振りを見せながら、熱い吐息とともに、遠い憧れに満ちた響きに身を委ねるだろう。

パッショネートの鮮やかな切り返しからは、シューマンの要求する名人芸的技巧に永嶺修人は楽々と応えていき、その頃には、冷たさの印象は消えて、沃野に吹く涼風のように、音楽は先へ先へと運ばれていくだろう。技巧的に困難な箇所でこそ音楽が豊かに大きく歌われるのが、永嶺修人のピアノの一番の特徴であり長所なのだから。

そしてカデンツァ。それ自体が一個の小宇宙をなしながら、全曲の構築のなかで的確な位置を与えられた、華やかでありながら慎ましくもある、情熱と憧憬と理知が一つになって輝き渡る、カデンツァの最高傑作！

永嶺修人が独り弾きはじめれば、ステージの照明が一段と光量を増したように感じられるだろう。なのにオーケストラは陰に沈んで、なにかそれまでとは全然違う出来事が起こりつつあると感じた聴衆は、艶やかな輝きに包まれたピアニストから眼を離すことができぬまま、最後のトリルが打ち鳴らされて、そこへ木管が重なってくる瞬間、何かしら完璧なもの、ありえざるものを目撃した印象に撃たれて、感嘆の溜息がいっせいに漏らされるなら、それは潮騒のようにホールに満ちるだろう。

第二楽章のインテルメッツォは堅実だが平凡だろう。けれども、不思議な響きのする推移部を経て、切れ目なく第三楽章のアレグロ・ビヴァーチェがはじまったとき、第二楽章の平凡さは、必要不可欠な平凡さ、この音楽の鮮烈さを際立たせるために必要な休止、あるいは助走だったと聴衆は知るだろう。難しいパッセージを驚くほど速いテンポで楽々と弾きこなす永嶺修人は、ときにはユーモアを感じさせさえする余裕ぶりで、オーケストラと楽しげに対話するだろう。オーケストラはピアノに翻弄されながら、ひとつも下卑たところのない頂点へ向かって駆けあがり、コーダでは無邪気に走り回るピアノをやさしく見守ることだろう。

いっこうに終わりへ向かう素振りを見せず、無窮動ふうに動くピアノの、それでも最後の上昇運動が終わり、ティンパニーが品よく轟けば、まもなく曲は慎ましく閉じられるだろう。

そのとき永嶺修人は、いま起こったことには何の関心もないといった様子で、薔薇《ばら》の色に紅潮するのではなく、樹林深くに潜んだ人の、葉の色を映し青褪《あおざ》めると見える顔をそっぽに向けて、また詰まらないことをしてしまったな、とでも嘯《うそぶ》くような薄い笑いを、異様に整った顔立ちに浮かべているだろう。

＊

アルフレッド・コルトーは、シューマンのコンチェルトの冒頭をきわめて遅いテンポで弾く。はじめてＦＭ放送で聴いたときには驚いた。全体にゆったりした、斬りつけるようなところが一つもない、肌理《きめ》細かく配慮の行き届いた演奏に、魅力を感じなかったのではないけれど、高校生の私は、再デビューしたマウリツィオ・ポリーニの正確無比な演奏ぶりに度肝を抜かれていたこともあり、コルトーはなんだか甘たるくて、ミスタッチが多いことも含め、感心できなかったと、永嶺修人に向かって感想を述べたのを覚えている。

「コルトーは、あの曲の本質をよく摑んでると思うよ。たぶんどんなピアニストよりも」

修人の返事は私には意外であり、不満だった。なにより、私は修人があのコンチェルトの冒頭を、誰より速く弾くだろうと確信していたからだ。

「しかし、永嶺だったら、もっと速く弾くんじゃないか？」

「速く弾くか、遅く弾くかなんて、どっちでもいい。問題は曲の本質が摑まれているかどうかさ。コルトーはきちんと摑んでいる」

そんなことも分からないのかと、苛立ち嘲笑する口調で、つまり音楽について語る際の特徴的な口調で修人はいった。私は納得できなかった。

「だとしても、ミスタッチが多すぎるよ」

「そんなの、問題にならない！」

修人は声の音量をややあげていった。どんなに激高し昂奮したときでも、冷ややかな無関心の影を表情や言葉に忍び込ませずにはすまない修人の口から、このときばかりは屈折のない言葉が直截に吐かれた印象があった。

「実際に演奏すれば、どんな名手だってミスタッチはする。それは避けられない。実際にどんな音を出したかなんて、どうだっていいんだ」

「だったら、ピアニストは、どうしたらいいんだろう？」

「簡単なことさ」と修人は、いつもの諧謔と冷笑が一緒になった表情をすいと取り戻していった。

「弾かなければいいのさ」

私は修人の言葉を、自信の裏返しと考えた。ああ、しかし、それはどれほど間違っていたことだろう！

＊

もちろん私には、あの不幸な事故のあとで、永嶺修人がピアノを弾いたとは、とても信じられなかった。当然だ。事故の起きた現場にこの私もいたのだから。

だが、鹿内堅一郎は信じた。彼がその眼で、シューマンを弾く永嶺修人を目撃したと証言する以上、それは当然だろうが、しかし人はきわめてリアルな夢や幻を見るものでもあり、いくら迂闊な鹿内堅一郎だって、そのことを知らぬはずはない。ましてE・T・A・ホフマンやノヴァーリスの名前をしばしば口にした鹿内堅一郎なのである。ツヴィッカウでの一場面が夢だったのではあるまいかと、鹿内堅一郎が繰り返し自問したことを私は疑わない。

いまは手元にない、留学中の鹿内堅一郎から届いた手紙には、謎の迷宮にさまよいこんだ人間の不安と恍惚、そして謎の解明への情熱が刻印されていたのを私は覚えている。鹿内堅一郎は、ツヴィッカウの永嶺修人から教えられた本を手に入れ、読みつつあると報告を寄越した。著者も書名も忘れてしまったが、古代から伝わる人体再生の秘法を紹介した本だと書いた鹿内堅一郎は、これを読むと、指の再生は本当にあると思えてくるとも書いていた。

いろいろな具体例を鹿内堅一郎は散漫に紹介していて、ほとんど忘れてしまったが、アレキサンダーの軍隊には、エジプトの魔法医が同行して、怪我を負った兵士の腕や脚を再生させたというエピソードとか、ローマ皇帝の奴隷になったトラキアの聖者が、イシスの神殿で心霊手術を行ったといった話があったはずだ。

中世では、医師であり錬金導師であったパラケルススが人体再生の知識を体系化したものの、秘密にされて、一部の結社にだけ伝えられた、というあたりは、一九八〇年代に流行したオカルト本の一種であることは間違いなく、鹿内堅一郎は、専門のジャン・パウルそっちのけで、パラケルススにのめりこんでいる様子で、最後に貰った手紙では、プラハにあるパラケルススの研究団体を訪れ、パラケルススと交霊して人体再生の秘術を訊ねてみたいなどと、正気とも思えぬことを書いていた。

若くして死んだ鹿内堅一郎は、迷宮をさまよったあげくに斃《たお》れたのではないかと、いまにして私は考えてしまう。ツヴィッカウで永嶺修人の幻影に出会った鹿内堅一郎は、シューマンのコンチェルトを聴くのと引き換えに命を奪われたのではあるまいか、などと、それこそホフマン風の物語まで浮かべてしまう。たしかに、指を再生させた永嶺修人の弾くコンチェルトを聴いたと、鹿内堅一郎があくまで信じていたとするなら、それは狂気の穴底へ身を屈ませ、暗黒の奈落を覗き込むことを意味したのは間違いないだろう。

私は信じなかった。信じなかっただけでなく、鹿内堅一郎の手紙を含め、「音楽の圏域」にあるもの一切合切を、かたく心の奥底に封じ込めた。私はすべて忘れようとし、実際に忘れた。

けれども、永嶺修人の弾くシューマンのコンチェルトは、私の魂に棘となって刺さり続けてもいた。棘はときに熱を持ち、長い不眠の後の、あるいは宿酔に苦しむ寝床の、眠りと覚醒のはざまの曖昧な領域で、夢とも想像ともつかぬ幻影を暗がりに描き出した。

いずことも知れぬ穴蔵のような地下ホール。勢揃いした燕尾服のオーケストラは、音楽の魔に憑かれ、墓から起き上がった死人たちである。ピアノの前に座り、弾き振りで指揮をする永嶺修人が、悪魔の秘術を使い、死者を蘇らせたのだ。彼らの奏でる音楽は、きわめて甘美なのだけれど、胸が悪くなるような腐臭が漂いもして、誰かが、香水漬けにされた鼠の死骸がどこかにある、と私に教える。

艶やかで官能的でありながら、どこかだらしのない音楽には、やがて調子外れの金切り声や、絞め殺される豚や鶏の悲鳴が入り混じり出し、そこに酔漢の調子外れの歌声が加われば、舞台は狂躁の馬鹿騒ぎに変わって、香水の瓶が割れて飛び出したたくさんの鼠がそこらじゅうを駆け回る。

その間、黒い衣装の永嶺修人は色白の整った顔に冷ややかな笑いを浮かべ、翼を拡げた大鴉のような黒いコンサート・グランドの鍵盤に、腐肉にたかる蛆《うじ》の外皮みたいにぬめぬめと生白い指、一本も欠けずに一〇本揃った指を貼りつかせ、それは機械仕掛めいてカクカク音をたてて動くのだ。私は起き出し、便所で吐いた。それは宿酔のむかつきだけが原因ではなかっただろう。

私のなかで棘が永く熱を保ち続けたのは、しかし、鹿内堅一郎の手紙だけが原因ではなかった。それだけなら、永嶺修人の幻は、医大を卒業してインターンを経たのち、麻酔科の勤務医として、東北の雪深い田舎町の総合病院にはじまり、母校の大学病院から大阪の外科病院、研修を兼ねて行ったサンディエゴの国際医療センター、日本へ帰ってまた二、三の転勤ののち、川崎にある癌治療専門病院に職を得た現在に至るまでの、決して暇であったとはいえない暮らしのなかで、あるいは、インターン時代に結婚し、三年目に離婚するという、人並みに波乱のあった人生のなかで、しだいに影を薄くし、やがては霧消していただろう。

そうならなかったのには理由がある。

鹿内堅一郎が死んで二年ほど経った頃、祖母の葬式で東京の実家に帰省した私は、音大時代の同級生に偶会し、永嶺修人の噂を聞いたのである。

＊

私が音楽大学に在籍していた七〇年代の終わり、マルタ・アルゲリッチは絶大な人気を誇っていたが、アルゲリッチを真似てか、黒い髪を長く伸ばした同級生は、なかなかエキゾチックな美人でもあったから、マルデ・アルゲリッチと渾名《あだな》されて、男子学生の人気を集めていた。あるとき私は彼女の弾くショパンの三番のソナタを聴く機会があったが、破格に速いテンポは、なるほどアルゲリッチを思わせるものがあり、しかし、似ているのはテンポだけで、ピアノの腕前とセンスは、残念ながら、アルゲリッチとは似ても似つかないのであった。

私は音大にはごく短い期間しか在籍しなかったけれど、マルデ・アルゲリッチは同じ合気道の同好会に所属し、私が医大へ移ったあとも、仲間と一緒に東北旅行をした際にアパートを訪ねてくれたりして、私の音大時代の唯一の知り合いといってよかった。

大学を卒業してまもなく銀行員と結婚し、来週には転勤する夫について中東へ旅立つ予定だというマルデ・アルゲリッチは、吉祥寺パルコの、街路を見下ろす硝子貼りの喫茶店で向かい合わせに座った私に、一年ほど前、まだ結婚前だった夫が勤務していたシカゴを訪れたのだと語った。

そのとき、自身もヴァイオリンを弾く未来の夫とシカゴ響のコンサートへ行き、帰りにプロポーズを受けた、その経緯は私の興味をひくものではなかったけれど、「プログラムが、トリスタンの前奏曲と『愛の死』。あれを聴いたあとで、婚約指輪を渡す神経ってどうなの？　なんだか、ちょっとシラケない？」と、ヴァージニア・スリムの煙を吐きながら皮肉に笑う彼女の姿は印象に残った。転勤の準備で忙しくて仕方がないと零しながら、私を喫茶店に誘って長々とおしゃべりをする様子を含め、マルデ・アルゲリッチの結婚生活、および人生観についてはいろいろと考えさせられるところはあったけれど、それはいまはどうでもよい話である。

永嶺修人がピアノを弾いているらしいと、マルデ・アルゲリッチは、そのとき、いったのだった。らしいと、憶測になったのは、彼女が実際に演奏を聴いたのではなく、地元の新聞で永嶺修人についてのコンサート評が出ているのを読んだだけだからである。

永嶺修人は日本の大学へは進まず、高校を中退してシカゴへ留学したから、マルデ・アルゲリッチとは接点はなかったけれど、あの当時、一時の淡い夢であれ、ピアニストを志したことのある者なら誰でも、永嶺修人の名前は知っていたのである。まずは「東洋の真珠」と謳われた名ピアニスト、藤田玲子の息子として。そしてなにより、将来を嘱望された早熟の才能として。

永嶺修人が指に怪我を負い、ピアニストとしての将来が閉ざされた話は彼女も知っていた。けれども、彼女が永嶺修人の新聞記事の話を、家で子猫が生まれた程度の気軽さで口にしたのは、修人の遭った「事故」の深刻さまでは知らないからに違いなかった。彼女は修人の傷が癒えて、演奏活動を再開したのだと、信じて疑っていなかった。

マルデ・アルゲリッチは、永嶺修人が大学で数理哲学を専攻しているのを新聞で知ったといい、やっぱりできる人は違うと、嘆息した。音大の「画一的な」教育法は、真に才能のある人間にとって有害だとの思想は、この頃すでに広く流布して、つまり永嶺修人がアメリカで音楽学校へ通わず、幅広い知識を養いながら個人レッスンで腕を磨いていることこそ、彼の一流の証しだと、彼女は考えているのだった。

「子供ができても、絶対に音楽はやらせないわ」

煙草の煙の向こうで漏らされたマルデ・アルゲリッチの言葉の陰には、中学高校時代、受験のために必死で練習をし、和歌山から毎週のように飛行機で東京へレッスンに通うまでの苦労を重ねて、ようやく音大へ入る程度の才能ではどうにもならないと、思い知らされてきた苦い時間の堆積があった。

後にマルデ・アルゲリッチは子供を持たぬまま離婚し、スウェーデン人の恋人と旅行中、南米でホテル火災に遭って亡くなった。彼女が子供を欲しがっていたと聞いた私は、その不毛と、悲惨な死の運命を、永嶺修人に結びつける誘惑に勝てなかった。鹿内堅一郎の場合と同様に。失った指を魔的なやり方で再生した永嶺修人に近づく者は、必ず死と破壊の魔力に捉えられてしまう……。

もちろん私はマルデ・アルゲリッチの報告を信じなかった。実際に演奏を聴いたのならともかく、記事で名前を見たというだけでは、信用しろという方が無理である。私は永嶺修人の怪我の詳細を彼女にはいわず、この話題は、同級生や知人らに関するとりとめもない噂話の淀みに紛れ消えるはずだった。

けれども、マルデ・アルゲリッチは私の表情に浮かんだ不審を見逃さなかったらしい。信じないのなら、新聞の切り抜きを取ってあるから、あとでコピーを送るといった。切り抜きをしたのは彼女の夫で、彼は中学生時代、音楽コンクールに出て、同じコンクールでピアノを弾いた永嶺修人の名前を、それが必ず楽壇で際立つ名前になるとの確信とともに覚えていたのだという。記事の切り抜きは翌週、「いま成田。コピーするひまがなかったので、そのまま送ります」のメモとともに送られてきた。

Chicago Church Street Journal 4/11/1985――と欄外に印刷された新聞の囲み記事である。

＊

私は、今回、手記を書くにあたって、実家の押し入れに仕舞われていた学生時代のノートやらなにやらを探ってみた。そう多くはないレコードと、大量の楽譜。定期的に購読していた音楽雑誌と音大時代の教科書の類。単純に懐かしいということのできないそれら品々のなかに、新聞記事は、冒頭に掲げた鹿内堅一郎の手紙と一緒に紛れていた。だから鹿内堅一郎の手紙と同様、ここに正確に引き写すことができる。もっとも全文を掲げても仕方があるまい。ざっと紹介すればすむだろう。

「一〇月三一日(木)、退役軍人記念会館の小ホールでチャリティー・コンサートが行われた。出演したのはいずれも若い演奏家で、最後に登場したMasato Nagamineのピアノは、完璧な技術と高い音楽性で聴衆を魅了した」とまずは書いた記者は、続いて、二四歳になる日本人ピアニストが、Chicago City Univ. の School of Mathematics & Science に在籍して、数理哲学を専攻する学生であり、有名なピアニストを母親に持つこと、一二歳のとき、Hannah Mahle International Piano Competition のジュニア部門で優勝したことを紹介している。

いま、黄色く変色した英文の記事を読むなら、Masato Nagamine が永嶺修人であるのは、疑いようがない。だが、この切り抜きを受け取った時点で、私はどう考えたのだったか。はっきりとは思い出せないが、欄外の日付の一九八五年、その時点で永嶺修人がピアノを弾けたはずはなく、とするなら、記事自体に何か大きな誤りがあるか、そもそもこの記事が捏造——そのようなことをする目的は分からぬが——であるとするしかない。いや、もう一つの答があった。

すなわち、鹿内堅一郎が信じたように、永嶺修人が指を再生したという、奇怪な事実を認めることである。あるいは、あの時点で私はそれを半ば認めていたのではなかったか。だからこそ、記事についての詮索は一切せず、眼につかぬ場所に即座にしまいこみ、永遠に封印しようとしたのではなかったか。

記事の最後には、当日の出演者と曲目が記されている。Masato Nagamine の出番は一番最後、サン＝サーンスの《ヴァイオリンソナタ第一番》を弾く女性ヴァイオリニストの次で、曲は、シューマンの《ダヴィッド同盟舞曲集》Op.6。

このプログラムを見たとき、私は、時間が突然逆流して、見知らぬ地境へいきなり連れ出されたような、激しい目眩《めまい》に襲われたのを覚えている。

なぜなら、《ダヴィッド同盟舞曲集》こそ、シューマンを巡って永嶺修人との間で交わされた会話のなかに、最も印象深い形で登場した曲だったのだから。

＊

シューマンのピアノ曲には、思いつくまま並べても、《謝肉祭》Op.9、《幻想小曲集》Op.12、《子供の情景》Op.15、《クライスレリアーナ》Op.16、《ノヴェレッテン》Op.21、

《ウィーンの謝肉祭の道化》Op.26、《森の情景》Op.82と、小曲集形式の作品が数多くあるが、《ダヴィッド同盟舞曲集》Op.6もその一つで、シューマンがクララ・ヴィークと密かに婚約をした一八三七年に書かれた、九曲ずつの二巻、計一八曲からなる作品である。

これらの作品に共通し、かつシューマンの個性を際立たせる特徴は、一曲一曲が機智に富んだアイデアと色彩感に満ちていると同時に、全曲が有機的に結びつけられ、緊密な構築性——ときには夢想の力がこれを壊しかけることはあるにせよ——を示すところにあるだろう。その意味で、シューマンはピアノソナタを書くセンスでこれら小曲集を書いたのだ、というのは、永嶺修人が繰り返し主張した意見でもあった。

「シューマンが作曲をはじめたのが、ポスト・ベートーヴェンの時代だったということは、決定的だったと思うな」と一五歳の永嶺修人はいった。学校から駅へ向かう道筋にあるドーナツ屋の、狭い店内に一つだけ据えられた、六人も座れば一杯になる卓で。好きなシナモンドーナツを齧《かじ》りながら。

「だって、あの三二曲のソナタのあとで、いったいどんなふうにソナタを書いたらいいんだろう？　誰だってそう思うんじゃないかな」

並んで座った私は珈琲を口にしながら頷いた。永嶺修人と話すとき、私は聞き役に回るのが常だった。二つ年下ながら、修人は私にとって先生だったのであり、修人の方は、音楽について言葉を費やすことに対して、才能を若くして開花させた人間に特有の、シニカルな態度を貫きながら、それでもときに音楽論を口にすることは、修人にとって生理的な欲求ともいうべき何かだった。熱を帯びて語られる修人の音楽論、稚拙なところはあるにせよ、鋭い洞察に貫かれた音楽論の、忠実な共鳴板として私は選ばれていたのだろう。

学校からの帰り、私たちはよく駅まで一緒に歩き、道すがら、あるいは駅のベンチで電車を何本かやり過ごして、語り合い、稀にではあるけれど、ショーケースに様々な色形のドーナッツが並ぶ店にも足を運んだ。

「ベートーヴェンは、ピアノソナタというジャンルを完成させた。と同時に、それを壊してみせた。後期の、とりわけ最後の作品一一一のc-Moll《ツエーモル》は明らかに破壊だろう？　偉大な完成者が自分で解体してみせるところまでやり尽くしたジャンルで、後からきた人間に何ができるだろう？」と修人は問いを発し、それへのシューマンの解答が、小曲集形式なのだと自答した。

シューマンの小曲集は、たとえばシューベルトの即興曲集などとは違い、個性ある楽曲をただ並べたものではない。全曲が幾つかのモチーフで緊密に結びつけられ、一個の構築物となるよう設計されているのであり、この構築への意志こそが、ベートーヴェンが確立発展させたピアノソナタの精神だと、修人は主張した。

「シューマンは小曲集でソナタを書いたんだ」とは永嶺修人の得意のフレーズで、私も同感だった、というより、私は修人の忠実な生徒だったというべきだ。あの頃、シューマンに関わる私の知識はすべて修人からもたらされたものだったのだから。

たしかに、作品の統一性がもたらす力感と、各部の性格の多様性という、矛盾した方向性を同時に追求したのがベートーヴェンのソナタであったとするなら、同じ理想をシューマンは小曲集形式に求めたとするのは、おそらく正しいだろう。もちろん当時の私は、そこまで理解を深めるだけの知識と経験を欠いていた。逆にいうなら、修人が一五歳にしてすでに、そうした認識に到達していたことこそ驚異だといってよいだろう。

修人が講義をする。それは幾度も聴いた話である。修人は同じ話を繰り返して語ることを厭がらなかった。というより、それはその都度、彼にとっては新鮮な話だったのだと思う。同じ曲を何度も弾いて飽きぬピアニストのように。

鈍い生徒の役を引き受けていた私は、いちいち頷きながら、ときに納得いかないふうを装い、すると修人は、冷ややかな笑いの底に子供じみた無邪気な嬉しさを隠せぬまま、言葉を重ねてくるのだった。

いま考えれば、あれだけ鋭敏だった永嶺修人が、私の「ふり」に気付かなかったのは不思議である。あるいは修人は修人で無邪気さを装うことで、私との関係を壊さぬようにしていたのかもしれない。どちらにしても、修人は最後まで「教師」の役を降りることはなかった。

話題はほとんど音楽のことだった。永嶺修人は気まぐれで、こちらの反応におかまいなく一方的に喋り続けることもあれば、私が提供する話題にまるで熱のない応対をすることもあった。そんなときでも、かまわず私は話し続け、修人が話に乗ってこぬまま駅で別れることも多かったけれど、何かの拍子に、無関心の殻が割れて言葉が溢れ出すことがあり、そんな場合の修人の口調はひときわ教師然として、彼の言葉をもっと引き出したい私は私で、いよいよ鈍い生徒を演じたのだった。

とりあえず語りはするものの、語る内容に自分は本来関心がないし、自分には係わりがない、といったふうな斜《はす》に構えた姿勢を修人はとることが多かったのだけれど、そうした無関心の沼底に、情熱、と呼んでよい精神の魚が仄見える、いや、ときには水底から白銀の鱗を輝かせた知性の魚が躍り上がってくる瞬間があって、それこそが私の望んだものだった。

＊

あれは学校の定期試験の終わった日だった。

成績など気にかけているとは思えない修人にも、解放感はあったのだろう、梅雨が明けたばかりの、夏の強い日差しのなか、青々とした葉をつけた銀杏《いちょう》並木の公園を抜けて、商店街を駅へ向かうあいだじゅう、修人は喋り続け、ドーナツ屋に寄ることを提案したのも修人だった。

シューマンが、ピアノ音楽のジャンルにおいて、奔放な幻想と伝統の形式のはざまでいかに卓抜な創造性を発揮したか。枝葉を払ってしまえば、修人の話は結局、いつでもそのようにまとめられるもので、この日の「講義」も私にとっては目新しい内容ではなかった。私はよく知る曲の演奏を聴いて楽しむ人のように、修人の話を耳に入れていたのである。

しかし、この日は予想外の展開が待っていた。ドーナツを食べ終えた修人は、ふいに鞄に手を伸ばした。それはいつも修人が持つ黒い学生鞄ではなく、ふわふわした毛のついた、小さな獣を連想させる不思議な鞄で、修人はそこから楽譜を取り出したのである。鞄に楽譜が入っていたことにも驚いたけれど、修人が粉砂糖のついた手で無造作に頁を繰りながら、具体的な音符の動きに即して解説をはじめたから、私はいよいよ仰天した。

私はその後、幾度となく、並んで座った私と修人が、頬と頬を寄せ合うようにして、互いの息の熱を感じられるほどの近さで、一つの楽譜を覗き込む場面の到来を熱望した。しかし、そのような機会は結局、この一回きりで、二度と訪れることはなかった。これは私に突然与えられた、思いがけない贈り物だった、といってよいのだろう。

そうして、このとき、粉砂糖の散ったドーナツ屋の合板の卓に置かれた譜面、鉛筆の書き込みで真っ黒に汚れた楽譜こそが、ヘンレ社版の《ダヴィッド同盟舞曲集》Op.6 なのだ。

＊

ダヴィッド同盟とは、死後埋もれていたシューベルトの楽曲を発掘し、ショパンの才能をドイツ楽壇に紹介し、ベルリオーズ《幻想交響曲》の先進性を詳細に分析するなど、批評家として活発な文筆活動をなしたシューマンが作り出した架空の団体で、つまりは音楽俗物のペリシテ人と闘う英雄ダビデというわけである。旧約聖書「サムエル記 上」の、巨人ゴリアテを倒す青年ダビデの物語は、西洋人には馴染みのものなのだろう。

シューマンに惚れ込んでいた永嶺修人は、自分もダヴィッド同盟の一員だといい、私にもそうなるよう勧めたのは、修人のときおり見せる子供らしい一面だった。私と修人は一時期たしかにダヴィッド同盟員だったのであり、単純に懐かしいとは呼べない心の疼きとともに私はそれを回想するのだけれど、このことはまた後に語ろう。

シューマンのダヴィッド同盟の主要な構成員は、フロレスタンとオイゼビウス。明朗闊達、万事に積極的なフロレスタン。内向的で思索的なオイゼビウス。外へ向かう解放性と、内への、深みへの沈潜。二つの対照的な人物像に仮託して、シューマンはときに戦闘的に、ときに内省的に評論活動を行ったのだが、彼らは文筆にとどまらず、作曲の場においても活躍する。というより、シューマンにとって、文筆と作曲は一つのものだったといってよいだろう。《謝肉祭》Op.9では、第五曲に《オイゼビウス》、第六曲に《フロレスタン》のタイトルが付けられ、終曲はそれこそ《ペリシテ人と戦うダヴィッド同盟の行進》である。

クララと密かに婚約した一八三七年に書かれた《ダヴィッド同盟舞曲集》では、一曲一曲の最後に、フロレスタンないしオイゼビウスの署名が記され、これは夢想されるクララとの結婚の舞踏会をフロレスタンとオイゼビウスが描写した音楽であると、シューマンは手紙で書いている。

「音楽による描写」は、バロック時代からあり、一九世紀末には交響詩という形で一つの完成をみる。けれども、「描写」に「かたり手」を設定するという発想は、おそらくシューマンだけのものだろう。シューマンの方法は詩ではなく、小説のそれなのだ。

シューマンと小説の結びつきは深い。《蝶々》Op.2では、ジャン・パウルの小説「生意気ざかり」の第六三章、仮面舞踏会の場面から直接音楽が導かれる。あるいは、《ノヴェレッテン》Op.21などは、そのまま「小説集」というタイトルである。しかし、小説作品から霊感を与えられる、というにとどまらず、シューマンの小説的な発想は、対位法の物語的な扱いや、視点人物が移り変わるかのごとき調性の動き、音名の暗号を密かに忍び込ませる遊びや諧謔など、作曲の方法そのもののなかで随所に見られる。

結婚の舞踏会が華やかに浮き立つ気分に溢れているのは当然だけれど、同時に、シューマン特有の憂鬱が紛れ込んで、それは結婚がいまだ許されぬ不安を反映していると考えることもできるだろうが、しかし、後年の、精神に破綻をきたし、ライン河に投身したあげく、精神病院の一室で死んだシューマンの姿を知る私たちは、華やかな舞踏会の喧噪のなかに「死」と「狂気」がはやくも暗い顔を覗かせていると感じないわけにはいかない。仮面舞踏会の貴族の館に近づく「紅き死の仮面」の足音が遠くに聴こえるのだ。

いまはまだ幽《かす》かな気配に過ぎないけれど、やがてそれは、フロレスタンもオイゼビウスも等しく呑み込んで、ラインの黒い水のなかへ、泡立つ暗黒の淵へ沈めてしまうだろう。

「この第一曲、最初の五小節だけ、跳ねるリズムになっているんだけど、六小節目からは全然違う音楽になっちゃう。これはクララの作ったモチーフってことなんだけど、序奏というには短すぎるし、最初の五小節だけ、無理にあとからくっつけたみたいに見える。一つの曲を弾きはじめたけど、急に気が変わって別の曲を弾き出した、そんな感じがしない？」

修人は珍しく熱の籠った調子で語った。

「シューマンの曲はどれもそうだけど、一つの曲の後ろ、というか、陰になった見えないところで、別の違う曲がずっと続いているような感じがするんだよね。聴こえていないポリフォニーというかな。音楽を織物に譬《たと》えるとしたら、普通は縒《よ》り合わさった糸が全部見えている。なのにシューマンは違うんだ。隠れて見えない糸が何本もあって、それがほんのたまに姿を見せる。湖に魚がいて、いつもは深い所を泳いでるんだけど、夕暮れの決まった時間だけ水面に出て来て、背鰭《せびれ》が湖に波紋を作り出す、というような感じ。そういうふうにシューマンは作ってるんだよ」

修人は乱暴に譜面を捲《めく》った。

「リズムなんだ。結局はリズムのせいなんだ。たとえば、この第六曲の八分の六拍子、右手と左手のアクセントが全然ずれてる。まるで違う曲が混ざり合ってるみたいだ。こんなことをするのはシューマンだけだよ」

このとき、粉砂糖のついた指でぴしぴしと小気味よく音をたてて譜面を捲りながら、動機の扱いの晦渋さや、目まぐるしく変転して捉え難いリズムや、不可解な和声の動きのなかで密かに企まれたシューマンのアイデアを次々と指摘し解説する永嶺修人が、シューマンに固有の暗く虚《うつ》ろな影を感じていなかったはずはない。

私は覚えている——。

「このモチーフなんだよ」修人はぐるぐると幾重にも鉛筆で囲んだ箇所を指した。

それはInnig（内的に）と指定のある第二曲、冒頭三小節目から四小節目にかけて、F♯からA♯まで下降するフレーズだった。

「このモチーフは、この曲だけじゃなくて、シューマンのピアノ曲のほとんどに登場する。なんでシューマンは、こんなに同じフレーズにこだわるのか、不思議じゃない？　僕はこれを見ると、なんだかドキッとする。たとえば、いろいろなところへ旅行をして、いろいろな風景を眺めたとして、そこに必ず同じ人物が立っていたら、おかしいだろう？　旅行に行って、何気なく写真を撮って、どの写真にも、必ず同じ人物が写っていたら、びっくりしない？　するよね。僕は、この音符の陰に、何かが隠れているような気がするんだ」

「死」と「狂気」が隠れているのだ。と、いまの私なら応えるだろう。だが、ことさらに冴えたところのない、ごく平凡な高校生だった私は、そのようなことにはまるで思い至らず、あるいは修人がこのとき、シューマンに重ね合わせるようにして、自己の運命を予感していたのかもしれない、その不安な魂の奏でる響きを聴きとることはできなかった。私はただひたすら、修人のシューマンの音楽への思い入れに感嘆するに終始した。

天才が、その内なる情熱を真っ直ぐに吐露しているのだ、と素朴に理解した私は、昂奮し、だからこそ、普段は修人に向かって絶対に口にしない言葉を吐いたのだった。

「君の弾くダヴィッド同盟、是非とも聴いてみたいな」

修人が、どんな形であれ、人からピアノを弾いて欲しいと請われることを、極端に嫌っているのを私は知っていた。けれども、修人の楽譜への熱中ぶりに煽られた私は、それでもなおいわないわけにはいかなかったのだ。

顔色が変わるという表現がある。このときの修人の表情がまさにそれで、手ひどい裏切りにあって傷ついた人の、絶望と怒りが一つになった冷めたい火が薄い肌の下で一瞬燃えあがり、しかし、それはたちまち消えて、あとには虚ろで弛緩した笑いの浮かぶ、劣化した分厚いゴムの仮面が残った。

「僕が弾くわけないさ。だって、弾く意味がない。音楽はここにもうある」

修人はいい、《ダヴィッド同盟舞曲集》の楽譜を軽く指で叩いた。

「僕はもうこの音楽を聴いている。頭のなかでね。だったら、いまさら音にしてみる必要がどこにある?」

＊

マルデ・アルゲリッチが送ってくれた新聞記事を、鹿内堅一郎の報告と同様、私は信じなかった。信じられる道理がなかった。記事には何かしらの錯誤——手品のトリックのように、知ってしまえばひどく単純なからくりがあるのは疑えなかった。そもそもChicago Church Street Journalなるものが、どんな新聞なのかも分からないのだ。

けれども私は、それ以上調べてみることも考えることもせず、鹿内堅一郎の手紙と同じく、ほとんど一瞥しただけで、切り抜きを机の引き出しにしまい込んであとは忘れた。私は永嶺修人にまつわる一切を封印した。

その後、永嶺修人の噂は二度聞いた。二度とも、私の妹がどこかから聞いてきたもので、一つは永嶺修人がデンバーのIT企業に勤めているとの話、二つ目は、父親の葬儀で日本へ一時帰国したらしいという話であり、ともにピアノにまつわる情報はなく、永嶺修人がピアノを弾いたという話は二度と聞かれなかった。

私は永嶺修人を忘れた。彼のピアノを忘れた。彼の語るシューマンを忘れた。冷笑のなかにときおり浮かぶ、子供っぽい興味に輝く瞳を忘れた。小馬鹿にした口舌を貫いて密かに響く音楽への情熱を忘れた。透き通るように白くて、物事に集中するといよいよ青ざめる頬、それと対照して際立つ紅をひいたように赤い唇を忘れた。無造作に伸ばした癖のない髪を忘れた。長い睫毛《まつげ》に縁取られた、覗き込まれるたび何か特別の瞬間が到来したかのような驚きをもたらす黒い眸《ひとみ》を忘れた。意地が悪く、悪ふざけが過ぎたと思うと、さらにいっそうあくどくなる振る舞いを忘れた。冷え冷えとしたその孤独を、跳ね回る子供の無邪気さを、ピアニストを弾く人間にしては小さい手と、妙にほっそりして見える白い指を忘れた。

そうして三〇年の光陰が過ぎ去ったいま、私は封印を解こうとしている。とたんに、ホールの防音扉を開いて聴こえてきた音楽さながら、さまざまな記憶や感情や思考が溢れ出るのを私は押さえきれない。それらはオーケストラの音合わせみたいに、整頓を欠いて一遍に押し寄せようとする。

私はあれほど避けてきた音楽の圏域のただなかにいま自分があるのを感じる。磁気嵐のごとき混乱下にあるその場所では、《ピアノ協奏曲イ短調》を、《ダヴィッド同盟舞曲集》を弾いている修人がいて、私はもっとよく音の聴き分けられる、ピアノの傍らへ駆け出したくて仕方がない。

しかし、急ぐのはよそう。すでに私は急ぎすぎてしまった。封印は少しずつ解いていくべきだろう。

音楽は、とりわけ西洋のいわゆる古典音楽《クラシック》は、一つの建築物であり、それ自身小宇宙をなすものであるけれど、不可逆性を有するところに建物との違いがある。音楽は全体を一遍に受け取ることはできず、時間のなかで順番に聴かれるしかない。物語もきっと同じだろう。順々に、根気よく語っていかなければならないのだろう。

Sehr langsam——きわめてゆっくりと。

緩徐楽章たるべき次章には、シューマンが愛用したこの指示記号を付そう。

II

私がシューマンを聴いた最初は、家にあったレコードに収録されていた《トロイメライ》である。

東京西郊、多摩丘陵を拓いた公団住宅に家族と住む、ガス器具販売会社に勤める父親に、音楽の趣味はなかったけれど、電化製品には著しい興味があって、テレビも二槽式洗濯機も普及しはじめの初期に購入し、エアコンでも電子レンジでも空気清浄機でも、新製品にはいち早く飛びついた。ステレオ装置を買ったのも、電化製品好きゆえのことで、ステレオ購入時に一二枚組の世界名曲全集を買ったきり、あとは一枚のレコードも自分では買わなかったことからもそれは分かる。

あの頃――とは、一九六〇年代から七〇年代、各出版社は競って名曲全集の類を出していた。家にあったのもその一つで、レコードに写真や文章で構成された解説のついた美麗な装丁の本が、狭い居間の、スピーカーとアンプ、チューナー、レコードプレイヤーが一体になった、四本足の家具調ステレオの横の書棚に収まっている図は、この時代の下層中流家庭の典型的な風景だろう。

名曲全集は書棚の一番下段にあり、上には平凡社の世界大百科事典と筑摩書房の世界名作全集が並んで、しかし、それらはほとんど引き出される機会はなく、置物やら写真立てやらの奥にひっそりと佇んでいたのだけれど、やがて名曲全集だけが頻繁に出し入れされるようになったのは、家の息子、つまり私のせいだ。

母親の意向で、私は五歳からピアノを習わされ、苦痛に思ってはいなかったけれどとくに音楽が好きだとの自覚もなかった。それがもうすぐ中学生になるという時分、突然目が覚めたように、音楽の世界が眼前に開けてきた。最初に好きになったのは、当時流行《はや》ったグループサウンズで、そこからベンチャーズやらモンキーズやらドアーズやら、ラジオから流れてくる洋楽に熱心に耳を傾けるようになり、あとはロック、ジャズ、R&Bと、ジャンルの別なく耳に入れて、そんなとき、書棚の下段へも手が伸びた。

スメタナの《モルダウ》とか、ラヴェル《ボレロ》といった曲にはじまり、メンデルスゾーンの《ヴァイオリン協奏曲》やチャイコフスキーの《悲愴》といったあたりを好んで聴いていたが、そのうちに「ピアノ名曲集」の巻が棚から引き出されるようになった。

「ピアノ名曲集」は二巻あって、【Ⅰ】はすべてショパン。《子犬のワルツ》やら、《別れの曲》やら、《軍隊ポロネーズ》やら、《幻想即興曲》やら、《雨だれ》やら。演奏は安川加寿子。

「ピアノ名曲集【Ⅱ】」は、モーツァルト《トルコ行進曲》にはじまって、ベートーヴェン《エリーゼのために》、ヴェーバー《舞踏へのお誘い》、シューベルト《楽興のとき》《軍隊行進曲》、メンデルスゾーン《春の歌》、リスト《愛の夢》、ドビュッシー《月の光》《亜麻色の髪の乙女》《ゴリウォーグのケークウォーク》といった並びで、それら有名曲のなかに、シューマンの《トロイメライ》は、日陰に咲く蒼い花のようにひっそり隠れていた。

演奏は、藤田玲子。すなわち、永嶺修人の母親である。苗字が違うのは、修人が二歳のとき、両親が離婚したからだ。もちろん私は、藤田玲子が誰なのか、知らぬままレコードに針を落としていたわけで、のちに修人と相知るようになって、この偶然に驚くことになった。とはいえ、私が聴いたのはおもにショパンの方で、【Ⅱ】を聴く場合でも、針を置くのはドビュッシーの入っているB面に限られ、A面最後に慎ましく刻まれたシューマンの狭い溝にまで針が届くことはめったになかった。

高校三年で永嶺修人に出会うまで、私が最も好んだ作曲家はショパンとドビュッシーであった。中学一年生のとき、はじめて買ったクラシックのレコードは、アレクサンダー・

ブライロフスキーの弾く「ショパン夜想曲集」だったし、ミケランジェリの「ドビュッシー『映像』第1集&第2集／『子供の領分』」は、文字通り盤が擦り切れるくらい聴いた。

中学二年の春の発表会――といっても公民館の一室を借りたささやかなものだが――では、ドビュッシー《月の光》を弾いたし、三年生のときは、ショパンの《ノクターン一三番》Op.48-1を選んだ。

思えば、あの頃が、ピアノを弾いて一番幸せな時代だった。

そうして、さらに思うならば、思い煩うこともさしてなく、見通しは利かぬながら平明な光に満ちた未来をぼんやり眺め暮らしていた中学生時代、書棚の底の「ピアノ名曲集【II】」を引き出し、ほんの気紛れにA面に針を置いて、めったにないことではあるが、一番最後の《トロイメライ》まで針が進んだとき、暗がりに立つ幽鬼にふいに出会ったかのごとき、不吉の思いを私は抱かなかっただろうか？

永嶺修人の母親である藤田玲子の弾くピアノの響きは、やがて私が遭遇することになる、暗く熱を帯びた時間の到来を予示していなかっただろうか？

＊

《トロイメライ》は、全一三曲からなる《子供の情景》Op.15の第七曲である。

《クライスレリアーナ》Op.16などと同じ、一八三七年から三八年に作曲された《子供の情景》は、シューマンのピアノ曲中最高傑作の一つに数えられる。技巧的には比較的平易ではあるけれど、全曲が第一曲冒頭のG―F♯―E―Dの音型に関連づけられるなど、シューマンらしい構築性と、奔放な幻想性に貫かれる。

《知らない国々》《珍しいお話》《鬼ごっこ》などと標題の付された曲々は、この頃、まだ結婚を許されていなかったクララとの家庭生活を夢想したものであり、恋の悦びと苦しみの色濃く滲む《クライスレリアーナ》とは対照的に、憧れに満ちた平和な幸福感が全編に漂う。と、大抵は解説されるわけだけれど、ここでも密かに忍び寄る暗い影の気配を私は感じとらないわけにはいかない。

歓喜や平安のなかに哀愁や憂鬱や不安の翳りがよぎるのは、ロマン派音楽の特徴である。闇をはらまぬ光はなく、闇には必ず光の気配がある。けれども、大抵の音楽において、光と闇があくまで交差するのに対して、シューマンの音楽には、闇が全体にねっとりまとわりつくような印象がある。喜びと悲しみが、交わり合い、重なり合うのではなく、喜びがそのまま悲しみであるような音楽。平穏無事の世界に不吉な影が忍び寄るのではなく、平穏さそれ自体に、そのまま不吉なものへと反転していく予感が孕まれている。シューマンの音楽は、何とは名指すことのできない、不穏な意味を帯びた、平明な夢に似ている。《子供の情景》の、一三曲という数に不吉なものを感じるのは私だけだろうか。シューマンはクララに宛てた手紙のなかで、三〇曲ほどの小さな曲を書き、なかから一二曲ばかりを選んで《子供の情景》という題をつけたと書いている。それがいつのまにか一三になった理由は何なのだろう?

《トロイメライ》は第七曲。つまり一三曲のちょうど中央に位置する。前半の六曲、後半の六曲、その間に挟まれた場所で、蝶番《ちょうつがい》のごとき形をなす。本当は、前半六曲、後半六曲の一二曲で《子供の情景》は完成していたのであり、そこへあとからこっそり紛れ込んだ一曲がある。それが《トロイメライ》だ。というのは、まるで根拠のない空想の類だけれど、直訳すれば「夢見ること」となる、まさしく淡い夢の気分に溢れたこの曲が、楽しげに交歓する仲間のなかにふと立ち混ざった見知らぬ者のように、私が感じてしまうのもたしかなのだ。

華やかな舞踏会、笑いさざめく人々のなかに、青白い顔の幽鬼が一人、うっそりと佇んでいる。と、そのように考えるのは、とても普通の感覚ではないだろうが、いまあらためて、実家の押し入れから取り出した「ピアノ名曲集【II】」に針を落として、A面最後にぽつんと置かれた《トロイメライ》の、いくぶん速いテンポで、どちらかといえば素っ気なく弾かれた演奏を聴くとき、どうしても不吉の印象を払いがたい。

それは藤田玲子自身がピアニストとして悲劇性を帯びていることにも一因があるだろう。

手元の資料によれば、藤田玲子は一九三二年、東京生まれ。四歳でピアノをはじめ、クロード・カウフマン、安川加寿子にそれぞれ師事した後、一九五〇年に渡欧して、パリ国立音楽院に入学、ロン・ティボー国際音楽コンクールをはじめ数々のコンクールに入賞し、五三年、パリでデビューリサイタルを開いて高い評価を受け、「東洋の真珠」と讃えられた。五五年に凱旋帰国し、数々の演奏会を成功させる一方、六〇年、美術評論家で画商の永嶺泰輔と結婚、翌年、男児を出産したものの、六三年には離婚。再び渡欧し、パリを拠点に活動する。

藤田玲子を悲劇が襲ったのは、六八年、ウィーンでのコンサート中、突然演奏ができなくなった。手指の麻痺などの症状は、パーキンソン症候群と診断され、さまざまな治療を試みるものの、改善はせず、演奏活動からの引退を余儀なくされる。帰国して私立の音大で教鞭をとったが、病状が進行するにつれ、後進育成からも退き、以後は房総の治療施設で暮らして、九四年、脳梗塞で死去した。

九八年に出たＣＤ「藤田玲子名演集」の、牟田口俊哉氏のライナーノーツによれば、藤田玲子最後のステージになった、ウィーンのコンツェルトハウスでのリサイタルのプログラムは、前半がモーツァルト《幻想曲ニ短調》K.397、ラヴェル《夜のガスパール》、後半がシューマンの《ピアノソナタ第一番嬰ヘ短調》Op.11で、最後のシューマンは大変な名演だったという。藤田玲子の演奏がとまったのは、アンコールの最中で、そのとき何が弾かれていたのか、牟田口氏は書いていない。

しかし、プログラムの最後がシューマンの大曲であれば、アンコールでもシューマンが弾かれた可能性はあるはずだ。と、私はつい考えてしまう。つまり、それは《トロイメライ》ではなかったか？　《トロイメライ》の演奏中に、藤田玲子のキャリアは唐突に絶たれたのではあるまいか？

「藤田玲子名演集」の、二枚組ＣＤのなかにも収録された《トロイメライ》、「ピアノ名曲集【II】」と同じ音源の演奏を聴くとき、私はそのような妄想を押さえ難いのだ。

＊

永嶺修人は母親についてはほとんど語らなかった。

二歳のときに両親が離婚し、以後は、父親と父親の母、つまり祖母に育てられた修人の、母親に対する距離感を測りかねた私も、藤田玲子の名前を口にすることには遠慮があった。ただ一度だけ、修人と知り合って間もない頃、「ピアノ名曲集【II】」のドビュッシーを聴いて、自分はピアノ音楽の魅力に目覚めたのだと話した記憶はある。

「あの演奏はけっこう悪くないよ」修人は照れを無理に押さえ込んでいるようでも、憤然としているようでもある、普段あまり見られない顔になっていった。音楽に関して、「悪くない」というのは、修人の最高級の賛辞なのであった。

「だけど、演奏しないと、つまり音にしないと、意味がないと考えているのが、あの人の限界だ」

「あの人」の呼び方に、産みの母親であり一流のピアニストであった藤田玲子への修人の微妙な距離感が想像されて、私はこの話題はなるべく避けるべきだと直感しながら、それでもいわないわけにはいかなかった。

「しかし、ピアニストなら、演奏にこだわるのは当然じゃないのかな」

絶頂期にキャリアを絶たれる演奏家の苦痛を、絶望を、私はもちろん観念でしか知らなかった。だからこそ、そんな呑気なことがいえたのだろう。

修人は私の言葉には応えなかった。私たちは、学校から駅への近道になる寺の境内を歩いていた。寺は銀杏公園にそのまま続いているのだった。境内の一画に白梅の老木があり、樹下に無縁仏を葬った墓が一基置かれ、そこを通るときには、修人は決まって墓に眼を向けた。

長い空白の時間を経て、私はいま、あのときの修人の想いを、哀しく、また苦しく理解できる。だが、高校生の私は何一つ気付いていなかった。

蒼い苔のみっしりついた石碑に眼を遣った修人の、そのときの表情は、私の位置からは見えなかった。

＊

私が最初にピアノを習った先生は、同じ団地内に住む若い女性で、レッスンの前後に出してくれる手作りのケーキやクッキーが子供には楽しみだった。クリスマスやひな祭りには生徒たちを集めてパーティーを催し、そこには親も参加して、S先生のピアノ教室は団地内の一種の社交場でもあった。指導者としてのS先生の力量は平凡だっただろうが、私は好きで、だから小学校六年生になって、S先生から別の先生を紹介されたときは、淋しく思い、抵抗もしたけれど、S先生が自分に「期待」してくれているのは分かり、いわれた通り教室を移った。

S先生の先生でもあったK先生は、私の住む団地近くの駅から同じ沿線を五駅行った街に住む初老の男性で、レッスンのために電車に乗った私は、急に大人になったように感じたのを覚えている。K先生は、演奏姿勢にはじまり、腕の使い方やら指の形やら、基本を繰り返し教える人で、最初は戸惑ったけれど、まもなく慣れて、K先生宅のレッスン室の、かちっと指に抵抗してくるスタンウェーの鍵盤に触れるのが楽しみになった。

K先生はピアノだけでなく、音楽史や和声法の基礎など、音楽の教養全般について眼を開かせてくれ、私が音楽大学へ進もうと考えたのもK先生の影響が大きい。しかし、私の話はいいだろう。

K先生のところへ通ってまもない頃、私は永嶺修人の演奏をはじめて聴く機会を得たのだった。ただし、録音でである。

東京国際音楽コンクールは、周知のように、新聞社が主催する権威あるコンクールであり、ピアノ、弦楽器、管楽器、声楽、それぞれの部門での登竜門となっているが、K先生は当時、ピアノのジュニア部門の審査員に名を連ねていた。K先生はレッスンに訪れた私に、いまとなっては珍しいオープンリールのテープデッキを回して、数日前に本選のあったコンクールの録音から、一つの演奏を聴かせてくれた。それが第二位に入賞した永嶺修人の演奏だったのである。

このとき一位になったのは、のちにショパンコンクールで四位入賞を果たした兼田眞智子で、しかし、当時、二位の永嶺修人に圧倒的に注目が集まったのは、中学三年生までエントリーできるジュニア部門において、修人が小学校四年生と、断然若かったからに他ならない。

K先生は、小学校六年生の弟子に、年下でもこれだけ弾ける者があるのだと示し、刺激を与えようと考えたのだろう。いや、あるいは修人の演奏に感嘆するあまり、ただ誰かに聴かせたくて仕方がなかっただけなのかもしれない。いずれにせよ、刺激という意味では、K先生の狙いは外れた。ようやく弾きはじめたバッハの二声のインヴェンションに苦労していた私には、修人の演奏はあまりにも遠すぎたし、当時の私には音楽で身を立てていこうなどという考えは全くなかったからだ。

それでもこのとき、永嶺修人の名前は、K先生の家の、レッスン室に置かれたステレオのスピーカーから飛び出した「音」の印象とともに、私の脳裏に刻まれたのだった。

東京国際コンクール、ピアノ部門ジュニアは、一〇分以内の自由曲一曲の演奏が課題である。

修人が弾いた曲はシューマン。《トッカータ》Op.7である。

＊

シューマン《トッカータ》Op.7。

トッカータは、おもに鍵盤楽器による素早いパッセージや細かい音の動きを特徴とする即興的な曲の名称であり、ルネッサンス期の北イタリアにはじまり、一七世紀前半、フレスコバルディが二巻のトッカータ集を書いてこのジャンルを完成させ、後期バロックではバッハのそれがあまりにも有名である。

古典派、ロマン派の時代、トッカータはほとんど書かれず、例外がシューマンである。この曲をシューマンはハイデルベルクの法学生時代に書きはじめ、その後のバッハ研究の深化を踏まえ何度か書き換えて、一八三四年に出版した。

それにしても、これはなんという曲だろう。二小節の短い序奏のあとは、三声部になった一六分音符の洪水である。二〇世紀に書かれたトッカータにも、ラヴェルの《クープランの墓》第六曲や、プロコフィエフの《トッカータ》Op.11といった、演奏の極端に難しい曲はあるが、シューマン自身が、自分が書いた曲のなかで最も演奏の難しい曲だ、と述べているように、これはまさに難曲としかいいようがない。

八分に満たぬ短い曲ではあるけれど、機銃弾のごとく速射される音のなかに、シューマンは美しく溌剌とした旋律を織り込み、しかも全体はソナタ形式の書法で書かれているから、演奏者はアレグロのテンポを維持して速い楽句を正確になぞりつつ、メロディーを歌わせ、ソナタ特有の表情の変化やニュアンスを表現しなければならないのだから、これはほとんど短距離走をしながら舞踏をするようなものだ。

この難曲を小学校四年生、九歳の子供が完璧に弾いたわけである。審査員、聴衆が度肝を抜かれたのは無理もない。私に録音を聴かせたK先生は、いまだ昂奮の余韻のなかにいるようだった。審査はもめたそうで、結局、当時中学二年生だった兼田眞智子が一位になったわけだが、彼女が弾いたリストの《パガニーニ大練習曲第六番》も、近年にない出色の出来だったそうで、この結果に異論はないとK先生はいいながら、ナガミネ・マサトの名前を、あたかも自分が発掘した貴重な宝であるかのように発音した。

録音を聴いた小学校六年生の私は、もちろん仰天した。仰天はしたけれど、遠い異国での出来事のようにも感じていた。私がその演奏の凄さを本当に理解したのは、自分が本格的にピアノに取り組むようになってからである。

子供っぽい性急さがないわけではない。おもちゃの散らかる子供部屋のような、可愛らしい乱雑さもある。とはいえ、この難曲をほとんどミスタッチなく弾きこなすテクニックと、音の洪水のなかで旋律や和声を際立たせるセンスに、聴くたび圧倒されて、自分がピアノ音楽に、趣味の域を超えて取り組もうとしていることが滑稽に思えたりした。

私はK先生からカセットテープにダビングしてもらい、だから修人の演奏はいつでも繰り返し聴くことができた。考えてみれば、私が修人の演奏を聴いた機会はほんの数度しかなく、私の修人のピアノ演奏のイメージは、この《トッカータ》の録音による部分が大きい。いや、私に決定的な印象を与えたのは、また別の演奏だったのだけれど、それについては後に語ることになるだろう。

修人に出会ってからも、というか、むしろ出会って以後、しばしば私は彼の弾く《トッカータ》の録音を聴いた。しかし、私は、あたかもそれが重大な秘密であり、恥部であるかのごとく、修人にはそのことを決していわなかったのである。

＊

高校受験は、さほど苦労なく沿線にある都立高校へ合格し、中学から高校へと、ピアノの稽古は途切れずに続いた。私が音大受験を考え出したのは、高校一年生の冬である。高校の部活動では合唱部に所属した私は、いよいよ音楽の魅力にはまり込み、他は眼に入らなくなっていた。高校一年生の終わりに、志望調査があり、私は音大志望と用紙へ記した。

K先生も賛成してくれて、ただしピアノ科ではなく、楽理科か声楽科を勧めたのは、ピアノではさすがに無理だと思ったからだろう。それは私も感じていないわけではなかったのだけれど、とりあえずはピアノ科を目指してみたいと主張したのは、やはりピアノが好きだったからだ。それならばと、K先生がT音楽大学の教授を紹介してくれ、高校二年の春からは、月に一度レッスンを受けるようになった。

家族には負担を強いることになったが、父親も母親も息子の志望には理解があった。レッスンの謝礼等、出費が馬鹿にならないのはもちろん、ピアノ科受験となれば、アップライトピアノというわけにはいかない、とは、必ずしもいえないのであるが、K先生の強い勧めで買うことになった。

グランドピアノそのものは、ヴァイオリンなどに較べれば、手が届かぬほど高価ではない。問題は置き場所だ。３Ｋの間取りの公団住宅に本来置けるような代物ではない。とはいえ、Ｓ先生もそうしていたわけで、それまで真ん中に衝立てがわりの箪笥を置いて妹とシェアしていた六畳間を、私が、というか、ピアノが占領して、そこへ父親は、遠慮なく練習できるようにと、簡易なものではあったけれど、防音工事までしてくれた。

わりを喰ったのは三つ下の妹で、部屋を追い出された妹は玄関脇の廊下に机を置くことを余儀なくされた。妹もＳ先生のところでピアノを習ったが、中学になってまもなくやめてしまったのは、興味がなかったこともあるだろうが、兄にピアノを占領され排除された事情もあった。

やがて妹は両親が寝室にしていた四畳半に移り、結果、今度は親たちが居間に寝泊まりする不便を忍ばなければならなくなり、それは私が音大をやめ、医学部へ入り直して家を出るまで続いたのである。

これほどの「投資」があった以上、なにがなんでもＴ音大へ入らねばならぬ、と気負う感じは必ずしもなかったけれど、私は、公団住宅の一室に忽然と現れた「音楽室」で長い時間練習した。バッハのインヴェンション、シンフォニア、平均律曲集、モーツァルトとベートーヴェンのソナタ集、ショパンの二つの練習曲集。Ｔ音大の先生からさっそく指示された、ひどくやっかいなクレメンティーの練習曲集《グラドス・アド・パルナッソス》。

ピアノそのものはそれなりにやってはいても、高校二年から本格的に音大を目指してスタートするのは間違いなく遅い。競争相手は、子供の頃からその道を目指し、一流の教師につき、ジュニアのコンクールなどで好成績を収めてきたような連中なのだ。遅れを取り戻すためにも、私は練習しなければならなかった。もし私に才能と呼ぶべきものがあったとしたら、自分の無能さに絶望しない鈍感さということになるのかもしれない。

ピアノの練習は、スポーツと同じく、純粋に肉体的な、メカニカルな鍛錬が少なからぬ部分を占める。いわゆる西洋のクラシック音楽は、ほとんど曲芸と呼びうるほどの技術を器楽演奏者に要求するのであり、ピアノを弾くのに適した筋力と柔軟性と俊敏性を獲得するには、毎日欠かさぬ長時間の練習が必要である。「練習の虫」という言葉があるけれど、私の知る限り、「練習の虫」でないピアニストは存在しない。

音大時代の同期生に、彼女はヴァイオリンであったが、難しいパッセージを反復して練習する際には、マンガを読みながらするといった女性がいた。これを聞いたとき、私は驚いたのだけれど、反復練習を退屈さから救う方策としては合理的でないとはいえない。トレーニングをするスポーツ選手がヘッドフォンステレオで音楽を聴くのと同じだろう。マンガを読みながらと聞いて私が驚いたのは、つまり、当時の私がピアノの練習に或る種の「神聖性」を与えていたからに他ならない。「音楽室」の、ピアノの下に蒲団を敷いて寝泊まりしていた私は、ピアノを弾くときには必ず蒲団を片づけ、部屋をひととおり「浄《きよ》めて」からはじめた。ピアノのある室は私にとって、大袈裟にいうならば、音楽の聖域へ通じる神殿なのであった。

修人は、そのような私の「信仰」を、私はことさらにそれを表明しているつもりはなかったけれど、明敏に察しとって嗤《わら》った。ピアノの演奏などは所詮職人仕事であり、俗なものなのだと、そういう言葉遣いではなかったけれど、修人は主張し、それはおそらく正しい。ピアノに限らず一流といわれる器楽演奏家の多くが、きわめて即物的な発想をしているのを私はのちに知った。大学に入って、東欧出身のある有名な女性ピアニストが、夏場は素裸で練習していると聞いても、私はもう驚かなかった。

「ピアニストなんて、音楽の奴隷みたいなものさ」と修人はよくいっていたが、たしかにあの頃の私は、白黒の鍵盤が並んだ器械の奴隷となって、毎日「神殿」に籠ったのだった。

そのような私がはじめて自分でシューマンを弾いたのは、音大志望を決めて間もない頃のことだ。曲は、K先生から課題として与えられた《フモレスケ》Op.20である。

＊

一八三八年一〇月、二八歳のシューマンはウィーンを訪れる。当地で音楽雑誌を出版し、いまだ結婚を許されぬクララと二人、暮らしていく計画を立てたのである。しかし、メッテルニヒ体制下で雑誌発刊は許可されず、三九年四月には再びライプツィヒへ戻る。計画は挫折したが、音楽的には、ウィーンの文化に接しておおいに刺激を受け、シューベルトの遺稿からハ長調の交響曲を発見するなど、実りあるものとなった。

このウィーン滞在中もシューマンの創作意欲はさかんで、いくつものピアノ曲を書いている。《アラベスク》Op.18、《花の曲》Op.19、《夜想曲集》Op.23といった作品がそれで、《フモレスケ》も同じ系列に属する。

この時期のシューマンの作品は、それまでと違い、ウィーン趣味が強く意識されており、たとえばその特徴を「感傷的」「サロン風」「御婦人向き」といった形容詞でいうこともできるだろう。曲は比較的平易で、甘やかな手触りがあるけれど、しかし、ここでもシューマンらしい創意と、飛躍する幻想性、そして或る種の狷介《けんかい》さは失われていない。

とりわけ《フモレスケ》は、この時期の、と限定をつけるまでもなく、シューマンのピアノ曲全体のなかで、重要な位置を占める一曲である。演奏時間で二五分にもなる規模を持ちながら、明確な楽章構成や組曲形式を持たず、ただ複数の部分から構成されたとしかいいようのない自由な形の楽曲は、シューマンの個性が典型的に際立つ。

楽想の唐突な出現や消滅、あるいは調性の飛躍といった、自由奔放な幻想の煌《きら》めきを保持すると同時に、全体を一つに結びつける堅固な構築性を実現するという、ポスト・ベートーヴェン時代の課題を、最も高度な水準で実現している作品だといえるかもしれない。

さまざまな色あいを持つ各部を結びつける原理は、一見はっきりしない。ある解説書は、

「秘密の、直接には表現されていない主題による変奏曲」だと面白い解釈をしている。たしかに各部の統一性は、目に見える音の連関ではなく、もっと深いところで、たとえば岩石と水とが同じく鉱物だと見なしうるといったような水準で、達成されている印象がある。

シューマンは曲の途中で、音符を三段の五線紙に書き、中央の段にInnere Stimme（内なる声）と書き入れた。これは実際には演奏されない旋律で、いかにもシューマンらしいやり口だが、魂の秘密の場所に潜む、「内なる声」の眼に見えぬ主題が曲を統御しているのだ、と解するのは、あくまで比喩に過ぎないだろうけれど、楽曲理解の導きの糸にはなるだろう。

当時の音大のピアノ科の受験では、バッハの平均律、ベートーヴェンのソナタや変奏曲、ショパンの練習曲といったあたりが必須の課題であったが、K先生は古典派から二〇世紀音楽まで、浅くてもよいから幅広く知っておくべきとの方針で、そのなかにシューマンが含まれていたのは当然である。そうして、最もシューマンらしい特徴が出ている曲として《フモレスケ》を課題に選んだK先生は、僭越ながら、慧眼だ。

とはいえ、一六歳の凡庸な弟子に課すには過大な要求だった。実際、この弟子は、四苦八苦の末、かろうじて弾くことだけはできたものの、その音楽の魅力をほとんど理解できなかった。なんだかよく分からない曲だな、という印象しか残らないままに終わったのは、しかし一六歳の自分を想えば、仕方がない。そもそも標題のHumoreskeの意味さえ私は摑んでいなかったし、また調べてみようともしなかったのだから。

*

「このMit Humorというのが曲者なんだよ」と同じ一六歳の永嶺修人は、粉砂糖の散らばる卓の、《ダヴィッド同盟舞曲集》の楽譜を繰っていった。

「ほら、ここにも……こっちにもある」と修人はぴしぴしと音を立てて頁を繰った。いま譜面をみると、《ダヴィッド同盟舞曲集》にMit Humorの発想記号は二ヵ所、Mitgutem Humorというのが一ヵ所ある。

「フモールって、英語だとユーモアだから、笑えるってことだと思うんだけど、全然違う。《フモレスケ》だって、ユーモアってだけじゃ片付かないしね」

「《フモレスケ》なら、僕も弾いたけど」とそこで私がいえたのはK先生の御陰である。

「もうひとつ、よく分からなかったな」

私が正直なところをいうと、修人は珍しく、同意を示して大きく頷いた。前髪が広い額に落ち、それを忙しく手でかきあげる修人の顔を、私は満足しながら、珈琲カップに口をつけて盗み見た。こと音楽に係わって私の言葉に修人が素直に同意を示すことはめったになかったのだ。

——ドイツ人の使うフモレスケの言葉はフランス人には理解できない。情緒と機智が高度に融合した、ドイツ人に固有の性格のものである。

これはシューマン自身がフモレスケについて手紙に書き記した言葉であるが、フモレスケとは、日本語にも英語にも適当な訳語のない、喜びと悲しみ、淋しさとおかしみ、笑いと涙といった、複数の感情が縺れ合った状態を指すものであるらしいとは、大概のシューマン論のなかで言及されている。

「シューマンのフモールは、ちょっと冗談っぽいんだけど、すごく真面目なんだ。真剣にふざけてる。そんな感じがする。一見すると楽しかったり、やさしかったりするんだけど、すごくひりひりする。火傷《やけど》したみたいに」

当時の修人がどれくらいシューマン論の類を読んでいたか分からない。だが、シューマンのフモールについて、このときいわれた言葉が、書物からではなく、修人自身が楽譜を読むことから生まれてきたものであることを私は疑わない。およそ音楽を言葉にすることについて、修人は天性の感覚を持っていた。そうして、彼のフモール解釈は、そのまま修人という人間についての形容だった。修人は「真剣にふざける」人であり、何をしていても「すごくひりひり」する人だった。

Mit Humor——これはまさしく修人のための指示記号であり、このドイツ語の文字が、そのまま修人の面影に重なって私には見えるのである。

*

当時のT音大の選抜試験は、一次二次とあり、私が受けた一年目は、一次で、ショパンのOp.25の《練習曲集》から指定された二曲を弾く。課題曲発表は九月にあるのだけれど、他に一月の半ばに追加課題が発表されて、それがベートーヴェンの《パガテル集》Op.33から二曲。二次試験の課題曲が、ブラームスの《自作主題による変奏曲ニ長調》Op.21-1。

もちろん課題曲は毎年違うので、私はK先生の作ってくれたメニューにしたがって練習を進めたのであるが、高校二年から三年にかけて、K先生はベートーヴェンを多く弾かせた。一瞬の響きの美しさや色彩感に陶酔して満足しがちな弟子に、きちんとした構築性を身につけさせたいと考えたからだと、いまになって理解できる。

いわれるままに稽古はしたものの、私はなかなかベートーヴェンに馴染めなかった。どこか野暮ったくて、粗野な手触りが好きになれず、譜面の音符の図柄さえつまらなく見えた。それに一次試験は大概ショパンなのだから、まずはそちらに力を注いだ方がいいのではないかとの思いもあった。実際、一年目の受験では一次で撥《は》ねられた。さすがに落胆したけれど、浪人は織り込み済みでもあった。

そうして、練習に明け暮れていた浪人中の春、ふいにベートーヴェンの魅力に目が開かれたのである。きっかけになったのは、二八番、Op.101のイ長調のソナタで、その響きの美しさと、アイデアの面白さ、奔放でありながら見事に保たれる均衡に私は強く惹かれた。

実をいえば、このとき私が見出したと思った魅力は、シューマンのそれと同じものだった。たしかに二八番のソナタは、すでにどこかではじまっていた音楽が急に聴こえてきたかのような冒頭とか、行進曲風になった二楽章のどこかぎくしゃくしたリズムとか、曲の後半で冒頭の楽句が蜃気楼のように回想されるところとか、シューマンを想わせる楽想がずいぶんとある。そう思ってあらためて楽譜を眺めてみると、ベートーヴェンは速度記号や発想記号を基本的にイタリア語で書くのだが、この二八番のソナタに限っては（二七番や、三〇番の一部にもある）ドイツ語を用いている。Etwas lebhaft und mit der innigsten Empfindung――いくらか生き生きと、そして最大限親密な感情をもって（第一楽章）とか、Langsam und sehnsuchtsvoll――遅く、かつ憧れをもって（第三楽章）といった表示の仕方は、そのままシューマンである。もちろん、シューマンの方がベートーヴェンの影響を受けたのであろうが、私はシューマンの側から逆にベートーヴェンに接近したのだった。

シューマンの魅力を私に教えてくれたのは修人であり、修人のシューマン論は、ただ自分の狭い感覚に訴えてくる響きで音楽の善し悪しを判断するだけの、幼稚な世界に住んでいた私に与えられた最初の音楽論であり、音楽哲学だった。当時の私は、修人のシューマン論を枠組みにして音楽を捉え、それを道具に音楽の森に分け入ったといえるだろう。

いずれにせよ、二八番にシューマンを「発見」するところから私はベートーヴェンを理解しはじめ、他のソナタや変奏曲の魅力も次々に見出して行った。ばかりでなく、仕方なく取り組んでいた面も大きかったバッハの面白さにも眼を開かされた。おそらくこのとき、晩生《おくて》の私は、音楽的幼年時代を脱したのだろう。

ベートーヴェンが面白いと思えたとき、私は密かに、来年の試験はうまくいくだろうとの直感を得ていたのだけれど、この直感は正しかった——と、またも私は先走ってしまった。いや、逆だ。私はまだ何も語っていない気がする。この手記が書かれるべき、その核心にはまるで触れていないと思える。

少し急ぐべきだが、しかし、ここまで書いてきて、私は何をどう書くべきか、依然として迷いから脱しきれない。いっそやめてしまおうかとも考えたが、いまさらそれはできないとする強い命令が私のなかにはある。私ははじめてしまったのであり、である以上、もはや私はそれを制御しきれない。ステージに上がって一度ピアノを弾きはじめるなら、「音楽」に命ぜられるまま進むしかなく、もう誰の助けも借りられず後戻りが利かないように。

迷ったときは基本に立ち戻れ——とは、あらゆる技芸の、ジャンルを問わず妥当する原則だ。

この手記が、結局のところ永嶺修人の物語であるほかないとするならば、語り手たる私と、主人公たる修人との出会いが、語られなければならないだろう。

III

あの年は桜が遅かったのだろう。
新学期がはじまって数日経つのに、音楽室へ向かう渡り廊下から見下ろすプール脇の老樹には花が残り、水藻に濁る水へ花弁が音もなく散り落ちて、暗緑色の水面に白い斑点を描いていた。——それを私は覚えている。たしかに覚えている。

*

昼休みだ。
午前中の授業が終わるや、一番に駆けこんだ食堂でうどんを啜り込んだ私は、窓から爽やかな春風の流れ込む、音楽室のピアノに独り向かっていた。

美術室や家庭科室、科学実験室などが集まった、敷地北西端の二階建て、通称「レンガ棟」の上階、水泳プールを挟んだ向かいの校舎に繋がる渡り廊下から、建物南側にベランダ風に伸びた廊下をずっと進んで、一番奥が音楽室だった。

「レンガ棟」は名の通り、外壁がレンガ壁に似せて装飾された直方体の建物であるが、音楽室のある西端の屋根だけがとんがり帽子の載った形で、つまり音楽室は円蓋《ドーム》ふうに天井が高くなって、スペースも普通の教室の倍はあった。

そうして、円蓋の真下、高い天窓から差し込む光のなかに、鎧を着た歴戦の老勇者の風情を漂わせる、古いベーゼンドルファーは置かれていた。

これは、いまではまずお目にかかれない象牙鍵盤のフルコンサートで、白鍵はすっかり黄色く変色し、ところどころすり減ってさえいたけれど、室の反響のせいもあるのだろう、図太さと繊細さが一つに織り合わさった、力強く剛直でありながら滑らかで柔らかい、命を持つ器械とでも形容すべき生彩ある響きがして、そのピアノで弾くと二割がたは巧くなったような気がしたものだ。

合唱部（音楽部と称していたが）では、伴奏のピアノを弾くことの多かった私は、授業で使われていない限り、音楽室への自由な出入りと、ピアノの使用を顧問の佐原耕造先生から許されていた。

思えばあの当時、学校は全般に管理はゆるやかで、万事につけおおらかだった。音楽室の鍵は用務員室で管理されていたけれど、用務員のおじさんにいえば簡単に貸してもらえたし、そもそも音楽室の簡便なシリンダー錠は、ちょっとしたコツで開いてしまい、帰るときに内側の釦《ボタン》を押して閉めれば、鍵はいらなかった。ピアノの鍵も奥の準備室の壁にいつも掛けてあった。

学校での私は、時間があってピアノが空いてさえいれば、青銅の戈《ほこ》のような堅固な芯を持ちながら木質の柔らかさのある、古雅な響きを奏でる楽器の前に座ったのである。

そのとき私が弾いていたのはベートーヴェンのソナタ二二番、作品五四のヘ長調だった。それを私ははっきり覚えている。まだベートーヴェンに「開眼」していなかった頃で、最初の楽章の、両手がオクターブで動く三連音符の連続する箇所が巧く弾きこなせず、こういう粗野なところがベートーヴェンを好きになれない理由なのだと、どうしても思ってしまう、苦手箇所を繰り返し練習していたのだったかもしれない。

その顔は、ふいに、私の右手側、日差しに向かって開け放たれた窓に現れたのだった。明朗な春の光に溢れたベランダ廊下に誰かが立ち、じっと動かぬままこちらを覗いているのに気づいた私は、ピアノを弾く手をとめた。

その顔。背後から光を受けて、青黒い翳が斑《まだら》に浮かぶ白い顔。窓を額縁にした絵画のなかの人物——光溢れる印象派絵画中の人物は、私の全然知らない顔だった。いや、その顔を目にした一瞬間には、私はそれが誰の顔であるか、夢のなかの事物が、どれほど文脈から外れていようと、それとたしかに認識されるように、分かったのだったかもしれない。

*

音楽部への入部希望の一年生である可能性を考えた私は、もしかして音楽部に用かな？と声をかけた。

窓の人は、急に呼びかけられたことに驚く様子もなく、別にそうじゃないけど、と返答をし、扉まで歩いて、渓流の魚がすいと淵へ泳ぎ込むような、ぎこちないところが一つもない、ごく自然な動きで室へ滑り込んできた。

焦げ茶色の綿パンに、軀にぴったりした薄地の黒いセーターを着た人は、まっすぐこちらへ近づいてくると、ピアノ椅子に座った私のすぐ横に立って鍵盤を覗き込んだ。

「このピアノは、あれだね」その人はいった。「ずいぶんと古い楽器だね」

音楽室のピアノを見るのがはじめてであるなら、やはり新入生なんだろうと見当をつけながら、相手の、いきなり距離をつめてくる、物怖じしない、少々不躾な態度に私が戸惑っていると、誰もが髪を長く伸ばしていた当時には珍しい、波に洗われた貝殻みたいな耳《みみ》朶《たぶ》を露わにした人は、象牙の鍵盤に爪先で軽く触れてみながら言葉を継いだ。

「でも、とてもよく鳴っている」

その人の指先の爪が、艶のある飴色をしているのを眼にとめながら、

「君も、ピアノを弾くの？」と私はきいて、下から顔を覗き込んだ。

長い睫毛の陰になった眼のなかで黒いものがすうと動いて、眸《ひとみ》がこちらの眼を真っ直ぐに捉えれば、滴る水のような透明な光がそこから溢れ出る印象に、私は慌てて視線を逸らした。

「少しだけ。それより知っている？　ベートーヴェンの作品五四のソナタは、シューマンが好きだった曲なんだよ」

永嶺修人の口から放たれる、《シューマン》の言葉の響き。それを私が聴いた、これが最初だった。

私は、このときすでに、ピアノの傍らに姿勢よく立ち、譜面台に載った楽譜に眼を据えた、美少年と呼んでよい容姿の下級生が、永嶺修人であることを理解していた。

＊

永嶺修人が新入生で入ってくるとの情報は、早くから話題になっていた。永嶺修人の名前は、音楽好きの高校生のあいだでは、音楽雑誌などを通じて知られていたのである。

永嶺修人の名前に照明があたったのは、修人が一二歳のときに出場した、ハンナ・マーレ国際ピアノコンクールのジュニア部門で優勝したときである。ニューヨークのユダヤ財閥が提供するコンクールは、一流の演奏家、作曲家、批評家が審査員に名を連ねる権威あるもので、本選の入賞者には、合衆国のみならず、ヨーロッパ、アジアからもオファーが殺到することで知られている。

ジュニア部門の重みは本選に較べたらさほどではないが、一五歳まで出場できるジュニア部門で、一二歳の少年が一等賞をとったことで注目された。とりわけ日本での注目度は高く、藤田玲子の息子という血統のよさも加わり、専門誌では繰り返し取り上げられた。

さらには、コンクール優勝のあと、永嶺修人はニューヨーク・フィルと共演し、モーツァルトの《ピアノ協奏曲二二番変ホ長調》K.482を弾き、つまりは「若き天才」のデビューというわけで、音楽界だけでなく一般マスコミにも登場する話題になったのを記憶している人も多いだろう。

東京で生まれた永嶺修人は、両親の離婚後は、父親である永嶺泰輔氏の横浜の実家で育てられたが、すでに述べた東京国際音楽コンクールに出たあと、父親と共にニューヨークに移り住んだ。これは泰輔氏の仕事の都合であったが、修人の才能を伸ばす目的もあったと、当時の専門雑誌には書かれている。修人がハンナ・マーレで優勝したのは、日本の学齢でいって中学一年生のとき。業界からはいろいろとオファーがあっただろうが、修人は以降は目立った活動はせず、中学三年になるときに、父親とともに日本へ戻り、再婚した泰輔氏が建てた八王子の家に住んだ。私が付き合った彼の高校時代、修人は八王子の家から学校へ通っていた。

永嶺修人が新入生で来ると話が伝わったとき、誰も半信半疑だった。私のいた学校は都立普通科の進学校で、音楽科があるわけでもない。だが、考えてみれば、かりに音楽科があったとして、それが日本で最高のレベルの学校だったとして、永嶺修人がそこで学ぶべきだとはいえなかった。日本に戻った永嶺修人は、国際的な評価の定まった二人のピアニスト、野上条彦《くめひこ》と麻里谷慶子のレッスンを受けているとの情報があり、マウリツィオ・ポリーニがショパン・コンクールで優勝したあと、ミケランジェリに習いながらミラノ大学で物理学を学んだことなどを思えば、なるほど、そういう選択もあるかもしれないと、納得できなくもなかった。

そうして、事実、永嶺修人は来た。音楽部のなかには、入学式の日に一年生の教室まで行って顔を見てきた、などと、はしゃぐ女子部員もいたりしたけれど、特に騒ぎになることもなく、教室の修人も、その独特の美貌と才能ゆえに女子たちの注目を集めていることを除くならば、ごく平凡な高校生の生活を、少なくとも学校にいる限りは、送るように見えた。

音楽部の部員たちは、ひょっとしたら永嶺修人が入部してくれるかもしれないと、期待を抱いた。が、結局永嶺修人の入部は実現せず、しかし、それはまあ当然だろうと、一同は納得した。一流のピアニストのレッスンを受け、国際的な活躍が約束されている永嶺修人に、都内では伝統のある合唱部とはいえ、素人高校生と一緒に時間を潰している暇などあるはずがない。こと音楽に関していうなら、彼と我では住む世界が違うのだ。

音楽部は無理だとしても、永嶺修人が学校の音楽室で、ちょっとした手慰み程度でもいいから、ピアノを弾いて見せる、そんな場面の到来を音楽部の者たちは待望した。けれども、そのささやかな望みが叶えられる機会もなかった。

私のいた高校では、芸術課目は、音楽、美術、書道のなかから一つを生徒は選択する。永嶺修人が選んだのは書道だった。しかしこれについても、さもありなんと受け止められた。私たち音楽部の顧問でもある佐原先生は、声楽が専門の、実力も指導力もあるベテラン教師であったが、しかし野上条彦のような一流の音楽家に学んでいる人間が、いまさら普通科高校の音楽の授業を受ける必然性は見当たらなかった。書道という選択は、なされてみれば当然のように思えたのである。

春の合唱祭というものが、毎年五月にある。これは一年から三年までの全てのクラスで合唱曲を一曲選んで歌い、コンテスト形式で競うもので、いつからはじまったのかは知らないが、なかなかに盛り上がる伝統行事である。二年生三年生のクラスなどでは、春休み中に集まって練習をはじめるなど、生徒たちの取り組みも熱心だった。

永嶺修人のいる一年生のクラスでちょっとした揉め事があったと教えてくれたのは、修人と同じクラスの音楽部員で、ピアノ伴奏を永嶺修人にやってくれるよう、全員一致で決めたところが、修人がふいと席を立って教室から出てしまったというのだった。音楽祭の委員と修人のあいだは険悪になりかけたが、担任が出てきて、永嶺修人は本物の音楽家なのであって、そういう人に演奏を強要すべきではないと発言し、そこではじめて修人の「実績」を知った委員たちも納得したらしい。

本物の音楽家だと、なぜ合唱祭で伴奏をしないのか？　プロ野球選手が草野球の大会に出ないようなものだ、という漠然とした見方がある一方で、修人のピアノの練習には厳格なメニューが決まっていて、余計なことはできないのだとの推測もあった。本物のピアニストはきちんと調律したピアノでなければ嫌なのだという者があれば、音楽事務所との契約上、人前で勝手に弾くことは許されないのだと、穿《うが》った見方をする者もあった。けれども、本当のところは誰にも分からなかった。

かくて、学校内でピアノを弾く永嶺修人の姿が見られることはなかった。ただ一度の機会を除いては。あの奇蹟のような特別な夜を別にするならば！

それについては、やがて語ることになるだろう。

＊

若きシューマンはベートーヴェンのソナタをしばしば自分で演奏したが、修人がいうように、彼が好んだのは、二二番の作品五四と、二九番の作品一〇六だと、日記に記録が残されている。

二九番は変ロ長調の《ハンマークラヴィア》。三二曲のピアノソナタを連峰にたとえるなら、規模といい内容の充実度といい、最高峰に位置する作品といってよいだろう。シューマンがこれに最大限の賛辞を惜しまなかったのは理解できる。

しかし、二二番はどうだろう。二楽章しかない、比較的小さなこの曲は、中期の傑作、二一番《ヴァルトシュタイン》と二三番《熱情》のあいだに挟まれて、日陰に咲く花のようにひっそりと佇んでいる。

「作品五四は、ちょっとお話ふうになっているでしょ。最初の付点の主題は、優雅でおすましの貴婦人、次に出るオクターブの三連の主題は、あらくれのならず者。最初、ならず者は暴れまわるんだけど、貴婦人のやさしい言葉に段々と大人しくなって、最後は付点と三連が重なって、二人は結ばれる。そんなふうなお話になっていない？」

最初に出会った音楽室でのことだったか、それとも別の機会だったか、修人はそんなふうに語った。「お話」とか「おすまし」といった、幼稚とも思える言葉遣いは修人に特有のもので、聞くたびに違和感を覚えながら、修人の育ってきた「文化」の手触りを、自分のそれとはあまりにもかけ離れた「世界」の感触を、いくぶんかの可笑《おか》しみとともに私は得たものだ。

要するに、作品五四の持つ「物語性」がシューマンを惹き付けた理由だと、修人はいったのである。しかし、古典派以後のソナタなる形式そのものが、おそらくはオペラに由来するのだろう、対立する複数主題から構成されるドラマ性、つまり、何かしらの「物語性」を持つのであって、それは作品五四に固有の特徴とはいえない。

むしろシューマンが魅力を覚えたのは、第二楽章のアレグレットではなかったかと、私は考える。右手左手がともに一六分音符の素速い動きを見せる楽章は、一種のトッカータと見ることができ、旋律線が音符の重なりのなかに埋設される技法は、シューマンの愛好するところであるのは間違いない。

証拠はないけれど、シューマンの作品七の《トッカータ》、九歳の修人がコンクールで弾いたあの曲は、ここからインスパイアされたのではないだろうか。他にも、《ピアノソナタ第二番ト短調》Op.22の終楽章に、このベートーヴェンの楽章の反響を見ることができるだろう。

＊

この最初のとき、昼休みの音楽室の、ベーゼンドルファーの傍らで、ベートーヴェンの作品五四のソナタをきっかけにはじまった修人との会話が、どんなふうに進展したか、私ははっきりとは覚えていない。ただ、それが永嶺修人だと知った私の、羞恥と畏れ、興味と憧憬と気後れがないまぜになった、とりあえずは戸惑いとしかいいようのない感情は、窓から差し込む春の暖かな日差しの印象とともに覚えている。

修人の背後の窓では、プールの水面が陽光に煌めいていた、というのは、ピアノのある位置からプールが見えない以上、捏造された像であるけれど、おそらくは音楽室の天井にプールの水に反射して揺れる光が斑模様を描いていたのだろう。

私は音大を目指して練習を重ねていた。では、音大に行ってどうしようというのか？ピアノ科を目指す以上は、ピアニストになるべきだろうが、しかし、たとえば自分がプロとしてコンサートのステージに立つ、といったイメージは、夢想はされても、具体的な像を結んではいなかった。まずはT音大へ受かること。眼に見える目標はそれであり、他には何も見えていなかったわけで、だが、それも当然であって、そもそもT音大のピアノ科自体が、当時の私にとっては遠い夢とさして変わらぬものだったのである。

そのような私の傍らに立ち、言葉を交わしている二つ年下の青年――というにはやや幼い、少年の面影を残したその人は、具体的な演奏活動こそはじめていなかったけれど、すでに職業演奏家の切符を手にしているのだ。そんな者に向かって、音大のピアノ科を目指している、などと、どんな顔でいえばいいのだろう？　重い荷を背負い、登山口に向かって歩き出したばかりの私が、遥かな山岳の姿さえ視野に捉えていないとするなら、彼ははやくも頂上に近いキャンプ地で悠然と力を蓄えているのだ。

私の気後れは当然であった。実をいえば、永嶺修人が入学してくると知ったときから、私は彼と顔をあわせることを密かに怖れていた。学年も違うことであるし、できればすれ違ったままでいたいと願った。だってそうだろう。背中さえ見えぬほど、遥かな先を行く、学校生活では後輩になる人物と、どんなふうに言葉を交わしたらいいのか？　隠しようのない才能の違いが生身の姿をとって鼻先に現れて、どうしたら平静でいられるのか？

だが、その怖れていたときは、夢のなかの出来事のように、出し抜けに、ごく当たり前に訪れたのだった。いつもの昼休みなら、誰かしら人の出入りはあるのだけれど、このときに限ってはなぜか音楽室に人影はなく、生徒たちも教師たちも、一斉に眠り込んだかのように、校内は静かだった。私は混乱する暇もなく、永嶺修人と二人だけで言葉を交わし、会話がごく自然に運んだことを、羞恥や恐怖が消えたのではなかったけれど、素朴に嬉しく感じた。

同じくピアノを弾き、音楽に関心を持つ者同士の、率直な共感の気分を修人は放ってき、それはほとんど私を有頂天にさせたといっていいだろう。私はそのとき、自分が音大のピアノ科を目指していることを、初対面の修人に話しさえした。それは相手の率直さに感応したからでもあったが、なにより私は修人に向かって、「ぼくは君のはるか後ろにいるのだ」と告げたかったのだと思う。腹をさらしてみせる負け犬の、惨《みじ》めではあるけれど、緊張の少ない安寧《あんねい》を得たかったのだと思う。そうしてまた、自分がそれを平然といえるだけの鈍い人間、才能の傍らにあっても平気でいられるだけの鈍さを備えた人間であると、演出する意図もあっただろう。実際のところ、修人がこうした私の心情をどこまで理解したかは知らない。いずれにしても、必要以上の鈍さを演じることが、修人に対する私の基本的な態度となったのは、このときからだった。

あまりにも卑屈じゃないか、といわれれば否定はし難い。けれども、昼休みが終わりに近づいて、修人が去ったあと、屈辱と惨めさの汚泥にまみれた私が一人取り残される、といった事態には全然ならなかった。むしろ私は思わず歌い出したいような歓喜のなかにあった。なぜなら、ベートーヴェンの作品五四からシューマンへ話を移した修人から、シューマンの曲は弾くか？　と訊かれて、《フモレスケ》をちょっとさらってみたくらいで、ほとんど弾いても聴いてもいないと私が応えたとき、修人はいったのだった。

「どうしてシューマンを弾かないのかな。だって、それだけ弾けるんだもの。絶対に弾くべきだよ」

修人が余計なお世辞をいったり、心にもないことを簡単に口にする人間ではないと、そのときすでに私は直感していた。いや、たとえお世辞だってかまわない！

――だって、それだけ弾けるんだもの。

無邪気で明朗な言葉の響き。修人の赤い唇から漏れ出た、光の溢れる音楽室の、円蓋に反響した言葉の輝き。

その言葉は、ピアノ科の受験について、まだ残存していた私の迷いを最終的に消し去った。その言葉は私の貴重な宝となり、私を前へ進ませる燃料となったのである。

*

私の通った学校に制服はなかった。

とくにお洒落ではなかった私は、夏は綿のズボンに開襟シャツ、春秋にはシャツの上に毛のベストを着け、冬は毛のズボンにセーター、一番寒いときはダッフルコートに袖を通すという、ごく平均的な服装で学校へ通っていた。

大勢いる生徒のなかには、もちろんお洒落な人もいて、奇抜な格好で大いに目立つ者もいたけれど、決して奇抜ではない永嶺修人が異彩を放つ一人であったのは、彼が季節を問わず黒い服を着たからである。ズボンは黒とは限らなかったが、必ず暗色で、上はTシャツでもタートルネックのセーターでもジャケットでも、必ず黒だった。

黒い服をいつも着る者は他にもいたが、修人が人目を引いたのは、彼が人並みはずれて色白だったからで、黒い衣装との対照で肌の白さはいよいよ際立ち、だいぶ親しくなってからでさえ、学校の廊下などで出くわすたびに私ははっと胸をつかれた。

額の広い卵形の顔の、ふっくら赤い唇の上辺に青黒い産毛のような髭が生えて、それがまだ幼さの残る修人の顔に、大人びた、というのとはやや違う、不思議な陰影を与えていた。

いわゆる美少年と呼んでよい顔立ちのなかでは、長い睫毛に縁取られた眼が一番印象的だった。それは、邪悪とさえいえるような嘲笑や、残酷な軽蔑が顔全体に浮かんだときでさえ、穏やかに澄んでいるように見えた。

修人は横顔が美しかった。

黒い衣装で、黒いピアノの前に座った、黒い髪の額にふりかかる横顔は、感嘆に値した。けれども、その顔を真正面から覗いたときには、ちょっと間抜けな犬のようにも見えた。

＊

翌日の昼休み、私と修人は再び会った。

この日は午後に英単語の小テストがあって、昼休みは泥縄式の勉強に使いたい気持ちもあったけれど、前日の別れ際、修人が、明日も昼休みにピアノを弾いているか、と訊ねたので、私は音楽室へ向かわぬわけにはいかなかったのである。

この日は、私の他にも音楽部の部員が数人いて、談笑しているところへ修人は来た。修人は気後れしているのか、遠慮しているのか、昨日とは違って室へは入ってこず、ベランダ廊下に立ったまま、どこか緊張した様子で窓からなかを覗いているので、私から歩み寄っていくと、

「これ、昨日いってたやつ、ちょっと聴いてみて」と修人はいって平たい紙袋を渡した。

レコードだと知ったときには、それじゃ、と修人は廊下を歩き出していて、私はやや慌て気味に、ありがとう、といおうとしたところが、うまく言葉が出てこなくて、「ちょっと待って」と、少年らしい、肩甲骨の尖った黒いセーターの背中に声をかけた。

「なに？」と振り返った修人の白い顔に、不快気な灰色の翳が差すように思えて、私は気《け》圧《お》されながら、

「しばらく借りておくよ。家でダビングできるから。そうしたら、すぐ返せるから。うん、すぐ返せるはずだ」と、いくぶん混乱したことを口にすると、修人は黙って頷き、再び背中を見せた。

修人がプールを見下ろすベランダ廊下から、橋になった渡り廊下を進んで、四階建ての校舎へ消えるまで、私は扉の前に立って見送ろうとしたが、プールの水に、吃驚《びっくり》するくらい大きな鴉が何羽も立て続けに飛び込んだのに気をとられ、眼を戻したときには、修人の姿はもう消えていた。

音楽室に戻ると、女子部員の一人が、いまの、誰？　と問うてきた。永嶺修人だというのが、なんとなく憚られ、一年生、とだけ私は答えた。

「いまの子、音楽部に入ってくれないかな」と誰かがいったのには、

「たぶん入らないと思うよ」と私は素っ気なく応えた。この時点では、永嶺修人が音楽部へ来る可能性はまだあったが、すでに私は、永嶺修人の、人なつこさと裏腹に存する孤立への性向、或る種の狷介さを正確に理解していたのである。

＊

永嶺修人が私に貸してくれたレコードは、ヴィルヘルム・ケンプの弾く《謝肉祭》であった。

カーニバルの仮装舞踏会に次々と現れる者ら、という趣向の、二一の短い曲からなる《謝肉祭》Op.9は、シューマンの小曲集形式の決定版ともいうべき作品だ。

意表をつくリズムや転調に彩られた、ふいに現れたかと思えばふっとまた消えてしまう、微睡《まどろ》みに見る夢のような音楽は、一方で構築への深い配慮に支えられて、ただの寄せ集めではない統一感を実現している。伸びやかに、奔放に、ほとんど自分勝手に運動すると見える音たちは、細いけれど強靭な撚《よ》り糸でもって結び合わされているのだ。

この曲で、シューマンは、撚り糸の存在を明示している。

楽譜には、第八曲の Réplique（返事）に続いて、Sphinxes なる曲が置かれているのだけれど、これは二全音符で書かれた三つの音列が並べられただけの不思議な曲である。この部分を実際に演奏するか否かは演奏者の判断に任されており、たとえばクララ・シューマンは演奏せず、楽譜を校訂した際には、演奏するに及ばないとの注釈を入れた。ケンプの録音も演奏していない。Sphinxes を弾いた演奏を私自身は聴いたことはないが、ホロヴィッツは、一九八三年の来日公演のときに弾いたらしい。他にミケランジェリの七五年の録音では、Réplique（返事）のあとに沈黙の時間を置くという選択をしている。

ところで、Sphinxes の音列は、具体的に示せば、Es–C–H–A、As–C–H、A–Es–C–H の三つであるが、これはアッシュ（Asch）という地名の四文字に由来する。当時、シューマンは、ヴィークの生徒の一人であったエルネスティーネなる女性に恋しており、彼女の出身地がアッシュだったのである。《謝肉祭》には、「四つの音符に基づく小景」の副題がついているが、つまりシューマンはアッシュに由来する、Sphinxes で楽譜に明示した音列を撚り糸に、一曲を編んだわけである。

綴りの音名を使った音楽作りは、作品一の《アベッグ変奏曲》で早くもなされている。これはマンハイムの富裕な商人の娘であったMeta Abeggの姓からとったA-B-E-G-Gの音列から主題を作ったものだ。もっとも、こうしたやり方はべつにシューマンの発明ではない。たとえば、バッハは、自分の名前の綴り、B-A-C-Hからなる音列を、《フーガの技法》で主題の一つとして使ったし、《マタイ受難曲》にも登場させている。

けれども、シューマンの場合、こうした知的な「遊戯性」が創作の根幹部分を成している点に特徴があるだろう。その意味では、さまざまな道化役者たちにたち混じって、ショパンやパガニーニをはじめ、ダヴィッド同盟の同盟員らが次々と登場して、最後には俗物ペリシテ人を打ち破って堂々行進する、戯画と諧謔に彩られた一曲は、メンデルスゾーンやシューベルトが変装して登場し、フランス国歌が密かに引用される、《ウィーンの謝肉祭の道化》Op.26と並んで、シューマンに固有の、明朗で知的な「遊戯性」が最も表に現れた作品といってよいだろう。

修人は、私へのレッスンの最初の教材として、この《謝肉祭》を選んだのだった。

＊

「シューマンはこの曲をおしまいからはじめている」と修人はいった。

「どういうこと?」私が質問したとき、横を歩く修人の黒目がぴかりと光ったように思えた。

「最初の《プレアンブル》という題の付いた曲なんだけど、フィナーレみたいに感じない? ずっと長く続いていた、聴こえない曲があって、そのフィナーレがいきなり演奏される。それが終わってから、ようやく《謝肉祭》がはじまる……そういうふうに思えない? つまり《謝肉祭》という曲は、二番目の《ピエロ》から本当ははじまっているんだ」

「でも、なんでそんなことをするんだろう?」

銀杏公園の桜が、春の突風に吹かれて、煙をあげるように花を散らした。立ち止まった修人は、舞い落ちる花をまともに浴びて、くすぐったそうに身をよじり、髪や服についた白い花弁を払い落とした。

「シューマンはね、突然はじまるんだ。ずっと続いている音楽が急に聴こえてきたみたいにね。たとえば野原があったとして、シューマンの音楽は、見渡す限りの、地平線の果てにまで広がっている。そのほんの一部分を、シューマンは切り取ってみせる。だから実際に聴こえてくる音楽は、全体の一部分にすぎないんだ」

「だとしたら、その聴こえない音楽はどこにあるんだろう?」

耳慣れぬ不思議な響きの言葉に魅惑されながら、私が質問を重ねると、修人はまた立ち止まり、舞踏する人がふいに静止したみたいに、足下の地面に眼を落としたまま動かなくなった。そこに居ながら、居ない人間になった印象に私は不安を覚えた。また強い風が吹いて、白い花弁を舞い上げ、私は砂塵を避けて眼をつむった。

「ほら」と、私が眼を開けたとき、修人は額に手をかざして公園を見回した。

「音楽はいまも聴こえている。それはいまここにあるよ。耳を澄ませば聴こえる」

修人の子供っぽい、芝居がかった仕草が可笑しくて、私は声を出さずに笑い、同じく笑顔になった修人の、髪についた白い花弁に手を伸ばした。

＊

修人のレッスンがはじまったのは、はじめて出会った翌週の月曜日だった。

音楽部の練習は火木土の放課後で、月曜日は部活がない。午後の授業が終わってすぐに帰り支度をした私は、借りたレコードを携えて修人のクラスへ赴いた。目指す教室に着くと、ちょうど修人も帰るところで、そのまま連れ立って学校を出た。この、駅まで並んで歩く道が、最初のレッスンになった。

私はレコードを貸してくれた修人の好意に報いるべく、《謝肉祭》をカセットテープにダビングして聴くだけでなく、週末のあいだに、《花の曲》Op.19の演奏の入った、ホロヴィッツ「カーネギー・ホール・コンサート」のレコードを手に入れて聴いたり、K先生から借りた楽譜に眼を通すなど、しっかり予習をしてきたおかげで、修人の「講義」はわりにすんなりと腑に落ちた。もちろん修人の話の主題は、シューマンの「面白さ」であり、それはその後、幾度も繰り返された同じ講義の第一回目なのであった。

寺の境内から銀杏公園に続く小径を行けば、新緑が日差しに輝き、墓地に続く小暗い竹林を背景にして、レンギョウの鮮やかな黄色が燃えあがり、空の広い公園では、噴水周りの花壇に、チューリップが色とりどりの花をつけていた。

それから私たちは、私の部活がない日には、なんとなく待ち合わせる感じで、一緒に校門を出るようになった。修人の「講義」の中身は、題材は違いはしても、だいたい同じだった。しかし私の方は、週末を越えるたびに、レコードやFM放送からダビングした録音を聴き、本や雑誌を読み、ときには自分で弾いてみたりすることで、少しずつ勉強を重ねていき、寺の本堂の瓦屋根が夏の陽に灼かれる時分には、すっかりシューマン信者となりおおせていた。

もっとも、修人はいつでも熱心に「講義」をしたのではなかった。シューマンはおろか、音楽全般に対して無関心で素っ気ない態度をとることも多かったのであるが、では、音楽以外に私たちに話題があったかといえば、何もなく、年上の「鈍い」生徒であった私は強引に音楽のことを話し続け、それを厭がって修人が私から離れていくわけでもなかった。

逆に、いかなる気分の変転かは知らぬが、修人がひどく高揚しているときも稀にあって、そんな場合、修人は私を商店街のドーナツ屋に誘って喋り続けた。《ダヴィッド同盟舞曲集》の楽譜を出して話したのもそんな機会だったし、僕らの「ダヴィッド同盟」を作らないか、と修人がいい出したのも、ドーナツ屋で指を粉砂糖で汚しながらのことだったと思う。

直ちに賛成した私が、

「けど、その場合の、ペリシテ人は誰になるのかな?」と調子をあわせると、修人は、そんなの決まってる、と勢い込んだ。

「音楽俗物だよ。この時代の」

「具体的にいうと?」と訊いた私は、当時、ニューミュージックと呼ばれ出していた日本のフォークやポップスの担い手の名が、その口から飛び出すのかと予期したが、違った。

「たとえばショパンかな。というか、ショパンはそれでいいけど、ピアノといったらショパン、みたいにいう人たちさ。あるいはチャイコフスキーやブラームスが、シューマンよりずっと偉いと思い込んでいるような馬鹿な人たちさ」

「なるほどね」と、ついこのあいだまで、ほとんどシューマンなど知らなかった私は、もっともらしく頷いてみせた。

私自身は、ロックやポップスも好きで、妹が買った荒井由実のアルバムなどもときどき聴いていた。しかし、修人の前でその種の音楽の話を出したことは一度もなかったし、修人の方から口にすることもなかった。実際には、修人はクラシック以外の音楽も聴いていた。だいぶ後になって、修人の室のレコード・ラックに、レッド・ツェッペリンやイエスのアルバムがあるのを私は人伝《ひとづ》てに聞いた。けれども、私の前では、修人はそれら音楽には言及せず、僕らの「ダヴィッド同盟」は一種の貴族主義――時代錯誤で偏奇な貴族主義を貫いたのである。

面白いのは、私自身、シューマンが好きになるにつれて、ショパンが嫌いになっていったことである。最初は、ショパンばかり人気があるのが気に喰わなくて、レコード店でショパンの棚だけスペースが大きいのを見ては憤慨し、そのうちには、「諸君、脱帽したまえ」とまで書いてシューマンが絶賛したにもかかわらず、ショパンの方はシューマンを一貫して無視したのを知れば、憎らしくなった。

ショパンなどは、センスはちょっといいが、ただそれだけの、パリに出てちやほやされた田吾作だ、とまで決めつけるに至れば、私もダヴィッド同盟員の資格十分なのであった。もっとも、シューマン本人は、ショパンを同盟員に加えていたのだけれど。

「僕らのダヴィッド同盟」を提案した修人は、具体的な活動として、雑誌を作ろうといった。梅雨明けの頃だ。

＊

雑誌というのは、もちろん、シューマンが主導して、ライプツィヒで仲間たちと出していた、Neue Zeitschrift für Musik（『新音楽時報』）を念頭においてのことである。シューマンが雑誌をはじめた一八三四年当時、ベートーヴェンやシューベルトがこの世を去って数年にしかならないのに、劇場ではロッシーニしか演目にあがらず、サロンではヘルツやヒュッテンといった三流のピアノ音楽ばかりが演奏されていたと、自身が回顧するように、活力を失っていたドイツの音楽界に向けて、先鋭な文筆でもって揺さぶりをかけんとする若きシューマンの、評論活動の舞台となったのが『新音楽時報』である。

修人は自分たちの雑誌で、シューマンの楽曲の詳しい分析と解説を書きたいのだと、意気込みを語った。

「それは一種のアナリーゼなんだけど、よくあるアナリーゼとは違うんだ。モチーフの発展だとか、和音の連結だとか、そういったこともいちおうはやるんだけど、それより、僕が譜面を読んで行って、いろいろ心に浮かんだことだとか、連想した景色だとかを、詳しく書いて行く。それは場合によると、すごく個人的だったり、なんていうかな、夜に見た夢のことを話すときみたいに、自分勝手に思えるくらい飛躍しているんだけど、でも、全体はやっぱり音楽に即して動いていくんだ。僕のなかで曲を響かせて、その曲がいろんな場面やお話を導き出していく、っていったらいいかな。もちろん、シューマンがどんなふうに考えていたのか、それもいろいろと想像する。シューマンがしかけた冗談や、狙いや、アイデアを全部見つけてあげて、それに笑ったり、驚いたり、ときには顔を顰《しか》めてみせたりする。ちょっとそれはどうなんだろう、なんて、批判したりもしてね。細かく、本当に細かくやるから、一つの曲をやるだけで、きっと何十頁にもなってしまうよ。いや、もっとかもしれない」

読譜を通じて作曲家と対話すること——。

修人がやりたいと語ったことは、実のところ、一つの曲に取り組む演奏家なら誰でもがなす、あるいは、なすべき事柄だともいえる。そうした「対話」が直接に音となって表現されるのが、演奏というものの一つの理想であるだろう。毀誉褒貶はあるにせよ、コンサート・ホールから退いたグレン・グールドが追い求めたのはこの理想だったはずだ。

それを修人は、ピアノの演奏ではなく、言葉でやろうというのだった。つまりは文学をやろうというのだった。しかし、なぜ音楽でなく、文学なのか？　なぜピアノではなく雑誌なのか？　私はそう問うべきだった。だが、私は、活き活きとした笑顔で楽しげに語る修人の放つ、よい香りのする海風みたいな言葉に痺れたようになり、いいね、それはとてもいいね、と馬鹿みたいに相づちを繰り返すばかりだった。

雑誌には、他にコンサート評やレコード評を載せ、それは私が担当すべきだと修人はいい、信頼を得たことに悪い気はしなかったけれど、雑誌を出すといっても、印刷だとか紙だとか、何をどうしたらいいのか、私にはまるで見当がつかなかった。修人にしても、とても実務ができるとは思えず、だから私は、修人が無邪気に語る計画は子供じみた気紛れな夢のようなものだと思い、だからこそ、深い考えもなく、ただ一時の感興を盛り上げるためだけに、いつもは食べないドーナッツを齧りながら、修人の「構想」に大いに賛同して見せたのだった。

修人が気紛れであり、実際に印刷を頼んだり何をしたりの仕事ができないのは、まったくその通りだった。けれども、ただ一つ、雑誌の実現に向けて、修人がなした具体的事業があった。それは「僕らのダヴィッド同盟」に一人のメンバーを加えたことで、その新メンバーが鹿内堅一郎だったのである。

＊

鹿内堅一郎は小学校四年生のとき板橋区から越してきて、同じ中学から、同じ高校へ私と一緒に進んだ。

ところが、高校へ入学して間もない五月、堅一郎は、自宅の屋根のスズメバチの巣を取り払おうとしたところ、怒った蜂に襲われ、屋根から転落して、腰の骨を折る重傷を負った。三ヵ月あまり入院して、リハビリの成果もあってなんとか立って歩けるようにはなったものの、入院生活のストレスが祟ったのか、今度は十二指腸潰瘍を患い、別の病院に再入院した。

堅一郎は進級を一年延ばし、だから永嶺修人が入学してきた年には二年生だった。堅一郎は中学時代、楽器こそギターをちょっといじる程度であったが、音楽には詳しくて、私とはよく話をしたし、家が遠くないこともあって、互いの家にもときどき遊びに行った。

高校では音楽部ではなく、その頃できたばかりだった室内楽クラブ（後にオーケストラになった）に所属した堅一郎は、勇躍チェロをはじめたが、まもなく事故に遭い、入院から復帰して戻ったときには、チェロは人が余っているといわれて、コントラバスに変わった。

土曜日の部活が終わったあと、週末は必ず楽器を家に堅一郎は持ち帰った。季節を問わず布ケースに入ったコントラバスを担いで歩く鹿内堅一郎の姿は、土曜日の、そしてまた月曜朝の風物詩であった。

もっとも、傍目には風物詩でも、本人には大変な苦労だったわけで、なにしろ朝の電車は混む。そこへコントラバスでは、迷惑以外の何物でもない。堅一郎は電車内の憎悪の的となり、ときに怒鳴られ、足をわざと踏まれ、胸ぐらを摑まれた。それでも、スミマセン、マコトニ、スミマセンと、へりくだって唱える態度とは裏腹に、モールへ飛び込むラグビー選手のように、楽器ごと猛然と人ごみに突進するのをやめないのは、偉いといえば偉いといえた。

年寄りが掛けるような、枠の上辺のみが黒い、度の強い眼鏡を掛け、小柄な体軀で楽器を運ぶ、ヤドカリみたいな姿をみかけるたびに、怪我はもうすっかりいいのだなと、私は観察した。いや、いいどころか、怪我と病気から復帰して、堅一郎はかえって足腰が丈夫になった印象があった。あるとき、体育の授業で柔道をしている堅一郎の姿をみかけたら、倍近くありそうな巨漢を相手に粘り腰を発揮していたので驚いた。入院先を見舞ったとき、二度と歩けない軀になってしまったと、さめざめ泣いていたのが嘘のようであった。

学年が違うから当然だが、私は学校で修人とはほとんど顔をあわせなかった。秋の合唱コンクールが終わって引退するまで、火木土は私は部活で学校に残ったから、私と修人が付き合うのは、月水金の下校時間と、部活の早朝練習のない朝、駅でたまたま会った場合に限られたが、それでも私は、校内で修人と親しくなった数少ない人間の一人だっただろう。修人に近づきたいと願う者は他にもいて、ことに女子のなかには、いまや死語であるけれど、かなり「熱をあげる」者もあったはずである。

けれども修人は、自分の周りに垣根を立て、容易に人を寄せ付けなかった。近づいてくる人間は、ものに向けられるような冷ややかな微笑で遇され、ときにはっきりとした拒絶の楯が差し向けられる、そのような場面を私は何度か目撃した。

鹿内堅一郎もはじめは、修人に近づこうとして冷たくあしらわれた者の一人だった。最初は堅一郎が私に修人を紹介してくれといってきた。彼は昔からの友人で、大のクラシック音楽好きの人間だと、私は機会を捉え、紹介してやった。それは月曜日の朝だっただろう。なぜなら、堅一郎がコントラバスを背負っていたからである。荷物のせいで遅れがちになるところを小走りで私たちに追いつきつつ、堅一郎はグレン・グールドの話をしたはずだ。グールドの信奉者を自任する堅一郎は、あの頃、誰彼かまわずその話をしていたからである。

修人は聞いているんだかいないんだか、黙ってどんどんと歩を進め、結果、いよいよ遅れがちになる堅一郎は、はあはあと犬みたいに荒い息を吐きながらなおも話し続ける。やがて修人は走るような速さになり、これはさすがの堅一郎も追いつけないだろうと見ていると、コントラバスを背負ったまま猛然と駆け出したからたまげた。

「永嶺くんは、グールドはどう？　けっこう聴いたりするんだろうか？」堅一郎は質問した。

ちょうど銀杏公園から寺の境内に進んだところで、堅一郎の大荷物に驚いた鳩がばたばたと音をたてていっせいに飛び立った。

鳩が本堂の瓦屋根へ向かって飛び去るのを見送ってから、修人は口を開いた。

「グールドですか」

「そう。グールド。あまり聴いたりはしないのかな?」

ようやく相手から反応を得て、凸凹する石畳につまずいてよろめきながらも、修人と肩を並べた堅一郎は勢い込んだ。それまで堅一郎は、修人の斜め後ろを歩きながら、つまり相手の顔の見えないところで喋っていたのである。

堅一郎がどうにか修人の横顔を視野に捉えたとき、修人はいった。

「あんまり聴かないけど、はっきりいって嫌いですね。グールド本人も嫌いだけど、グールドが好きだっていう人たちが、一番嫌いかな」

＊

修人はグールドが嫌いだった。

私自身は、堅一郎からうるさくいわれたこともあり、幾つかの録音は知っていて、バッハの《パルティータ》や《イギリス組曲》などは好きでよく聴いていた。グールドの演奏で一番驚いたのは、堅一郎からカセットを借りて聴いた、モーツァルトのソナタ集である。

例の異様に遅いテンポの《トルコ行進曲》には、こんな演奏もあるのかと感心したし、平気で唸り声をいれるやり方にも、あんなふうに自由になれたらと、憧れに似た感情を抱いた。

けれども、音楽雑誌の評論で知ったグレン・グールドの、コンサート・ホールでの演奏を否定し、表現を録音に限定するスタイルには、釈然としないものを覚えた。演奏会で大きなストレスがかかるのは分かるし、一九世紀に成立したコンサート形式が、曲芸やスポーツを観るのと同じ視線に演奏者を晒し、音楽を殺してしまうのだとの主張は理解できる気はした。けれども、録音だけで行く、というのは何か違うのではないかと、疑問を感じた。

とりわけ私は、グールドが、録音テープを切り貼りすることを積極的に肯定しているという話を読んで、愕然となった。レコード製作の現場でテープを切り貼りして修整するのは、当時から常識だったわけだが、高校生の私はそうしたことにまるで無知だったのである。

私がグールドの話に衝撃——というほど大袈裟でないが、或る種のショックを受けたのは、私が録音を生演奏より一段低いものと見なし、逆に一回限りの演奏の「神聖性」への信仰を、どこかで保持していたからだろう。もしも切り貼りでいいのだとして、その思想を押し進めるなら、人間ではなく、機械が演奏するのでかまわないということになってしまわないか？　もしそうなったら、私が懸命にピアノを練習する、その意味は失われてしまわないか？　百メートル走の選手が○・○一秒でも記録を伸ばそうと努力しているときに、オートバイで走っていいことになったらどうする？

もっとも、私は音大を目指しているだけの、演奏家の卵ですらない人間だったから、それほど深刻に考えたわけではない。グールドの主張になんだか釈然としない思いを抱いた程度にすぎず、彼のレコードは、とくにバッハは、嫌いではなかった。

しかし、修人はグールドには一貫して否定的だった。コンサート・ホール否定というなら、修人の言葉の端々にも似たような思想が垣間みられ、公開のパフォーマンスより、作品との対話を大切にする姿勢は、グールドと共通するものがあったと、いまにして私は思う。修人がグールドのインタビューや書いたものをどれくらい読んでいたかは分からないが、現代のピアニストを指しての、「サーカスの曲芸師」「観客の奴隷」といった修人の言い方は、グールドのそれと同じ響きを持っていた。

にもかかわらず、修人がグールドを嫌う、その理由は判然とせず、よくいえば打たれ強く粘り強い、ごく普通にいって鈍感な鹿内堅一郎によって、グールドのどこが駄目なんだろう？　と、その後もしぶとく繰り返された問いに対しては、グールドに関する何もかもが嫌いなのだと、とりつく島のない返事をした。

一種の近親憎悪のようなものかもしれないと、私は漠然と考えたりしたが、実際にピアノから出てくる音についていえば、グールドと修人は対極的な演奏者だったといえる。異様なまでに低い椅子に座って弾くグールドと、高めの椅子に座る修人――具体的な演奏姿勢の違いに象徴されるように、ピアノという楽器と取り結ぶ関係の仕方において、両者はそもそも根本的に違っていたようにも思うのだ。

どちらにしても、修人がグールドを嫌う理由として思い当たる節が一つだけあった。

グールドがシューマンを弾かない――これである。

＊

グレン・グールドが前期ロマン派の音楽に否定的だったことはよく知られている。複数のインタビューで繰り返し述べているし、録音についても、ブラームスは幾つかあるけれど、ショパン、リストの正規録音は全くない。

シューマンは一つだけあって、《ピアノ四重奏曲》Op.47をジュリアード弦楽四重奏団と一緒に入れている。が、ソロのピアノ曲はやはり一つもない。

グールドはなぜ前期ロマン派を嫌ったか。これはなかなか興味深い問題である。

コンサート・ホール否定の思想とも繋がるが、一九世紀に成立したピアノ音楽、ピアノ演奏のスタイルに抵抗する姿勢からきたのだ、とは、誰もが思いつく理由であるだろう。

グールドが取り上げたロマン派の作曲家といえば、ブラームスは別にして、ワーグナー、シベリウス、リヒャルト・シュトラウスといった、あまり弾かれない作品を彼は得意とし、逆にピアニストなら当然レパートリーに加えるべき曲をわざわざ外す姿勢からも、一九世紀的ピアニズムへの反抗の意志は見て取れる。——と、ここまで書いて、一度だけ修人が、グールドのピアノについて評言めいた内容を口にする機会があったのを私は思い出す。

それは修人が、粉砂糖で手を汚しながら《ダヴィッド同盟舞曲集》の譜面を捲ったときだったかもしれない。

「グレン・グールドには、この曲は弾けないと思うよ」

どうしてグールドの名前が出たのか、文脈は忘れた。しかし修人はたしかにそういったのだった。

なぜか？　と当然私は問うただろう。

「ここにはたくさんのお話があるでしょ？　いろんなところにお話が隠されている。ピアニストはそれを次々と見つけていかなくちゃならないんだけど、グールドって人は、一つのお話しか聴けないんだと思う。というより、自分がお話を作りたいんだよ。彼はお話を作り過ぎる」

「お話を作る」は、修人独特の言い方であるが、単純に解釈すれば、「主観的」にすぎるとの意味に解されるだろう。それならばグールドに対して投げつけられた悪評の代表的な言い回しにすぎない。しかし、ここで私は、グールド自身がインタビューで、「自分はどうしようもなくロマン派だ」と語ったのを思い出す。「ロマン派」であるとはどういうことか。その本意は判然《はっき》りとは分かりかねるけれど、たとえばそれを「物語」の言葉を軸に捉えてみることもできるだろう。

ロマン派音楽の特徴の一つはその物語性にある。これはオペラに起源を持つので、その意味では、バロックこそが最も物語的だといいうるし、古典派にも当然ながら物語性は色濃く刻印されている。だが、ロマン派以前の音楽が、どこかで神話の輝きを帯びた叙事詩的な性格を備えていたのに対して、ロマン派は、近代文学と同様、個人の感情や内面の葛藤を物語の軸に据えるところに特色がある。だからこそロマン派音楽は、演奏者や聴き手の「感情移入」を容易に許す。物語が感情を揺さぶり、心から溢れ出す感情が物語を産み出す――。その果てしのない循環のなかで人は音楽と戯れる。

「お話を作り過ぎる」グールドは、物語に触れて感情が過多になりがちな自分を厭がったのではないか。これが彼がロマン派を嫌った理由だというのが、私の仮説である。

修人もまた「お話」が好きだった。シューマンの音楽のなかにたくさんの「お話」を見つけ、それを語って倦《う》まなかった。けれども、ピアノの演奏の場所では、修人はグールドとは対照的に、自分の「お話」を作らないタイプのピアニストだったと、私は哀しく認める。

なぜ哀しいのか？　それはまた後に語ることになるだろうが、あのとき修人は、彼の「雑誌」でもって、シューマンの「お話」を、ピアノではなく、言葉でもって、文字でもって、余す所なく記そうと志したのであり、その企図は、長く続くものではなかったとはいえ、当時の私の想像を遥かに超えて、野心的であり、修人にとっては、きわめて切実な、ぎりぎりの、切羽詰まったものだったのである。

＊

鹿内堅一郎を「僕らのダヴィッド同盟」に加えようという修人の提案は、私には意外であった。音楽に詳しく、才気を持った人間なら他にもいたわけで、どうして鹿内堅一郎なのか、私でなくても不思議に思っただろう。むしろ堅一郎は、ダヴィッド同盟が敵すべき音楽俗物ペリシテ人の代表格だと、修人から見なされても不思議ではなかった。長年付き合っている私でさえ、音楽を語るに際しての堅一郎の半可通ぶりには、辟易《へきえき》させられることがよくあったからだ。

鹿内堅一郎の家は、私の住む団地近くの、同じ形の家屋がずらずら芸なく並んだ建て売り住宅で、踏むとみしみし音のする、梯子と間違うくらい急な階段を上がった、日当たりの悪い北側の四畳半が彼の部屋だった。

入って右手の本棚に数年分の音楽雑誌、ＦＭ雑誌がびっしり収納され、別の棚にはＦＭラジオから録音した多量のカセットテープが、作曲家別、演奏者別に分類されて収められて、堅一郎の知識と情熱は大したものだったのであるが、私がなんとなく馬鹿にする気分から逃れられなかったのは、マニアが放つ特有の胡散《うさん》臭さを感じていたからだろう。

堅一郎には蒐集癖があって、子供の時分から、牛乳瓶の蓋だ、スーパーボールだ、シールだ、ミニカーだ、切手だと、流行りものを中心に熱心に集めた。もっとも、堅一郎の家は裕福ではなかったから、小遣いは限られ、だから彼のコレクションで自慢できるのは、牛乳瓶の蓋、王冠、きれいな石といった、カネのかからないものに限られた。

堅一郎が「音楽」の蒐集をはじめたのは、中学の三年生頃からだっただろう。一九七〇年代、レコードは高価で、そうそう買えるものではなかったけれど、急速に普及したカセットテープはだいぶ廉価だったから、堅一郎の餌食には好適だった。

堅一郎はＦＭ番組の紹介雑誌を丹念にチェックし、放送をカセットに録音し、外箱にデータを几帳面な文字で記し、着々と棚の空間を埋めていったのである。

ベートーヴェンの交響曲、全九曲がついに揃ったと、嬉しそうに報告したかと思えば、ピアノソナタは、マイナーな曲が放送されないので、なかなか揃わないのだと慨嘆した。「明日はマーラーの七番が放送されるんだ！」と昂奮気味に叫んだ翌日には、「来週、四夜連続で《指環》全曲やるんだけど、カセットが足らなくてね」と苦しい台所事情を明かしたりした。

はじめのうちは曲を集めるだけで満足していたが、そのうちピアニストや指揮者に眼が向いて、「チェリビダッケの振るブラームスの四番は、是非いれとかないとね」くらいの台詞《せりふ》をいえるまでに進化し、留年中の、退院したあとの自宅療養の期間は、他にすることがなかったんだろう、いよいよ「音楽蒐集」に没頭し、学校に復帰する頃には、集めたカセットはゆうに五〇〇本を越えて、押しも押されもせぬ音楽通になりおおせていた。

それでも私が、鹿内堅一郎の音楽への入れ込み方に、どこか怪しいものを感じざるをえなかったのは、早い話が、集められたカセットテープが牛乳瓶の蓋と違わないのではないかと疑っていたからだ。

中学以来の別の友人は、堅一郎が室内楽クラブに入って弦バスをはじめたとき、彼の音楽趣味も本格になったね、といい、毎週末楽器を家に持ち帰って練習する熱心さを賞賛したが、私は、堅一郎が自分の部屋に楽器を置いておきたい一心でそれを持ち帰るのを知っていた。つまり、「蒐集癖」の延長上に楽器運搬はあったのであり、もし可能なら堅一郎は毎日でもコントラバスを持ち帰っただろうし、無限の財力があれば、何十本ものコントラバスを並べたに違いなかった。

私の見方は基本的に正しかったはずだ。実際に堅一郎は高校三年になる前に室内楽クラブは辞めてしまったし、そのまま放置するなら、彼の音楽熱は、牛乳瓶の蓋や河原のきれいな石への情熱と同様、やがて冷めゆく運命にあったのは疑えない。

堅一郎は高二の終わりになって、学校近くの、父親の古い友人だという人の家に下宿した。堅一郎の父親は福島県の農家の出身だったが、急に農業をやるといい出して、家を売り、家族を連れて福島へ戻り、堅一郎だけが東京に残ったのである。新しい住まいで堅一郎は前より広い日当たりのよい六畳間を与えられ、いろいろと気を遣うことはあったのだろうが、案外と快適そうだった。なにしろ学校から家が近いので、授業のはじまる一〇分前に起きればいいのが嬉しいと喜んでいた。もちろん満員電車でのコントラバス運搬の労苦からも解放されたわけだが、引っ越しとときを同じくして室内楽クラブを辞めたのは、間が悪いというか、いかにも堅一郎らしかった。

だが、鹿内堅一郎は、幸運にも、新しい情熱の対象を得た。永嶺修人から与えられたシューマンがそれである。堅一郎は私より熱心な修人の生徒になって、新たな「蒐集」への野望を心に燃やしはじめたのである。

＊

永嶺修人に人を見る天性の眼が備わっていた、とする証拠はないけれど、少なくとも「僕らのダヴィッド同盟」に鹿内堅一郎を加えた、その一点に限っては慧眼だったといってよいだろう。

万事につけマメで真面目な堅一郎が、何もできない私や修人に代わって雑誌作りの実務の担当になったからである。修人が知っていたのかどうか、堅一郎の父親は当時、医療系の小出版社に勤めていて、父親のコネを使って便宜をはかってもらえば、書店に置いても恥ずかしくないくらいの装丁の雑誌を作れると、堅一郎は報告しさえしたのである。

その夏休み——私が三年生、堅一郎が二年生、修人が一年生であった夏休み、私たち三人——ダヴィッド同盟員たち——は、堅一郎の部屋に集合し、雑誌の相談をした。

冷房はもちろんなく、北西側に窓のある四畳半は、西日があたって蒸し暑かった。どういうつもりか、堅一郎は畳の上に絨毯《じゅうたん》を敷いて、ベッドを置いていたから、一角に鎮座するコントラバスのせいもあって、三人入れば室はもう満員だった。

堅一郎は台所から運んできた三ツ矢サイダーをふるまい、これもまた部屋を狭くする一因になっている、大型スピーカーのステレオ装置で自慢のコレクションを聴かせた。堅一郎はレコードも何枚かは持っていて、それが選ばれたときには、堅一郎はジャケットから黒い盤を恭しく取り出し、静電気防止のスプレーを吹きかけて布で軽く拭ったのち、工芸品を扱う人のように、そっとターンテーブルに安置すると、居住まいを正すようにして、針を溝へ運ぶのだった。

それは堅一郎が司る厳粛な儀式であり、そのときだけは私と修人も雑談をやめ、堅一郎の微かに震える手を黙って見詰めた。

堅一郎の部屋を訪れた修人が、カセットテープではなく必ずレコードをリクエストしたのは、真剣で、でもちょっと可笑しい儀式の時間を彼が好んだからではないかと、いまにして思う。堅一郎がバッタ屋で誂えた安物のステレオから流れ出した音楽、喧《かまびす》しい蟬の声と一緒に汗まみれになって聴いたマーラーやストラヴィンスキーは、その後聴いたどんな演奏よりも私には印象深い。

相談といっても、雑誌の構想を話すのは修人ひとりで、私は相づち役であり、ノートにメモをとる堅一郎は文字通り書記であった。修人はシューマンの楽曲分析の他に、野上条彦のコネを使って、来日音楽家へのインタビューを載せるのがいいと発案し、ウラディミール・アシュケナージやクリストフ・エッシェンバッハの名前を具体的に挙げて、堅一郎の度肝を抜いた。修人は装丁には自分にアイデアがあるといい、できた雑誌は書店に持ち込んで置いてもらおうとも提案し、そのあたりは自分に任せて欲しいと堅一郎が請け合った。

雑誌名については議論があった。シューマンのそれと同じ「新音楽時報」で行きたいと修人がいったのに対して、堅一郎が大胆にも異論を唱えたのである。

「それだと、ちょっと地味というか、インパクトに欠けるんじゃないかな。本屋に置いてもらいにくいしね。たとえばだけど、『ダヴィッド同盟』の方がよくないかな?」

ベッドに並んで腰掛けた修人の白い顔に、怒気とも侮蔑ともつかぬ気配が立ちこめるのを私は見た。ところが、三ツ矢サイダーの置かれた硝子小卓の向こうで絨毯に胡座《あぐら》をかいた、汗まみれの堅一郎は何も気づかないのだった。

「『新音楽時報』だと、イメージがはっきりしないというか、つまらない雑誌だと思われないかな」

「そんなことないと思うよ」私は修人の横顔を窺いつつ急いで発言した。「一見地味だけど、しっかりした印象を与える。いい加減な雑誌じゃないと思ってもらえると思うけどね」

「けど、インパクトがなあ」と眼鏡の堅一郎が難しい顔で腕組みをするのへ、私は言葉を継いだ。

「高校生がやってる雑誌のタイトルが、『新音楽時報』っていう真面目なタイトルだっていうのが、逆にインパクトになる」

「そうかなあ」となおも腕組みしたまま堅一郎は首を横へ九〇度近くまで傾けた。「でも、その場合の『新』というのは、どういう意味なのかな?」

「『新』は『新』さ。新しいってことだ」私がほとんど意味のない返答をしたのへ、堅一郎は深く頷いてみせた。

「そりゃ分かるけど、つまりさ、俺がいいたいのは、いまの時代、『新』てつけることが、かえって古くないかってことなんだよね。ニューミュージックとかさ」

「ニューミュージックは、たしかに古くさいけど、英語だから全然違う」といった私の発言を遮って、

「そうだよ!」と声量を一段階あげた堅一郎は背筋を伸ばした。

「新音楽は英語にするとニューミュージック。つまりニューミュージックマガジンてことになって、『新音楽時報』は、それを日本語に訳したんだと思われないかな? 吉田拓郎とかさ。そういうんだと思われたら嫌じゃないか」

「そりゃ嫌だけど、大丈夫だと思うけどね」

「大丈夫かな」とまた首を横へ傾け懸念を表明した堅一郎は、バネ仕掛けみたいにぴょんと首を起こすと、正面の修人へ真っ直ぐ視線を向けた。

「永嶺はどう思う?」

私と堅一郎が議論しているあいだ、両腕をつっかえ棒にした、やや後ろにのけぞる姿勢で、隣家の灰色の壁が見えるだけの窓をベッドから眺めていた修人は、黒いTシャツの軀をすいと起こした。

そのときにはすでに、先刻、淵に垣間見える岩魚《いわな》の背鰭のごとくに一瞬現れた、怒気とも侮蔑ともつかぬ表情は消えて、微笑が——一切の感情を押し隠す紗幕に似た微笑が、修人の白い顔には浮かんでいた。

「僕は、どうでもいい。『ニューミュージックマガジン』でもかまわないし、『ダヴィッド同盟』でもいいよ」

修人はすでにこの場から遠く去っていて、情熱の余韻も跡形もなく消えて、冷え冷えした無関心だけが残された印象——修人とのつきあいのなかで幾度となく感得したこの印象は、それこそ目まぐるしく気分や感情が変転する、シューマンのピアノ曲をいつでも私に想わせたのだった。

＊

堅一郎と三人でいるとき、ふっと修人の姿が消えて、いない人間であるかのように思える瞬間があったのを私は思い出す。それはひどく不思議な、不安を呼ぶ感覚だった。修人は普通の人とは何か違う存在の仕方をしているからだと、そんな場合、私はよく考えた。

＊

それにしても、間近にいれば絶えず苛立ちと軽蔑の対象にしかならなかった鹿内堅一郎を、修人が仲間に加えたのはなぜなのだろう?

結局、「僕らのダヴィッド同盟」は、後に一人が加わって四人になったけれど、中核メンバーは一貫して私たち三人だった。それはごく小さな、バランスの悪い、集団とも呼べぬ何かだった。

部活には入らず、クラスの友達とどこかへ遊びに行くようなこともない修人の学校生活は、明らかに孤独であり、その意味からすると、私と堅一郎だけが、修人が学校で得た友人だったといえるだろう。

私の方は、レベルは違うとはいえ、同じくピアノを弾く者だという共通項が、とりあえずはあった。けれども、堅一郎は、どうなのか？

私は修人を、「永嶺」ないし「永嶺くん」と呼び、彼は私を、学校生活における通常の先輩後輩間の呼称に従い、苗字に「さん」をつけて呼んだ。堅一郎は修人を、基本的に「永嶺」と呼び捨てにしていた。

面白いのは堅一郎への呼称で、私は中学時代からの呼び名である「ケンイチロウ」を使い、修人は、面と向かっては、やはり学校の先輩への通常の呼称である「鹿内さん」であったが、私と二人で話していて堅一郎に言及する場合には、必ず「鹿くん」を使った。

堅一郎を「鹿くん」と呼んだ人間を私は他に知らない。だからこれは修人の純粋なオリジナルであった。

鹿くん——。その呼称が口にされるたびに、親しみの表現なのだろうか、それとも軽蔑なのかと、私は不思議な可笑し味とともに戸惑いを覚えた。

*

雑誌の名前は、結局、「新音楽時報」に決まった。

どちらにしても永嶺修人が主導する雑誌なのだから、修人のいいようにすべきだと、あとから私が鹿内堅一郎を諭《さと》したのである。

堅一郎は頷きつつも、一般に向かって売る以上、タイトルは大事だ、とかなんとか、なおも理屈を並べたけれど、「新音楽時報」の横に、Neue Zeitschrift für Musik のドイツ語の文字を加えることで、ニューミュージック雑誌でないと示す、というところで妥協がなった。

私はどちらでもよかった。というより、私は、修人の音楽への情熱は信じる一方で、彼の語る雑誌の構想そのものは、気紛れな夢のようなものだと、どこかで捉えていたのであり、いろいろと意見は口にしながら、実現をほとんど信じていなかったのである。

実際、修人は、夏が過ぎて、秋が深まる頃には、雑誌のことを口にしなくなった。K先生からの情報では、野上条彦は少なくとも来年中には、内外の大きなコンクールに修人を出すつもりでいるそうで、そのリハーサルというわけではないだろうが、一一月二三日の祝日に、上野の文化会館の小ホールで野上条彦の弟子たちによるコンサートが開かれ、修人も出るはずだと聞いては、雑誌どころじゃないんだろうと私は推察した。

私の方も、九月にはT音大の入試課題曲が発表になり、一〇月には合唱のコンクールがあるというわけで、それどころではなくなった。

「新音楽時報」は、朝露の夢となり果て、「僕らのダヴィッド同盟」も、ことさらにそのような名前で呼ぶ必要がないという意味で、解消していくはずだった。それが自然の成り行きというものであった。

ところがここに、鹿内堅一郎という、素手でスズメバチの巣を撤去するほどの、自然にあくまで抗さんとする一人物が存在した。堅一郎は《ダヴィッド同盟》と表紙にマジックペンで大書した分厚い大学ノートを、「僕らのダヴィッド同盟」員のあいだでの回覧用に準備した。雑誌の発刊に向けて、それぞれの研究や発想を書き込んで行くべしと、堅一郎は同盟員一同に告げ、早速、シューマンの曲が収録されたレコードのディスコグラフィーを作ったのを皮切りに、図書館から借り出したシューマンの伝記や評論の要約と感想を着々と書き込んでいった。

私は一回だけ、コンサート評のようなものを書き、あとは回ってきたノートに眼を通しはしたものの、全然書かなくなった。修人は最初から一文字も書かなかった。だから、ノートは、堅一郎の、精勤な蟻の行列みたいな、細いボールペンの文字だけが、頁を埋めていくことになった。

冬を迎える頃には、そもそも何のためにノートがあるのか、起源すら忘れられた。堅一郎の方も、我々の書き込みはすっかり諦めたらしく、朝、教室にノートを届けにきて、夕方には回収した。私が高校を卒業した後も、堅一郎は、何かの営業か配達の人みたいに、定期的に家までノートを届けにきたのである。

「ダヴィッド同盟」ノートは「V」まで世代を重ねた。そればかりか、堅一郎は「新音楽時報」を、一号限りではあったけれど、本当に出しさえしたのである！

＊

一浪して第二志望の私立大学へ進んだ鹿内堅一郎がドイツ文学を専攻し、そのまま大学院まで進んだのは、このときの「勉強」の延長上だったのは間違いない。

堅一郎の卒業論文のテーマは、「シューマンとドイツ、ロマン派文学」であり、大学院へ進んでからは、ジャン・パウルを中心に研究を続けた。もっとも、私は堅一郎の卒業論文を読んだわけではなく、彼がどれくらい優秀な研究者だったのかは知らない。いや、率直にいって、傑出した業績を残せるような者であったとは信じられない。けれども、たとえ鋭い洞察が一つもないにせよ、彼の研究が何かしらの方向で徹底を究めたものであることは、「ダヴィッド同盟」ノートの読者であった私は疑わない。

かくて、永嶺修人の生徒のうち、少なくとも一人は、最後まで年若い教師の忠実な「弟子」であり続けたのである。

*

私が「ダヴィッド同盟」ノートに書いたコンサート評は、その年の一〇月初旬に開かれた、調布グリーンホールでの麻里谷慶子の演奏会についてである。私はK先生からチケットを貰い、麻里谷慶子に師事する修人も聴きに来ていた。

プログラムは、ショパンの《バラード第四番ヘ短調》Op.52、シューマン《ピアノソナタ第二番ト短調》Op.22。休憩後が、シューベルト《ピアノソナタ二一番変ロ長調》D.960だったと思う。あるいは、ショパンの《バラード》は一番だったかもしれない。

私は、シューベルトに一番感心した。モーツァルトのソナタやコンチェルトに定評のある麻里谷慶子の、音の粒をひとつひとつ磨き上げるようなピアニズムにシューベルトはぴったりで、それからほどなく出たレコードで、麻里谷慶子はシューベルトを録音《い》れ、メインの《さすらい人幻想曲》D.760はいまひとつだけれど、併録された《即興曲集》D.899は、それこそ光沢ある真珠の手触りを残す素晴らしい演奏である。

ショパンは全然覚えていない。シューマンは、その頃には修人の影響で、シューマン信奉者になっていた私の期待が大きすぎたせいもあるのだろう、何だか冴えない演奏だったなと、感想を抱いたのを覚えている。

「シューマンは駄目だったでしょ？」

連れ立ってホールを出てまもなく、機先を制するように修人はいった。遠慮のあった私は曖昧に頷き、でも、シューベルトは素晴らしかったと、賛辞を述べた。

黙って聞いた修人が、次に口を開いて出てきたのは、やはりシューマンだった。

「シューマンは難しいんだよ。シューベルトがあれだけ美しく弾けても、シューマンだとそうはいかない。そこは理解してあげないといけない」

修人は弁護するようにいってから、どこかで少し話さないかと私を誘った。

修人と話す機会をいつも私は心待ちにしていた。けれども、入学試験が次第に近づくなか、勉強は捗っておらず、私は焦り気味だった。ピアノの他にも、ソルフェージュや聴音のレッスンを受けなければならず、T音大は、英語など一般科目の試験も重視されていたから、追い詰められた心境にあった私は時間が惜しくて、迷うような返事をした。

途端に修人の白い顔には、翼を拡げた鳥が舞い降りたように翳が差し、陰惨な孤独の骨相が微笑の仮面の奥から浮き出た印象に、私は肝がすうっと凍える恐怖を覚えて、後悔の苦汁が喉元に押し寄せたとき、

「あそこはどうかな？」と修人はこちらに顔を背け、駅前の広場に面したビルの二階にある、ガラス張りの喫茶店を示した。

こんな場合、必ずそうであるように、とっくに修人がこの場を去って、何人も寄せ付けぬ孤独の穴蔵へ引きこもったとばかり思っていた私は、虚をつかれるまま、

「そうだね。あそこがよさそうだ」と返事をした。

そうしてから、あたかも誘ったのは自分であるかのように、先に立ち喫茶店へ向かって歩き出したのは、いつもと役割を入れ替えて、鈍い人の役を演じてみせた修人の顔を私が畏れ、そこから眼を逸らしたかったからだろう。

私たちは窓際の席に向かい合わせに座り、そのときには修人の顔にはいつもの皮肉の棘を隠したような微笑が戻っていて、しかし何ともいえぬ違和感をなお覚え続ける私は、修人が一つの「告白」をすることを、あるいは予感していたのかもしれない。

強い風の吹く日だった。湿った風の吹く曇天の下で、駅前広場の欅《けやき》の葉が、抗議の声を上げる群衆のように鳴るのが、硝子越しに聴こえた。

＊

この日、麻里谷慶子が弾いた《ピアノソナタ第二番ト短調》Op.22は、シューマンが生

涯に書いた三曲のピアノソナタの一つである。シューマンは音楽家として立つことを決意した一八三〇年にはやくもピアノソナタの作曲に着手した。モーツァルト、ベートーヴェン、シューベルトの後裔を任ずるシューマンにしたら、このジャンルに野心を燃やすのは当然だっただろう。けれども、仕事は思うようには進捗しなかった。

ポスト・ベートーヴェンの時代、あの三曲のソナタの後で何を書きうるのか？ この課題に誰より真正面から取り組んだ作曲家はシューマンであり、新機軸を打ち出さねばならぬと力むあまり、完成度を損ねてしまったというのが、大方の評価だろう。たしかにソナタという場所で、小曲集形式の自在ぶりからすれば、シューマンはだいぶ苦しげではある。

性格を異にする複数の主題が、対立葛藤を経て綜合へと至るという、ソナタ形式の肝に存する弁証法のドラマは、ベートーヴェンの中期ピアノソナタの、あの力感溢れる傑作群において高い完成を見た。ベートーヴェンが開いたロマン派の扉に殺到した後続の作曲家たちは、この弁証法のドラマをひたすら拡大した。その果てに、たとえばワーグナーの楽劇を置いてもよいだろう。

けれども、ベートーヴェン自身は、後期のソナタで、そのようなドラマ性からは脱してしまった。それは形式を捨てて自我をただ肥大させたのではなく、いうならば形式性への徹底が形式を無化する体のものである。ソナタ形式にこだわり、その可能性を追求し抜いたベートーヴェンは、ある日、散歩にでも出かけるようにして、自然と外へ出てしまった。当のジャンルの創造者ともいうべき先人が自ら「離脱」してしまった場所で、いったい何ができるのか？　これこそが、ロマン派の中心に位置するシューマンの直面した問題であり、ショパンのような作曲家には無縁の課題だった。

「小曲集でシューマンはソナタをやろうとしたのだ」という一五歳の永嶺修人の直感はたぶん正しいだろう。《パピヨン》や《ダヴィッド同盟舞曲集》の直接の由来が、ベートーヴェン晩年の変奏曲集にあるのは疑えないが、出来あがった作品についてみれば、幻想と情熱の翼を生やした楽想たちが、勝手気儘に飛び回ると見えながら一個の構築を成すという意味で、ベートーヴェン後期ソナタの血脈が強く感じられる。

ピアノソナタにおいて、シューマンがより緊密な構築を目指したのは当然だろう。しかし、すでにベートーヴェンがしゃぶりつくしたソナタに新たな形式の局面を切り啓《ひら》くことはできなかった。できたのは、結局、ロマン的な情感や幻想を目一杯そこへ盛り込むことであり、滾々《こんこん》と溢れ出る泉のごとき楽想を統御する方法として、彼は、結局のところ、小曲集形式を構築するのと同じ手法をもってする他なかった。

その結果、シューマンのピアノソナタはどれも、不思議に畸《き》形《けい》な美しさを纏うことになった。なかで、二番のト短調は、最も簡潔なまとまりをみせていると評価される作品である。それでも、たとえば、So rasch wie möglich（できる限り速く）と冒頭に指示のある

第一楽章はどうだろう？

「できる限り速く」演奏すべき曲は、再現部のあと、コーダ前の一六小節で、突然、Schneller「より速く」の記号が現れ、さらにコーダではNoch schneller「もっと速く」となるのだ。

「あれは、難しいよ」

公園を見下ろす硝子窓の前で、ミルクティーに角砂糖を入れてかき混ぜながら修人はいった。

「だって、できるだけ速く、だよ。そうかと思って、できるだけ速く弾いていたら、もっと速くっていわれちゃう。え？　と思ったら、さらにもっと、っていうんだからね。無茶苦茶だよ」

修人は朗らかな笑いを口元に浮かべて、甘い紅茶を啜った。

「麻里谷先生は、わりと遅くはじめてたね」私がいうと、修人は黒い眼をぴかりと光らせた。

「あれじゃ駄目なんだ」

修人の笑顔に酷薄な鳥の翳が過《よぎ》った。

「シューマンが求めているのは、本当に、本気で、可能な限り速く弾くことなんだからね」

「しかし、本当に速く弾いたら、コーダが弾けなくなる」

「そう。だから、弾けなくていいんだよ。というか、シューマンは限界を超えることを求めてるんだ。あの曲、というか、ソナタはどれもそうだけど、曲そのものが限界を超えている」

曲そのものが限界を超えている——。いまの私は、シューマンの楽曲についていわれたその言葉の含意を、その意味の広がりを、ある程度理解できると思う。それは、それからなお数ヵ月続いた、修人の「講義」の成果といってもいいだろう。けれども、あの、強い風の吹く曇天の午後の時点では、修人の評言の意味を正確に摑めず、とりあえず技術的な難しさの比喩としてのみ捉えることしかできなかった。

「やっぱり、シューマンは難しい？」とあらためて私が訊いたのは、一一月に予定されている、野上条彦の弟子たちによるコンサートで、修人がシューマンの《幻想曲》Op.17を弾くと聞いていたからである。

ふんと鼻で嗤うように口を歪めた修人は、そんな詰まらぬ問いには答える必要はないとでもいうように、横を向き、黙ったまま紅茶茶碗を形のよい赤い唇へ運んだ。

そのような対応がなされるたびに、私は確実に傷ついていたはずだ。けれども、私は修人の前では分厚い鎧を纏ってもいたから、素知らぬ顔で話題をずらした。

「何かで読んだんだけど、シューマンは自分が指を駄目にしたんで、うんと難しい曲を書くことで、運命に復讐しようとしたっていうんだけど、本当だと思う?」

その瞬間、修人の顔に浮かんだ感情の綾は、私には捉え難かった。それでも、私の言葉が、森の深くにある、幾重にもなった樹や灌木に隠された秘密の沼に波紋を作ったのは疑えなかった。

波紋はやがて岸辺にまで届いて、微かな波音が立ち、それは言葉になった。

*

「僕はね、自分の指が駄目になるんじゃないかと思うんだ」

修人はたしかにそういったのだった。

この言葉が口にされた直接の文脈は思い出せない。けれど、少なくとも私がいい出した「シューマンの指」が、風に煽られる欅を硝子越しに眺める小卓を挟んで座った二人の対話を、ひとつの方向へ導いたのは間違いない。

「なんで、そう思うの?」と私は訊いただろう。

「なんとなくね。シューマンのことをずっと考えていたら、段々そんな気がしてきた」

指や手に怪我を負ってピアノが弾けなくなる。それは楽器演奏者に共通する恐怖である。しかし、明日、突然の死が自分を襲うかもしれないと、怯え暮らしても仕方がないのと同様、考えてどうなる問題ではない。人は怪我をするときにはするし、死ぬときは死ぬ。だが、その考えても仕方のない事柄がどうしても頭から離れないのが、つまりは神経症ということで、ピアニスト永嶺修人は神経症を病んでいるのだ、と、そのように整理された用語による思考ではなかったけれど、私は憶測した。

「それは分かる気がするな」

私がいった瞬間、修人の顔は固いゴムの面になり、黒く穿たれた眼窩の奥に憤怒と侮蔑の火が燃え上がった。が、それも一瞬で、すいと窓へ向けられた修人の白い横顔は、室内灯の光と、渺茫《びょうぼう》とした外光の混じり合う境にあって、憂愁の紗幕がかかり、息を呑むほどに美しく眼に映じた。

「なんていったらいいのかな」と再びこちらへ顔を向けて喋り出したときには、いつもの、悪戯《いたずら》っぽく人を誘い込むようでありながら、拒絶の意志で塗り固められた、うすい微笑がその顔には浮かんでいた。

「シューマンは、変ないい方だけど、彼自身が一つの楽器なんだ。分かるかな？　音楽は、彼の軀というか、意識とか心とか魂なんかもぜんぶ含んだ、シューマンという人のなかで鳴っている。だから、彼がピアノを弾いたとしても、それはシューマンのなかで鳴っている音楽の、ほんの一部分でしかないんだ」

シューマンは一つの楽器である――。理解しにくい、だが、どこか魅惑的でもある不思議な手触りの文句が私の心に刻まれた。私が頷くのを見て、赤い唇を歪めて笑った修人は先を続けた。

「シューマンがピアノを弾く——シューマンは即興演奏が好きだったみたいだけれど——そのとき、シューマンは実際に出ている音、つまりピアノから出ている音だけじゃなくて、もっとたくさんの音を聴いている、というか演奏している。極端にいうと、宇宙全体の音を聴いて、それを演奏している。そういう意味でいうと、ピアノから出る音は大したものじゃない。だから、シューマンは指が駄目になったとき、そんなに悲しまなかった。だって、ピアノを弾く弾かないに関係なく、音楽はそこにあるんだからね」

音楽は必ずしも「音」にならなくてもよいのだ——。修人が繰り返し述べる、彼の音楽論の根本命題、私にはどうしても違和感のあった主張の、これは一つの変奏に違いなかった。けれども、それが「指の怪我」に結びつけて語られることに、私は不吉な息苦しさを覚えたのではなかったか？

「つまり、あれかい、永嶺は、自分も、シューマンと同じように指がおかしくなると思うっていうのかい？」

「というかね」修人は私の質問には応えずにいった。

「シューマンはピアノがうまく弾けなくなってはじめて自分自身が楽器だってことに気がついたんだ。自分が自由だってことに気がついた。あとは好きに音楽を響かせればいいんだからね。もちろん、今度は作曲家として、自分が奏でている音楽を、どんなふうに譜面上に書き記したらいいかという問題に苦しむことになったわけだけどね。結局シューマンは、自分のなかで鳴っている音楽の、全体のほんの一部分を、地学でいえば露頭をスケッチするような形でしか音符にできなかった。それでも、ピアノが弾けなくなって、はじめて自分自身が楽器だってことには気付けたんで、だから彼が指を怪我したのは、一つの運命だったんだ」

自分もまたピアノが弾けなくなる運命にある。修人がそういおうとしているらしいと察した私が、藤田玲子の「運命」を直ちに考えたのは、その頃、彼女の悲運について書かれた記事を雑誌で読んだばかりだったからだろう。キャリアの絶頂で指の機能を失った母親と同じ運命に見舞われる。それを修人は怖れているのかもしれない。私はそのように推測した。

「つまり、永嶺くんは、あれだ」私は慎重に言葉を選んで問うた。「ピアノが弾けなくなるのが、自分の運命だっていうのかな？」

肯定とも否定ともつかぬ形で、修人は微笑の浮かんだ顔を小さく傾けて見せてから、硝子窓の外へ眼を向けた。空は暗く、風は一段と強くなって、ちぎれそうな欅の葉群《はむら》が悲鳴をあげた。

＊

シューマンの指の障害は、二〇歳の頃から生じ、二二歳の一八三二年の六月の日記には、右手の第三指が完全に麻痺していると記している。治療はいろいろと受けたが、結局は回復せぬまま、ピアニストとしてのキャリアを断念せざるをえなかったことが、日記や手紙から知られる。

障害の原因については、ピアノの巨匠を志したシューマンが、独自に考案した指訓練器具を用い、指を酷使し痛めたというのが通説であったが、他にも、梅毒治療のための水銀中毒説や、局所の神経障害説、脳の障害であるジストニア説など、様々な説が出されている。

シューマン自身が「一つの楽器」であり、「ピアノが弾けなくなって、はじめて自分自身が楽器だってことには気付けた」というのは、修人の文学的イメージにすぎない――修人にとってはきわめて切実なものではあったけれど――にしても、「シューマンは指が駄目になったとき、そんなに悲しまなかった」のは事実である。もちろん、気分の浮沈のなかで、シューマンが指の障害を嘆くことはあったけれど、作曲家として立って以降はさして気にする様子はなく、むしろ旅から旅へと渡り歩く演奏家生活は自分には向いていないとすら述べている。

指が駄目になるかもしれない——。麻里谷慶子のコンサートのあと、風に身悶えする欅を硝子越しに眺めながらなされた修人の「予言」は、それから二年を経ずして成就した。そのとき、シューマンと、そして母親と同じ運命に見舞われた修人は、「そんなに悲しまなかった」だろうか？

あのとき、私は恐慌に襲われるあまり、身体中がじんじんと痺れるように強張り、思考は消失した。修人の心情を忖度《そんたく》するに、「悲しみ」の言葉を思うなどは、少なくとも絶対にありえなかった。それはむきだしの恐怖であり、世界が消え去る絶望であり、無惨な死そのものだった。

自分は演奏家には向いていないのだと、修人はしばしば仄めかした。そうなのかもしれないと、私が頷くことも何度かあった。けれども修人がときに言葉にして噴出させる、音楽への、とりわけピアノ音楽への情熱が、演奏家に向く向かないなどといった話を忘れさせた。まさしく修人はピアノを弾くために生まれてきた人間に違いなかった。

言葉だけではない。私は、修人の演奏を聴いたのだ！　あの奇蹟のように素晴らしい演奏を！

それを語るときが、いよいよきたようだ。

IV

永嶺修人のピアノを、私は生涯に三度聴いた。

＊

私が修人と、濃淡はありながら、付き合った期間は、ほぼ二年四ヵ月にわたる。それで三回は、いかにも少ないといわざるをえないだろう。しかも、そのうち、正規のコンサート・ホールで聴いたのは一度きりで、あとの二回は、偶然の機会に、ほとんど盗み聴くようにして聴いたにすぎないとしたら。

私は、永嶺修人の才能を疑ったことは一度もなかった。どころか傍らにあって絶えず圧倒されていた。それは、なにより、修人が音楽について、あるいはピアノについて語る言葉——幼く熟さない言葉遣いではあるけれど、いや、むしろそうであるがゆえに、語り手の独自の思考の運動を実感させる言葉が、天鵞絨《ビロード》の卓布に散らばった真珠粒のような才能の煌めきを眩ゆく放ってやまないからであり、もちろんハンナ・マーレ国際のジュニア部門優勝という実績が、輝かしいアウラの衣を修人に纏わせていたのもたしかだろう。

だが、実際の演奏となると、修人の技術やセンスをしかと確かめるほどには、聴いていないというべきだ。K先生から貰った《トッカータ》の録音はあった。しかし、それは九歳の修人の、おそるべき早熟の才能を示して余りあるにせよ、どこかにまだ子供臭さの残る演奏にすぎない。

ハンナ・マーレのときに修人が弾いた、フランツ・リスト《ロ短調ソナタ》の録音はどこかにあるはずだったが、K先生もそこまでは持っていなかったし、鹿内堅一郎も入手しようと努力してみたようだが駄目だったらしい。修人のデビューといってよい、ニューヨーク・フィルと共演したモーツァルトのコンチェルトも同様である。

七月が誕生月の修人は、私とはじめて出会ったときが一五歳、最後に顔を合わせ言葉を交わしたのは、一八歳になった誕生日のその日だった。一五歳から一六歳、一七歳。人によるとはいえ、器楽奏者が若竹のごとくに伸び行く時期の、ピアニストとしての個性と思想が確立していく時期の修人の演奏を、間近にいながら、私はほとんど聴いていないのだ。

永嶺修人とはいかなるピアニストであったのか？――その問いに答えるだけの材料を君は持ち合わせていないではないか、といわれて抗弁はできないだろう。にもかかわらず私が、永嶺修人のピアノの素晴らしさ――そのたしかな技術を、溢れるばかりの情感を、余計なだぶつきのない明晰さを、豊かで多彩な音色とダイナミックな運動性を、躊躇《ためら》いなく口にできるのは、あの夜の演奏を聴いたからに他ならない。

あの夜――。

遥かな彼方、宇宙の無限の彼方にある、人には決して手の届かぬ何者かが、切なく憧れることしかできないはずの何者かが、一夜限り、夢の翼に乗って運ばれてきたとでもいうような、甘美で、鮮烈で、豊かで、しかし同時に、恐ろしく、血腥《ちなまぐさ》い、背筋を冷たく撫でつける戦慄が闇を駆け抜けた夜。

私が、虚構と分ちがたい夢想の書き割り舞台のなかで、蠟燭の炎に似てゆらめく歓喜と恐怖の幻灯のなかで、幾度も、幾度も、立ち戻ってみた夜。

あの夜、私は、永嶺修人のピアノを、たしかに聴いた。

シューマン《幻想曲ハ長調》――あの夜、私が聴いたのはこの曲である。

＊

《幻想曲》Op.17は、当初、ソナタとして構想された。

ボンにベートーヴェンの記念碑を建てるという、フランツ・リストの企画に賛同したシューマンは、一八三六年、完成しつつあるソナタに、《フロレスタンとオイゼビウスによる大ソナタ、ベートーヴェンの記念のためのオーボルス》なる、いかにもシューマンらしい衒学《げんがく》的なタイトルをつけ、各楽章にも《廃墟》《凱旋門》《星の冠》の標題を付すつもりでいたが、三九年に出版されたときには、《幻想曲》とシンプルなタイトルになり、標題も外されて、シュレーゲルの詩句だけがモットーとして冒頭に置かれた。

終楽章が緩徐楽章であるなど、楽章配列が変則であるため、ソナタの名は外されたのだろうが、これはシューマンの書いた最も完成されたピアノソナタであると見ることもできるだろう。詩的と呼ぶ他ない、伸びやかで奔放な幻想性が、洗練された形式の織機でもって玄妙に織りあわされ、目眩を呼ぶ美しさが獲得されて、全体が一つの歌声——大地が放つ歌声のように響くのだ。

理知的な工夫や野心的な趣向は、探そうと思えばいくらも探し出せる。にもかかわらず、一度響きに身を委ねてしまえば、技巧の手垢をさっぱりと洗い流した、天然自然の囁きそのもののような清澄な歌声だけが聴こえてくる一曲は、シューマンのピアノ音楽の最高峰であり、ピアノという、妙に不格好で、融通の利かない、ときに粗野ですらある器械が主役に躍り出た、ロマン派時代の器楽曲の最高傑作といっていいだろう。

冒頭のモットーはたしかにこの音楽にはふさわしい。

色彩々《いろとりどり》の大地の夢のなかで
あらゆる音をつらぬいて
ひとつの静かな調べが
密かに耳を澄ます者に響いている

——F・シュレーゲル

遥かな太古、大地に生まれた音楽は、あるとき、天空の住人たらんことを夢み、そのとき西洋音楽は、固有の音楽として地上に姿を現した。西洋音楽は、高く翔《か》けあがり、天体の秩序と交わることを願った。けれども一方では、大地から糧を得つづけなければならず、あまり高く飛び過ぎれば、痩せて力を失い、失速を余儀なくされてしまう。《幻想曲》の名を持つこの音楽は、天空と大地のちょうど中間にあって、虚空に浮かぶ天体の幾何学を間近に感じ、また肥沃な大地を眼下に鳥瞰しながら、気流に乗って悠然と飛び行く。厳格な理知のエーテルに軀を晒しながら大地の恵みは失わず、果てしのない宇宙の暗黒の淵を覗き込みながら、地上の明朗な光からは決して離れない。

まさにこの音楽こそが、「色彩々の大地の夢」のなかから生まれ出た密やかな調べであり、シューマンは、自身の一番内奥に隠された秘密を、ここで明らかにして見せていると私は感じる。決してものものしくも、大袈裟な仕方でもなく。散歩の途次に摘んだ花をポケットから取り出して見せるようにして。

＊

すでに述べたように、《幻想曲》Op.17は、野上条彦の弟子たちの演奏会で、永嶺修人が弾く予定になっていた曲である。

修人の弾く《幻想曲》を、私にとってはじめての永嶺修人の生の演奏を、本当なら私は上野の文化会館で聴くはずだった。ところが、それは果たされなかったのである。

一一月二三日の祝日、その日の演奏会を私は楽しみにしていた――いや、楽しみにしていたなどと、おざなりな言葉でいうことはできないだろう。私は大いなる期待と、それと裏腹な、鈍痛に似た胸苦しさのなかで当日を迎え、到着したホールのロビーの掲示で、永嶺修人の不出演を知ったのである。

私は落胆し、同時に、密かに安堵したのを覚えている。修人本人は何もいわなかったし、素振りにそれとはっきり現れていたのではなかったけれど、演奏会が近づくにつれ、修人がナーバスになっていくのを私は感じ取っていたし、K先生からの情報では、修人が演奏会で弾くのを厭がり、野上粂彦との関係がぎくしゃくしているとの話が伝わってきてもいたのである。

修人は風邪で体調を崩したとのことで、これは決して仮病ではなかった。実際、演奏会の前日、風邪気味で熱っぽい修人に私は会っていた。前日、つまり一一月二二日は創立記念日で、学校は休みだったのだけれど、驚いたことに、修人は、地学の課題の岩石採集と露頭の観察に行く鹿内堅一郎に付き合って、狭山丘陵にまで出かけたのである。

堅一郎から電話がかかってきたのは午過ぎだった。ちょっと困っているので出てこられないかという。何だと訊けば、これから地学の宿題で狭山湖へ行くんだが、永嶺修人が一緒についていくといっている、やめたほうがいいと自分は思うのだけれど、そうもいえなくて、国分寺駅で待ち合わせることになった、ついては、駅まできて修人を説得して欲しい、というのだった。

私は受験準備で忙しかったけれど、放っておくこともできない気がして、国分寺駅まで行けば、西武線の改札口に堅一郎が立っていて、昨日、学校で修人に会って露頭の観察に行くといったら、自分も行くと急にいいだしたのだと、困惑しきった様子で報告しているところへ修人が現れた。

明日のこともあるのだから、今日は家で休んだ方がいいのではないかと、私はいちおういってはみたものの、修人は、悪事を躊躇う仲間をけしかけるような、悪戯っぽい、媚びを含んだ笑いを口元に浮かべて、気付いたときには、改札を抜けてホームへ向かう階段を一人で上ってしまっている。仕方なく追いかければ、電車の修人は、「『僕らのダヴィッド同盟』による露頭観察ツアーだ」などとはしゃいでみせ、明日に演奏を控えて、家に居るとかえって落ち着かないのだろう、こんなふうにして自分を落ち着かせようとしているのだろうと、私は観察したりした。

けれども、狭山湖の近くの、雑木林の丘陵を切り開いた造成地に着いてみると、修人はしきりに咳をしていて、明らかに風邪気味の様子だった。この日は冷たい北風が吹く日で、夕刻に近づくにつれ、寒風はいよいよ強く吹きつのって、夕陽にあかく染まった丘陵の木々を揺らし、造成地の、剝き出しになった赤土を盛大に舞い上げた。堅一郎が露頭をせっせとノートにスケッチし、地層の石や土を採取してビニール袋に入れているあいだ、私と修人は、手足を凍えさせながら、林縁に立っていた。

修人は、地層というものへの関心を語ったり、鹿くんは働き者の野鼠みたいだ、などといって笑ったりしていたが、秩父の山嶺に夕陽が沈むのを眺めつつ帰路につく頃にはすっかり無口になり、帰りの電車では、異様に顔色が悪くて、熱もある様子だった。

国分寺駅では、詰まらないものに付き合わされてまったく迷惑した、とでもいうような不機嫌な様子で、別れも告げぬまま修人は消えてしまい、気付いたときには、反対側のホームで雑踏に紛れていた。どういうつもりか、軍手をはめたままの堅一郎は、土に汚れた眼鏡の奥の眼を呆然と見開き、これもまたどういうつもりか、駅売りの巨大な魚肉ソーセージを食べていた。

演奏会に出るのが嫌さに、わざと修人が風邪をこじらせたとは必ずしも私は考えなかったけれど、結果的には、そうしたのと同じになったわけで、このとき私ははじめて、修人の才能を疑う――のではないけれど、よほど人前でピアノを弾くのが嫌なんだろうと思い、修人がピアニストとしての才能を開花させることはないのかもしれないと、暗い予感を抱いた。

二日ほど休んだだけで、修人は何事もなかったかのように学校へ来て、以前と変わらぬ形で私たちとも付き合った。修人が語るのはやはり音楽のことしかなくて、そうなれば、結局彼はそれをするしかない人間なのだと思わざるをえず、永嶺修人はコンサートを否定したグレン・グールドと同じ思想の持ち主なのであり、グールドのような活動をしていくべき人なのだという、堅一郎の見解はあるいは正しいのかもしれないと、私は考えたりもした。

冬休みに入って、修人が野上粂彦から破門されたと、K先生から教えられたときには、心配にはなったけれど、入試が迫った私には余裕がなく、そもそも私に何ができるわけでもなく、年明けからは、ピアノやソルフェージュのレッスンが密になって学校は休みがちになったから、修人と会う機会はほとんどないまま卒業を迎えた。

予定通り私は浪人となり、いよいよ自宅の「神殿」にこもる態勢を固めた。修人との縁は、堅一郎を仲立ちにして切れることはなく、会って話はしたかったけれど、私としては、浪人の半端な立場ではなく、とりあえずは音大に受かって、晴れて音楽家の卵の地位を手に入れてから、修人とは会いたかった。

才能を惜しんだ人たちのはからいで、修人は野上条彦の弟子に復帰はしたものの、コンクールも演奏会も厭がる修人に野上条彦が相変わらず手を焼いているとの話が伝わって、ひょっとしたら修人は人前でピアノを弾くことは二度となく、ついに自分は永嶺修人の演奏を一度も聴かぬままになるのかもしれないと、私が考え出していた三月の下旬、あの夜は、予想もしない形で、出し抜けに訪れたのだった。

＊

学校の春休みに入っていたその日は、午後から音楽部の集まりがあった。卒業生を送る会といった体のもので、お茶を飲み、菓子を食べ、在校生のバンド演奏やダンスなど、ちょっとした出し物があって、最後に記念品が贈られる。

会が終わって、仲間は駅近くのイタリアン・レストランに席を移したけれど、私は夕方からレッスンがあったので加わらず、夜の九時すぎに家に戻って、学校の音楽室に貰った記念品を忘れてきたことに気がついた。

私はすぐに学校へ取りに戻った。熊の楽隊の絵柄のマグカップだけなら、その日でなくてもよかったのだけれど、もう一つ、二年生の女子部員から個人的に貰った包み――手編みの帽子とミトン――を一緒に忘れたのが気になった。持ち去られることはないだろうが、せっかくのプレゼントを放置されたと知った贈り主が気を悪くするのを心配した。音楽室での会の後、一、二年生は先に帰り、卒業生だけが残ってしばらく雑談したから、忘れ物はまだ音楽室にあるはずだった。

三日前に雪が降ったものの、この日はすっかり春めき、夜になっても空気は生暖かくて、コートはいらなかった。駅から商店街を抜け、銀杏公園へ歩を進めれば、通い慣れた路であるにもかかわらず、周りの景色がひどく新鮮に思えて、夜だからなのか、それとも、卒業したせいなのかと、私は疑った。

上空は雲がかかっていたけれど、満月に近い、黄色い月の浮かぶ空の辺りは雲が切れて、周囲の筋雲を魚の鱗のように見せ、地上では、しんしんと降り注ぐ月の光が、公園の樹の葉の蠟質《ろうしつ》を鈍く輝かせるなか、公園の砂利路に沿う白梅は、何事かを囁く人たちのように立ち並び、甘い香りのする闇に紛れた。

夜啼く鳥の声が、暗い木立ちの奥に聴こえれば、砂利を踏む自分の足音が、遠い街の喧噪に紛れ響き、常夜灯の濃淡の影が地面に交差する。そのとき、右手のツツジの植え込みの陰から黒い影が飛び出し、ぴかりと双眸《そうぼう》が黄色く光ったのは、猫である。月と常夜灯の光を浴びたせいか、眼だけでなく、軀全体が蒼く光るように見える猫は、こちらを誘うような素振りを見せながら小径を進んで、私はしばらく猫を追う形になった。

猫が木立に紛れ消えたとき、春の気を浴びたせいか、それとも月の光のせいなのか、人気のない夜の公園を一人行く私は、不思議な陶酔感が身裡《みうち》に溢れ出すのを覚えていた。それは自分が浪人したことにも、一年後の受験への不安にも、自分の才能のなさへの恐れにも、将来への慎ましい希望にも、下級生から思いがけない贈り物を貰った嬉しさにも関係のない、つまり、地上にあって日々を送る私の暮らしとは断然無縁の、いうならば天の高みから一方的に降り落ちてきた、あるいは逆に、軀の奥の暗がりからふいに湧き上がった、天然の生命の、爽やかな香気を放つ律動、潑剌として穏やかな波動がもたらす陶酔であった。自然が人間に一方的に贈り物として与えてくれる陶酔であった。

夢幻の花の種に自分がなってふわり運ばれる浮遊感のさなか、世界の姿が細密に眼前に描き出される感覚。我を離れ、我を忘れながら、むしろ感覚の針が研ぎすまされ、意識が冴え冴えと覚醒していく、そのような種類の酩酊感。自分が音楽に求めているものは、つまり、こういう喜びなのだと確信した私は、突然歌いたくなった。

私は、シューマンの歌曲を、声に出さずに歌った。それはK先生の勧めで習い出していた声楽の、最近のレッスンで歌った、《リーダークライス》Op.39のなかの、Mondnacht（月夜）であった。

さながら天空が大地へ静かに
接吻をしたようだった
咲き乱れる花々の放つ微光のなかで
大地は空に憧れ夢見るのだ

大気が野原を渡った
麦の穂がさわさわ波立った
森は微かにざわめいた
それほど星の明るい夜だった

そうして、僕の魂はのびのびと
その翼をいっぱいに拡げ
穏やかな土地を飛び過ぎていった
故郷へ向かい飛ぶ鳥のように

Mondnacht（月夜）にはやがて、シューマンの他の歌曲が混ざり合い、さらには合唱コンクールの自由曲だったメシアンをはじめ、様々な楽曲が一遍に響き出し、レッド・ツェッペリンや、サンタナや、荒井由実までが鳴りはじめて、しかし、混乱することも訳が分からなくなることもなく、全部がいちどきに耳の奥で鳴り渡りながら、一つ一つくっきり聴き分けられるならば、私は、私という器から溢れ出る音の奔流のなかで、はちきれんばかりの歓喜に捉えられ、激しく渦を巻く幸福感を持ちきれず、蒼々とした夜空に向かって叫び出そうとし、けれども、そうした狂躁と見紛う至福のときは、次の一瞬、月明が雲間に隠れ、周囲の事物がすうと色を失うと同時に去った。

寺の境内を横切る小径が終わり、道路を挟んで、学校の鼠色の塀が街灯の光を侘しく浴びているのが見えた。

＊

いちどきにたくさんの音楽が頭のなかで鳴り響く。

そのような体験は、私にとってあれが一度きりの体験だった。自分はどんなことでもできるのだと確信する全能感の土台上で、時間が細分化されて、それら無数の時間を、個々別々に、だが一遍に生きつつあるとの感覚は、癲癇《てんかん》の発作前の絶頂感に似たものだったのかもしれない。

同じ質であるかどうかは分からないが、シューマンも似たような経験を述べている。無数の音楽が同時に頭のなかで鳴り響く——それはシューマンの天才性の証しであり、同時に狂気の兆候と見なされてきた。

「一つの曲が鳴っているときに、必ず、別の曲が、後ろで、というか隠れたところで鳴っている」と修人が語ったシューマンの楽曲の特質が、そのような作曲家の資質と直結しているのは疑いえないだろう。

発言のなかにときおり現れた「地層」や「露頭」の言葉で以て修人が語ろうとした内容も、このこととおそらく無縁でない。「自分自身が楽器」であるシューマンのなかではたくさんの音楽が鳴り響いており、それは「地層」のように折り重なっている。私たちには地表に現れた土地しか見えないが、眼に見えぬ地面の下には無数の「地層」が隠され、それは楽譜という「露頭」となって現れている——そのようなイメージだっただろう。

あのとき、月明かりの下、草木の蠢動《しゅんどう》する春の気を放つ銀杏公園から、寺の、旺盛に葉を茂らせた竹林の小径を歩きながら、私が人生で一度限りの、突発的な歓喜——ほとんど苦痛と区別のつかないほどの歓喜に捉えられたのはなぜだったのだろう？

何かしらの予兆を私が感じ取った。ほどなく起こる出来事に私の魂が密かに感応した。

たとえばそんなことだったのだろうか？

どちらにしても、その音が耳に届いた瞬間には、私は、私が聴くはずだったものを聴いたように思ったのだ。

＊

寺と道路を一本挟んで、学校の敷地はある。

正門は反対の東側にあって、寺院に面した西側は、暗鬱な鼠色のコンクリート塀が長く続いて、塀に沿って植えられた桜が、車通りの少ない道路へ向かって枝を延ばす。

出入口はどこも夜間は施錠されるのが原則だが、正門の横の通用口はたいてい鍵が開いていて、閉まっている場合でも、門の鉄扉は高さがないから、簡単に越えられるし、敷地を囲む塀にしても乗り越えられぬほどではない。実際、文化祭の前などには、夜、多数の生徒がそうやって学校に出入りした。

西側の塀には一角に金網格子の通用口がある。この扉の金具が足がかりに具合よく、夜間の出入りに頻繁に利用されていた。このときも私は通用口の扉を乗り越えた。

降りたところは、青い金網柵に囲まれた水泳プール脇の桜樹の下で、そこから右へ行けば四階建ての校舎、左が音楽室のある「レンガ棟」である。

「レンガ棟」まで歩いた私が靴を脱ぎ、建物の西端に付いた階段を上ったのは、先日の雪で地面がぬかるみ、靴が汚れたのを気にしたからである。校舎内は上履きが原則だった。以前であれば、靴裏の泥をこそげ落とすくらいで、廊下までなら気にせず土足で侵入したはずで、卒業したばかりだというのに、変に遠慮をしている自分が私は可笑しく、ここはもう自分の場所ではないのだと思えば少し淋しかった。

上がった二階は、音楽室前のベランダ廊下である。私は冷たく重い石の感触を靴下の足裏に感じながら、廊下に立ち、下のプールを、向かいの校舎を、そして空を見た。

月が、校舎の上にあった。空から静かに降り注ぐ月の光が、暗い校舎を、凝固したように動かぬ桜樹を、染みだらけのコンクリート塀を照らした。プールのデッキが霜が降りたように白いのは、右手の、更衣室の小舎《こや》の傍にある蛍光灯のせいもあったが、その光もまた月の光に混ざり込んで、天然の燭光の一部であるかのように思いなされた。

プールの黒い水には、七つ八つ、円形の光るものが浮かんでいた。それが生物部が設置した発泡スチロールの実験器具であるのを私は知っていた。にもかかわらず、ああ、蓮だ、と私は連想の浮かぶままに呟き、月は蓮の花にこそ向かって光を注ぎかけ、囁きかけているのだ、と、幻想に心を遊ばせた。

蓮の花は畏れている

照りつける太陽の光を
花は、うなじを垂れたまま
夜の訪れを待っている

月は蓮の恋人
蓮は月の光に目を覚ます
そうして、月に向かって開いて見せる
嬉しげに、その無邪気な素顔を

蓮は咲き、色づき、輝き
高みを黙って見詰める
蓮は香り、泣き、ふるえる
恋と、恋の痛みに

水辺の蓮に降り注ぐ月光の像《イメージ》——。シューマンの歌曲、Die Lotosblume（蓮の花）からの引用である。詩はハインリッヒ・ハイネ。《ミルテの花》Op.25の七番目に置かれた一曲は、シューマンの書いた歌曲のなかで最も美しいものだ。

先刻の公園で体験したのと同じ至福感が、躯を押し包む気配が生じ、水平線の彼方から、一塊になった無数の音楽が、津波となって押し寄せる予感に、私の躯はふるえ出し、もしあの大波にさらわれるなら、今度こそ自分は喉を猛々しく震わせて叫び出すしかないだろう、それは夜の森に谺《こだま》する獣の声のように響くだろうと思い、歓喜と苦痛に灼かれる瞬間を先取りして熱く喘いだときだ。

背にした音楽室から、ピアノの音が溢れ出してきたのは。

＊

シューマン《幻想曲ハ長調》Op.17。

第一楽章。Durchaus phantastisch und leidenschaftlich vorzutragen「徹頭徹尾幻想的に、情熱的に演奏すべく」

＊

最初に訪れたものは――理解だった。

何への理解か？　すなわち、シューマンの音楽に関して、ないしシューマンのピアノ曲に関して、修人が語った数々の事柄、それへの理解が、冒頭の響きを甘やかな植物の香りのする暗がりに聴いた刹那、一遍に私に訪れたのだった。何もかもが一挙に摑まれた。そう強く私は感じた。

しかし、では私は何を理解したのか？

並べたてればたちまち両手から溢れ零れてしまうほどの事柄をだ。あまりにもたくさんいちどきに理解したために、何を理解したのかほとんど思い出せないほどの事柄をだ。たとえば私は、「地層」と「露頭」について理解した。

音楽室から聴こえてきた音楽は、つまり「露頭」なのだった。その音楽は、遥かな時空を貫いて、いにしえよりずっと、眼に見えぬどこかで響き続けていた音楽なのであり、それが何かのきっかけを得て、まったくの偶然から、この世界に「露頭」となって現れ出たものに違いないのだった。

渓谷を渡る気流を想わせるアルペジオに運ばれ滑空する第一主題の旋律――その核になるAからDまで下降する五つの音は、かつて《ダヴィッド同盟舞曲集》の楽譜を前にした修人が、「僕は、この音符の陰に、何かが隠れているような気がするんだ」と述べた、シューマンのピアノ曲に執拗に現れる音列である。「クララの動機」とも呼ばれるこの楽句が、調性をぼやかしたまま進み行く姿は、さながら夢の霞が凝《こご》ってできた瑞雲から飛び出した一羽の鳥のようである。

翼を一杯に拡げ羽撃く金色の鳥は、太古から宇宙を飛び続けてきたのであり、その神話の鳥が、忽然、姿を現したのである。と、そのように私は想い、いま耳にする音は、「自分自身が楽器」であるシューマンが奏でる音楽のなかで、魂の最も内奥の場所に仕舞われた秘密の音楽であり、秘密の言葉であり、いままさにそれが明かされつつあるのだとの思いに、全身が総毛立つのを覚えた。

私はこの音楽を、いつから、とはいえぬけれど、ずっと聴き続けていた。なのに、それに気付かないでいたのだ――。月の光に晒され萌え盛る水辺の蓮をベランダ廊下から見下ろした私は確信に捉えられ、開け放った窓から薫風が吹きこむように、無数の言葉が瞬時に我が魂に訪れるのを感じた。

開け放たれた窓――音楽室の窓。

私は見た。ベランダ廊下に面して並ぶ音楽室の硝子窓がいくつか開け放たれているのを。だから、ピアノの音は、防音の二重硝子に遮られることなく、鋭利な輪郭を失わぬままベランダ廊下に流れ出し、向かいの校舎に反響しているのだ。

開いた窓は、室のなかの演奏者が音楽を外の世界に響かせようと意志している証拠と見え、八つ並んだ窓の、私が立つ側から二番目、四番目、五番目の三つが開いているのが、音響効果を精密に計算しての仕業ではないかとすら思えた。

私は窓から音楽室を覗いた。

ピアノの前に座るのが永嶺修人であると、私ははじめから知っていたと思う。その場所で、そのようにして、修人の演奏を聴くことを、私はずっとずっと前から知っていたと思う。あのとき、そう確信したことを私は覚えている。たしかに覚えている。

＊

音楽室に電灯は点《とも》っていなかった。

＊

それでも、やや高めの椅子に座って、上から睥睨《へいげい》する姿勢で鍵盤に向かうピアニストの姿が闇に浮んでいるのは、天井の円蓋の窓から月の光が差し込むからである。白い光の帯が幾筋も降り落ち、黒塗りのベーゼンドルファーを、ピアニストの黒い衣装を、黒い髪を、微細な氷の粒が纏いかかるように光らせている。

ピアニストの顔は、淡い月の光を浴びて、石膏《せっこう》像めいて白く、頭部に動きはあるのに、横顔の表情が固着したまま変わらぬのが異様に思え、修人が実際に石膏の仮面を被っているのではないかと疑われれば、黒い衣装のピアニストは、グランドピアノに付属する器械人形であるかのようにも見えてくる。

だが、そうした奇怪さの印象は、楽器と一体になったピアニストの軀から流れ出る音楽の豊かさの前にあっけなく溶け去って、たしかにいま永嶺修人がピアノを弾きつつあるのだという、端的な事実だけが、驚きとともに心を支配した。

冒頭から続く左手のアルペジオを、月下のピアニストは、驚くほど平明な、リズムに余分な揺らぎのない正確さで鳴らし、その手触りのよい天鵞絨の敷物のうえで、右手のオクターブの主題は軽やかに動いて、中声部のトリルは工芸品の美しさで際立った。調性の曖昧な第一主題から、それと一繋がりになったハ短調の第二主題へ、さらにそこから派生したニ短調の旋律――シューマンが手紙で「私の一番好きな旋律」と書いた――へと続く一連の流れは、十分な音量はあり、また一つ一つの音の輪郭は鋭利に際立ちながら、磨き込まれた木肌の艶やかさと暖かみを放つ。

提示部の終わり、シューマン特有の、シンコペーションのリズムに導かれる小結尾、いままでとは全然質の異なる時間がふいに現れ出たように感じられる、五小節だけのアダージオにさしかかったとき、ピアニストははじめて顔を伏せた。そうして、フェルマータの付されたF音とE音が、それまでの敏捷な動きの印象からうって変わって、深く潜水する人の呼吸のように、たっぷりと長く尾を曳くなら、円蓋から差し込む月光は一段と蒼く輝き、深く首を垂れた「祈る人」の姿を闇のなかに美しく描き出した。

続く展開部、低音が銅鐘のように深々と鳴ると、それはまるでいままでとは違う楽器で弾かれたかのようであり、高音が一瞬、眩く閃いた直後、冒頭の主題が短く帰還して、木質の肌理の感触が懐かしく闇に残される。

続くIm Legendenton「伝説の音調で」と表情を記された挿入部からは、次第に速度を増し加えつつ、両手がトッカータ風に動くなら、音楽は歌を孕んでさかんに躍動する。シューマンに特有のリズムの錯綜する速い楽句、そのあわただしい動きのただなかで、隠された旋律が豊かに歌われることに私は仰天した。

さまざまな挿話が、さまざまな囁きが、会話が、風景が、心情が、多彩な色調で、多様な造形で、しかし音楽の流れを失わずに描き出されていき、再現部の終わり、再度の、先刻とは少しだけ音形を変えたアダージオの小結尾では、哀しくなるほどの「祈り」の気分が音楽室の闇に満ち溢れ、同じ気分は、第一主題が短く帰ってきたあとに姿を現す、きわめて印象的なベートーヴェンの引用――An die ferne Geliebte「遥かな恋人へ」第六曲――でも引き続いて、結尾の三連の和声は、まさに月影そのものが発する囁き、月の光の降る音のように闇に響いた。

コッ、とペダルが踏み戻される音がして、金属弦は振動をとめた。音楽は消えた。充溢する余韻を残して、音楽は虚空に消え去り、もう二度と取り戻せないのだと、しかし決して喪失感ではなく、それはそうあるべきなのだとの深い確信が胸に漲《みなぎ》ったとき、第二楽章冒頭のアルペジオが決然と鳴り渡った。

＊

第二楽章。Mäßig. Durchaus erergisch「中庸の速度で、徹頭徹尾精力的に」

＊

ピアニストは、あたかも空白を怖れるかのように、楽章の間にほとんど切れ目を入れなかった。そうして、この、巨匠的なピアニズムが随所に現れる、演奏が極端に難しい、行進曲ふうのロンドこそ、永嶺修人の独擅場《どくせんじょう》であった。

素早く困難な指の動きを要求される箇所でこそ、音楽が豊かに伸びやかに歌われることに、ここでも私は感嘆した。執拗に反復される付点のリズム――どうしても離れられない作曲家の体質であるかのように、あらゆるピアノ音楽に繰り返し現れ、ともすれば単調になりかねないリズムの反復を、頭上から月の光を浴びた黒い衣装のピアニストは、いかにも楽々と、ユーモアさえ含んだ余裕ぶりで弾き進めていき、ぶあつい和声のファンファーレは、燃え上がる天体のように輝かしく煌めいた。

大きくて厚い響き。もうこれが限界だろうと思えるほどの厚味と幅のある響きの塊。その先にはしかし、さらに大きな響きの岩塊が待ち受けていて、空間を圧倒して埋め尽くすのだ。

完璧な技術といえば、どうしても即物的で冷淡な演奏を想ってしまう。だが、いま聴こえてくる音楽に、人間的――の言葉はふさわしいとは思えないけれど、健康な人の体温が、明朗でまろやかな知性の暖かみが溢れていることに、私は感情を揺さぶられた。知らず涙が出た。

的確に描出される音の輪郭と、目眩のするほどの多様な色彩感とスリリングなリズムの交替、そうして、それら全部を緊密な構図のなかに収める意志力と集中力。憧憬、夢想、悲嘆、怒り、憂鬱、微笑、歓喜、諧謔、冷笑、恋情、あらゆる人間の感情を凝縮しながら、ときに軽々とそこから飛び離れて、天空を飛翔する精神の羽撃《はばた》き。

決して短くない第二楽章は、鼻の奥を熱く潤ませ、背筋を痺れさせ、おおおう、おおおうと、セイウチのような驚嘆の叫びを頭のなかに響かせ私の前で、ほとんど一瞬のうちに過ぎ去って、最後のE♭の和音、ベートーヴェン以来の伝統である、英雄の勝利の宣言である和音が高らかに打ち鳴らされた。そのときだ。ベランダ廊下の向こうに人影が現れたのは。

＊

時刻は夜の一一時前後だっただろう。

午後九時に帰宅する用務員のおじさんは八時半に校内を見回る。九時以降に校内には人がいないのが原則であるけれど、当時、その辺りはだいぶおおらかで、生徒が残っていても、ちゃんと戸締まりして帰るようにしてほしいとだけいって、おじさんは後を任せ、室の鍵も翌日に返せばよかった。合唱祭や文化祭のような行事時以外でも、美術部や生物部が制作や実験で遅くまで残ったし、音楽部もコンクールや定期演奏会の前には九時を過ぎて練習する場合がまれにはあった。

ベランダ廊下の人影――。スリッパを不規則にぺたぺた鳴らして歩く人物を私は即座に同定した。美術の吾妻豊彦先生である。

吾妻先生がしばしば自分の創作のために美術室に遅くまで居残っているのを私は知っていた。美術室は、レンガ棟の、音楽室とは反対の東端一階にあって、四〇歳台半ばにして独身の吾妻先生はしょっちゅうそこに寝泊まりしていた。授業で音楽を選択していた私は、吾妻先生とは接点がないはずだったのだけれど、彼が音楽室に居残った私のピアノをときどき聴きにくることがあって、私たちは顔見知りになっていた。

吾妻先生は、長く伸ばした髪の上にトレードマークの黒い毛糸帽子を被った、色の浅黒い、彫りの深い顔立ちの人で、いかにも芸術家ふうの佇まいは、どこから見ても信用金庫の営業マンとしか思えない音楽の佐原先生とは好対照だった。吾妻先生はヘビースモーカーで、いまでは考えられないけれど、授業中も両切りのピースを手から離さず、そんなところも格好よくて、生徒からは人気があった。

吾妻先生はモダンジャズに詳しく、私にマル・ウォルドロンや菊地雅章をすすめてくれたりする一方、クラシック音楽にも知識があって、当時はまだ一般には人気のなかった、リュリをはじめ、フランス・バロックが好きだというあたり、いま思えばなかなかセンスがよかった。吾妻先生は右手に煙る両切りピースを持ち、左手で、もうひとつの彼のトレードマークである、琥珀《こはく》のループタイを弄ぶ得意のポーズで、色々と面白い話をしてくれるのだった。

こうした次第で、ベランダ廊下に立つ影を見て、すぐにそれが吾妻先生だと分かったのである。

私は即座に、音楽室前の廊下を、吾妻先生の方へ小腰を屈めて進んだ。姿勢を低くしたのは、窓に人影が映って、ピアニストの集中を削ぐのを畏れたからである。吾妻先生に近づいたのも、彼が演奏の邪魔をするとは思えなかったけれど、たとえば彼がいきなり煙草に火をつけて、修人の注意を引くのは避けたいと、咄嗟に考えたのだろう。そもそも廊下を歩いてくる吾妻先生が煙草を吸っていないこと自体珍しかった。

音楽室の次は音楽準備室、その次の家庭科室の前あたりで、髪のポマードと油絵具と煙草が一つになった匂い——吾妻先生の人となりをそのまま表現しているような匂いを、私は鼻に嗅いだ。

私は、学生時代のバイク事故の後遺症から左足を引き摺るせいで、いびつなリズムでサンダルを鳴らして歩く吾妻先生に、口の前に人差し指を立てる合図をして見せた。それから二人連なって、音楽室の直前まで戻ったときにはすでに、第三楽章の静謐な音楽が、闇中に漏れ出ているのだった。

*

《幻想曲》第三楽章。Langsam getragen. Durchweg leise zu halten「ゆっくりと進めて。徹頭徹尾、そっと静かに」

*

この最後の緩徐楽章こそ、シューマンの魂の内奥に秘められた夢そのもの、たくさんの逡巡や躊躇いのあとでなされる秘密の告白といっていいだろう。

C—A—F—G_7という、ポピュラー音楽でもお馴染みのコード進行で綴られる、四小節のアルペジオの序奏。それに導かれて静かに語り出される第一主題。そのとき私は、例の下降する主題——「クララの動機」とも呼ばれる、「この音符の陰に、何かが隠れているような気がするんだ」と粉砂糖に指を汚した修人がいった主題が、左手の低音部にくっきり姿を現すのを聴きとった。

演奏者の意図に基づくと否応なく理解される、楽句の際立ち方に私ははっとなった。それは疑いもなく不吉な響きに違いなく、明朗な親しさの気分の底にある、薄皮を一枚剝がせば現れるはずの、鬼火のように青白く燃える不穏さの気配を孕んで、音楽は凄絶な美しさを放ちながら、滞留するようにして進んでいく。

A♭に転調して現れる冒頭と同じ音型のアルペジオ。そこからやや動きのある第二主題へ。調性がA♭からFへ、FからDへ、DからGmへと、小刻みに変化をつけながら渦を成す音楽は、自分は決定的な何かを聴き落としつつあるのだという、いわれのない焦燥感に浮き足立つ私の傍らをするり擦り抜けて、二度と取り返せぬ彼方へ次々と去ってしまう。

そうして、まもなく現れる、コラール風に謳い上げられるクライマックス——輝かしい祝福に満ちた、それでいながら慎ましくもある勝利の歌を、月下のピアニストは、やさしく、誠実に、心から慈しむように弾いた。その音は、決して崩れぬ堅固さを持ちながらあくまで柔らかく軀を押し包んでくる、透明に光る水の波になって私を見知らぬ地境へと拉し去る。

どこなんだろう、ここは？　自分はどこにいるんだろう？　答えようのない問いが繰り返し心に浮かんで、その言葉が呪文となっていよいよ深い官能と陶酔の水底へ私を沈めるかに思えたときには早くも、展開部を欠いた楽章は再現部に進んでいる。

第一主題と第二主題の中間に置かれた下降する旋律が帰ってくると、三度目の冒頭アルペジオの音型が、深みへ、深みへと、人を誘うかのように、今度はD♭で現れる。と、それはすぐにFになり、あるいはCの主調に戻りしながら、第二主題が懐かしい昔話のように語られていく。

「クラの動機」が密かに織り込まれながら、音楽は絶頂へ向かって小刻みに動いていき、やがて再び勝利の合唱が、今度は、ペダルで保持される低音Cの堅固な土台に支えられて、フォルテッシモの指示の下で打ち鳴らされた。輪郭の明瞭な決然たる響きは、月の光に照らされた音楽室の隅々にまで行き渡り、手で触れられる物質のように満ちあふれ、渦を巻き、しかしここでも、ていねいでやさしい慈しみが、音の棘や角を消し去って、ぶあつくて滑らかな肌を持つ官能の大波が、聴く者の軀を幾重にも押し包んだとき、全身の毛という毛を逆立てた私は、おおう、おおう、と喉の奥で叫びながらまたも熱い涙を流した。

とりとめのないお話の続きのように、第二主題が反復されるコーダでは、やがて、大地の囁きとも思える両手のアルペジオだけが残されて、最後は、深く、静かに、美しい夢を約束された眠りに入る人の吐息のように、ハ長調の和音が鳴らされる。

指が鍵盤からつと離れ、コッと音をたててペダルが踏み戻されれば、音楽は消える。二度と取り返せない、久遠の場所へ去ってしまう。

いや、音楽はまだ続いているのだ！　私は確信した。音楽は途切れず続いている。どこかで。どこか私の知らぬところで。この瞬間にも密やかに響き続けている。不意に立ち現れた「沈黙」の、その奥で、音楽は鳴っている。ピアニストは「沈黙」から音楽を魔術でもって呼び出し、一瞬の幻惑のうちにその眩い姿をこの世に現出せしめ、そしてまた「沈黙」へとそっと返してやる。具体的な音よりむしろ、「沈黙」の充溢ぶりを描き出してみせるのが、きっと演奏家の役目なのだ。

そんなことを、なお涙を零しながら、私が考えたとき、音楽を知る吾妻先生が、曲のあいだはずっと我慢していたんだろう、かちりと金属音をさせてジッポのライターで煙草に火を移した。するとそれまで息を呑むようにして黙り込んでいた、夜の街の喧噪が、風にゆれる樹の梢の囁きが、誰かの囁き交わす声が、家々の窓から漏れ出る生活の音が、奈落に落ち込む滝水のようにいっせいに流れ込んで、たちまち「沈黙」は姿を消してしまう

――その刹那だった。

人の悲鳴が、一筋、暗がりを刺し貫いたのだった。

それはいくぶんくぐもった声だったけれど、ひりひり神経に障る触手を四方へ伸ばして、夜の校舎に反響した。

なんだあ？　と、場違いにのんびりした調子でいった吾妻先生の、銜《くわ》えた煙草の先が熱を孕んで橙色に輝いた。しばらく二人で周囲の暗がりに注意を向けてみたが、あとは何も聞こえてこない。

「夜の猿ですかね」と、冗談とも本気ともつかぬことを私は口にした。

「猿じゃないだろう。猿はこの辺にはいない」と真面目に吾妻先生が応じたとき、プールで人影が動くのを私は見た。右手の、更衣室の四角いコンクリートの小舎から人影が現れるのを。

その人は、荷物を小舎から引き摺り出して、後ろ向きにプールへ進んでいる。全身が黒い、まるい頭をした人は、子供向けヒーロードラマに出てくる全身タイツの下っ端怪人を連想させて、そのふざけた印象がひどく気味が悪い。黒い人の腰を落とす姿勢から、運んでいる荷物の重量が想像された。どうやら荷物をプールへ投げ入れるつもりらしいと見て取ったとき、靴下の白い色が、月と蛍光灯の混じり合うプールサイドの薄闇に浮かび上がった。人間だ。引き摺られている荷物は人間であり、白い靴下を履いた脚の、膝から下の肉が今度ははっきりと見えて、それがスカートをはいた女性であると私は知った。

「何をしている！」煙草を投げ捨てた吾妻先生が、下へ向かって鋭く誰何《すいか》した。

プールサイドの黒い人は、何も聴こえなかったかのように、格別あわてる様子もなく白靴下の女を引き摺っていき、競泳コースの飛び込み台の横まで運ぶと、黒い水へ押し込むようにして、「荷物」を水槽へ落とした。

「何をしてるんだ?」怒鳴った吾妻先生が、ベランダ廊下を階段へ向かって走り出した。

一方の私は浮き足立ったまま、動くこともならず、雲がはれ、いよいよ冴え渡る月の光を頭から浴びたまま、呆然とプールサイドの劇を見遣っていたが、脚の悪い吾妻先生が駆けるだけの速度を出せず、ただ両肩を大きく波打たせるばかりでいるのを見れば、脚がこうなっては自分は災害に遭っても逃げることができない、そう観念したとき自分の人生観は変わった、昔は逃げ足だけは自信があったんだけれどね、と煙草の煙の向こうで笑った吾妻先生の顔が、仮眠の途中で起きてきたからか、帽子を被らぬまま長い髪を振り乱している姿との対照において想われたとたん、「何をしている?」と声が喉から迸り出て、呪縛は解けた。

ベランダ廊下を走り出した私は、階段途中で吾妻先生に追いつき、そこから再度プールを見れば、怪しい人影は、こちらとは反対の、校舎側の金網柵を乗り越えたところで、たすっ、とコンクリートの地面に飛び降りる乾いた音に続いて、正門方向へ駆けていく足音がはっきりと聞こえた。

下へ降りた私は、置いてあった自分のバスケットシューズを突っかけ、プールの柵に取りついて、金網越しになかを覗いた。

黒い水は見えたけれど、投げ入れられた「荷物」までは分からない。吾妻先生がようやく階段を降りてこちらへ向かっているのを確認した私は、摑まった金網に足をかけ、柵を乗り越えた。

長方形になったプールの、「荷物」が捨てられた角、第八コースのスタート台の脇に立った私は、金属把手に摑まって水を見た。小舎の横に常夜灯はあるものの、黒い水に光が吸収されたかのように水槽のなかは仄暗い。水には波紋が立ち、月の光を映して、黒雲母みたいに鈍く煌めき、左手にある蓮――生物部の実験器具が僅かに揺れている。私はより広い視角を確保すべく、スタート台に上がり、すると、すぐ直下の、手前のコンクリートの縁に接した場所に、それはあった。

うつ伏せの姿勢になった女の死体。

女と確認できたのは、長い髪が広がり藻のようにたゆたっていたのと、捲《まく》れたスカートから白い脚が、生々しく、水栽培の球根の根を想わせ水中に伸びていたからだ。死体、と思ったのは、直感にすぎない。けれども、水槽のコンクリート壁に接して、半ば水に沈んだ女は、いまさっき投げ捨てられたばかりなのに、長い距離を流されたあげくに漂着した水死体のように思えた。

死体は片足にだけ靴下を履いていた。その代わり、素足の方の脚のふくらはぎに、白い布様のものが絡まっている。そのことがひどく異様に思えて、あたりに眼をやれば、引き摺られたときに脱げたのだろう、片方の靴下がプールサイドにあって、それは折りとられた百合の花のように眼に映った。

どうした？　と声がして、見れば、金網柵の向こうで吾妻先生が立って覗いている。と、吾妻先生の横に、もう一つ顔があった。異様に白い、石膏の仮面のように見える顔――。だが、それは予想した顔とは違っていた。

金網の奥に、鹿内堅一郎の顔があった。

＊

あの夜が、夢でも幻でもない、現実と名付けられた領域にたしかに属するものだと、いまでも私は確信が持てない。過去の出来事は、いまを生きる人間にとっては、記憶や記録のなかにしか居場所がない。事件の詳細は警察の調書その他には記録されているだろう。けれども、あの場面そのもの、《幻想曲》の余韻のなかで私が見たあの場面は、私の記憶の仄暗い沼にしか棲息できず、手に触れることができないという意味では、夢や幻と変わらないともいいうる。

かりにあのとき私が見ただけだったら、出来事は迅速に形を失い、時間の堆積のなかに溶け消えていたかもしれない。しかし、私は触った。小舎の倉庫からデッキブラシを取り出し、水中の死体を引き寄せ、金網柵を乗り越えてきた鹿内堅一郎の助けを借りて引き上げた際、私はそれにたしかに触れた。紺色のブレザーの重く濡れた布地、意志ある生き物のように腕にまとわりついた髪、冷え冷えと凝固した太腿、それらの感触は掌に、腕に、残った。

　吾妻先生の呼びかけで、鹿内堅一郎が更衣室の出入口の鍵を内から開け、プールの縁に横たわる「人」をただ見下ろすばかりの私たちを尻目に、吾妻先生は迅速に人工呼吸をはじめたが、それがすでに生命を失ったものであることを私は確信していた。堅一郎と二人、喘ぎながら引き上げた軀は、異様に重く、自分が石や土と変わらぬ物に成り代わった事実を頑固に主張していたのである。

　サイレンを響かせ警察車が来て、プールを大きく囲んでテープが張りめぐらされ、警察車の赤色灯が校舎を舐め、写真のフラッシュが閃いた。塀の外に野次馬が集まり、報せを受けた教頭や教師たちが来た。

　私たちは美術室に集められて、隣の科学準備室で刑事から一人ずつ順番に話を訊かれた。別の警察官が横で丹念な調書を書いた。数学の前田先生が、科学室のビーカーでお湯を沸かし、紅茶をいれてくれた。

　警察が来た後は、月の夜の神秘はたちまち脱色し、出来事は、いわゆる猟奇的ではあるものの、新聞やテレビで日々報じられる事件の一つである、という意味では平凡な、たまたま間近で起こったありふれた事件の一つになった。

犯人と思しき人物が逃走したとなれば、警察関係者が緊張し、近所が騒然となるのは当然で、警察車の赤いランプが明滅するなか、慌ただしい動きを見せるたくさんの人影が交差した。だが、その場面は、私の記憶のなかでひどく淡い。訊問の中身もそうだし、美術室で吾妻先生や堅一郎とどんな会話を交わしたかを、私ははっきり覚えていないのだ。それこそ夢のなかの場面のように。刑事の一人が驚くほどK先生に瓜二つだったことや、前田先生が紅茶についての蘊蓄《うんちく》を長々と語りながら、カップのなかのティーバッグを執拗にゆらゆら揺らしていたことや、なぜかTシャツ一枚で、妙に膨らんだナップザックを抱えた鹿内堅一郎の貧乏ゆすりがひどかったことや、吾妻先生がいつものループタイをしておらず、はだけた胸元から胸毛が覗けていたことや、室の隅に警察関係者でもなさそうな、黒い背広を着た見知らぬ男がいてにやにや笑いを浮かべていたことなど、鮮明に記憶の映写幕に映る断片はある。けれどもそれらは、川面に浮き沈みしながら流れ行く木片のように儚《はかな》く、脈絡を欠いたものに感じられてしまう。夢というなら、月下のプールサイドの惨劇こそが、夢にふさわしいにもかかわらず。

あの時点では、私はプールサイドの出来事の方を夢のように感じていたはずで、そのあとの、警察車の赤色灯が明滅するなかでなされた、人々との落ち着かぬやりとりを「現実」だと思いなしていたのは間違いない。だが、それは時間の経過とともに、いつしか逆転した。赤色灯の明滅する夜の場面は、旅先で時間つぶしに見た映画の一シーンのように遠く思える。

もちろん、あのとき私は、自分が見たまま、なしたままを警察に伝えただろう。隠すようなことは何一つなかった。いや、それも違う。あのとき私は、何かしら重大な事実を秘匿したのではなかったか？　深夜の三時を過ぎ、前田先生の自動車で家まで送ってもらった時点で、私は何事かを記憶の沼底に沈め、秘密裏に処置し終えていたのではなかったか？

少なくとも、車の後部座席から、すっかり寝静まった、信号の色がやけに目立つ街路を眺めたとき、私が何かしらうしろめたい気分に襲われていたのは間違いない。

しかし、それはなぜだったのだろうか？

*

死んでいたのは、学校の生徒で、岡沢美枝子という、美術部の二年生だった。

私は犯行の目撃者の一人だったわけだが、だからといって、事件の詳細やその後の警察の捜査について、報道されたり噂されたりした以上の情報を持っていたのではない。

死因はロープ状の凶器による窒息死。頭には打撲傷もあった。つまり水に落とされた段階ですでに被害者は死んでいたわけで、プールに浮いているのを見た私が、生命がないと感じた直感は正しかったことになる。遺体を引き上げてから、吾妻先生がプールサイドに来るまでの数十秒間が生死を分けたのではない事実は、私を安堵させた。

遺体の頭部に打撃による内出血があったとは伝えられたが、「乱暴」された跡があったとは報じられなかった。けれども、着衣に乱れがあったのは間違いない。私は、プールから引き上げた遺体の足に絡まっていた布が、下穿きであると、あとから気付いたのである。私はそのことを誰にもいわなかったが、当然警察は知ったはずで、のちに流布した噂では、死者の尊厳を守るために暴行の跡については発表されなかったというのだった。岡沢美枝子の父親が警察関係に顔の利く人物だとの話もあった。真偽は分からぬが、新聞には、その三週間ほど前、沿線のアパートで起こった、一人暮らし女子大生への暴行殺人事件との関連を示唆する記事も出た。

プールの更衣室で頭を殴られた被害者は、気を失ったところを乱暴され、途中で眼を覚まし声をあげようとして首を絞められ殺された。というのが、まことしやかに語られたストーリーで、たしかにこれは私が目撃した状況に合致しないこともなかった。私が聞いた悲鳴は、眼を覚ました被害者の叫び声で、その直後に絞殺されたというわけだ。

犯人が死体をプールに投げ込んだのはなぜか？

これについては、「体液」を洗い流して証拠を消そうとしたのだと推理する者があったけれど、「体液」が「奥まで」入っていたら意味はないはずで、しかし、そもそもどの程度の「暴行」がなされたのか、正確な情報がないのだから、判断のしようがなかった。探偵小説好きの者のなかには、犯人は、たとえばシンナーを使う仕事をしているなど、匂いに特徴のある人物で、だから被害者に付着した自分の匂いを消そうとしたのだと推理したりしたが、それも当然ながら、憶測の域をでなかった。

もちろん一番の問題は、犯人である。当日の科学準備室でも、その後二度にわたって刑事の訪問を受けた際にも訊かれたのだけれど、たしかに私は犯人を見た。けれども、人相風体となると、全体に黒っぽい服装をしていたという以外、はっきり証言できるだけの印象はなかった。暗がりで顔は見えなかった。顔を意図して隠していたかどうか分からないが、まるい頭は帽子かヘルメットをかぶっていたのは間違いない。吾妻先生は、ブルージーンズのズボンに黒いブーツを穿き、ヘルメットを被っていたと証言したが、やはり顔までは分からなかったらしい。

吾妻先生に指示された私が、プールから一番近い食堂前の公衆電話で警察へ通報してから、警察車が来るまで、ずいぶんと時間が経過したように思ったが、実際は一五分から二〇分くらいだっただろう。どの時点で手配がなされたのかは知らないが、犯人が逃走する余裕は十分にあった。あの夜、正門脇の通用口は施錠されていたが、プールの金網柵を乗り越えた身の軽さからみて、どこからでも塀を越えて逃げて行けただろう。どちらにしても、犯人は学校の東側に広がる住宅街に紛れ消えたのだった。

＊

岡沢美枝子はなぜあんな時刻にプールの更衣室にいたのか？

これもまた誰もが抱く疑問だった。学校の外にいたところを無理矢理、あるいは頭を殴って失神させたうえで運び込んだとは、まず考えられなかった。更衣室の小舎は施錠されていたはずだから、学校の塀を乗り越え、さらにプールの金網柵を越えて、人間一人を運び込むなどはとても無理である。とすると、岡沢美枝子が小舎内にいたところへ犯人が侵入してきたか、最初から二人で入ったのでなければならないわけだが、前者だとすれば、岡沢美枝子に眼を付けた犯人が尾行して、たまたま岡沢美枝子が更衣室へ入ったところへ押し入った、といった筋になるだろうが、これもちょっと考えにくい。

結局は、二人で入ったと見るのが自然であり、だとしたら、二人は顔見知りということになる。しかし、いくら顔見知りだからといって、あんな時刻に学校のプールの更衣室に男と二人で入り込むだろうか？

この疑問に関しては、岡沢美枝子ならばあり得るだろうと、彼女を知る者らは噂したらしい。つまり、岡沢美枝子という娘は、私の卒業した学校にごく少数いた、近くの男子高の「遊び人」たちと一緒にロック喫茶や、クラブ――当時のいい方ならディスコ――に頻繁に出入りしたりするようなグループに属していて、そのなかでも奇矯な振る舞いの目立つ娘だったというのである。

しかも岡沢美枝子はプールの更衣室の鍵を持っていた。というのは、プールが使われない時期の更衣室は、東校舎の屋上と並んでこっそり煙草を吸う生徒のたまり場であり、何人かの生徒が密かに合鍵を作っていたのである。岡沢美枝子も合鍵を持つ一人だったらしい。岡沢美枝子はあそこで、煙草だけでなく、マリファナを吸っていたのだと囁く声もあった。

興味深いのは、岡沢美枝子は処女だったと、彼女と親しい者らが口を揃えた点である。岡沢美枝子はボーフレンドはたくさんいたし、親密に付き合う男子もあったけれど、「最後の一線」だけは絶対に越えさせなかったというのである。彼女の友人たちは、更衣室で二人きりになった犯人が、「最後の一線」を越えようとして抵抗に遭い、殺してしまったのだと、粗筋を描いてみせたのだった。

もちろん警察は、岡沢美枝子の交友関係を調べただろう。しかし、犯人は検挙されぬまま、結局のところ、「S高校女子高生殺人事件」は、一人暮らし女子大生の暴行殺人事件とともに、未解決のまま時効となったのである。

＊

事件後の新学期、学校内で様々な憶説や風聞が湿地の羽虫のように飛び交ったのは当然である。浪人中の私はそれとは離れたところにいたが、右に述べた話を含め、事情を知りえたのは、鹿内堅一郎を通じてである。

平均して週に一度のわりで家に来た堅一郎は、例の「ダヴィッド同盟」ノートに、調査した事件の詳細や人々の証言を記した。間近で起こったのみならず、自分たちが第一発見者になるという、めったに遭遇できない事件である以上は、これを雑誌に載せない手はないと堅一郎はいい張り、音楽雑誌の趣旨からはだいぶ外れているとは思ったものの、「ダヴィッド同盟」の運営はほとんど堅一郎一人が担っていたから、私に文句はなかった。

ちょうど堅一郎が、エラリー・クイーンをはじめ、英米のミステリに凝り出していた頃だった。事件を雑誌に、などといい出したのもそのせいだろうし、ノートの細かな文字は、ときに小説ふうになって、私を苦笑させた。

いや、本当に私は笑っただろうか？　「ダヴィッド同盟」ノートに書かれた文字を読んで、私は笑っただろうか？

なぜ鹿内堅一郎があのときあそこにいたのか——？

あの夜、事件の直後から前田先生に車で送ってもらうまでの間に、私が堅一郎に問う時間はあった。けれども、私がそうした記憶はない。

堅一郎の下宿から学校までは歩いて三分とかからない。騒ぎをききつけてやってきたのだ、とは、しかし考えられなかった。堅一郎が現れたのは、黒い人が死体をプールに落としてから、どんなに長く見積もっても、五分は経っていないのだ。

「ダヴィッド同盟」ノートに、堅一郎自身は自分の当夜の行動を詳細に記していた。それによると、堅一郎があそこへ来たのは、私に電話で誘われたからだという。夜の九時過ぎに私と電話で話し、学校の音楽室でピアノを弾くので、ちょっと付き合わないかと誘われたというのだ。一一時過ぎになったのは、勉強しているうちに机でうたた寝してしまったからで、もう私は帰ってしまったかもしれないとは思ったけれど、いちおう行ってみて、たまたま事件に遭遇した――。

堅一郎の下宿は学校東側の住宅街にある。正門を乗り越えて校内に入った堅一郎は、吾妻先生と私が駆け下りた「レンガ棟」西側の階段とは反対側の、東端に付いた階段を使って二階へ上がり、ベランダ廊下を歩いているところで悲鳴を聞いたと、ノートに書いていた。黒い人影が死体をプールに投げ捨て、逃走するのを目撃したとも。

堅一郎と電話で話したのは本当だ。レッスンから帰ってすぐ堅一郎の方から電話がかかってきて、今日はこれから学校へ行ったりするかと訊いてきたのだ。

家での練習は、いくら防音はしていても、午後八時が限度で、どうしてももっと弾きたいとき、夜になって学校へ行くことが私はたまにあって、それを堅一郎は知っていた。堅一郎は夜の学校へ入ること自体が面白いらしく、それまでにも何度か私に付き合うことがあった。

あのときは、しかし、私は行かないと答えたはずで、その直後に忘れ物を思い出し、家を出たのだ。いや、あるいは電話中に忘れ物に思い至り、そのことを堅一郎に伝え、せっかくだからピアノも弾こうと思う、くらいのことをいったのだったか？　だとしたら、いちおう辻褄は合う。

だが、私が死体を発見した、あのタイミングで、堅一郎があそこに現れたのは、本当に偶然なのだろうか？

金網の向こうに、蛍光灯の青ざめた光に暗く照らされた顔を見たとき、私は得体の知れぬ衝撃を受けたのだけれど、それは異常な状況のなかで、予想外の顔を目にした驚きだけが原因だっただろうか？

いや、端的にいおう。あのとき私は、ひょっとして犯人は堅一郎であり、一度正門方向へ逃げ出しておいてから、何喰わぬ顔で戻ってきたのではないかと想像したのだ。

もちろん、落ち着いてみれば、堅一郎が犯人だとはとても考えられなかった。そもそもそんなことのできる人間ではないし、もしかりに彼が犯人だとしたら、吾妻先生が証言したヘルメットをどこかに隠したはずである。私が見たとき、堅一郎は無帽だった。警察は当然校内を探索したはずで、もし何かが見つかっていれば、堅一郎に追及の手が伸びていただろう。吾妻先生の証言にあった黒いブーツも堅一郎は履いていなかった。ただし、ブルージーンズは穿いてはいたのであるが。

堅一郎犯人説を私は全く否定した。そんなことはありえなかった。にもかかわらず、金網の向こうに堅一郎の顔を発見したときの異様な衝撃は残って、だからこそ私は、堅一郎に、どうしてあの時間に学校へ来たのかと質問できなかったのかもしれない。

あのときの衝撃は、いまも消えていない。というより、遥かな時間を隔てて、堅一郎がもうこの世の人間ではないいまになってなお色濃く心に刻まれているのを感じる。

あの夜を想うとき、記憶というのは、本当に不思議なものだと想わざるを得ない。記憶の暗い沼には、たくさんの事柄が次第次第に沈み没していくのに、何かの拍子にふいに浮かび上がって、私たちを驚かす。

不思議といえば、さらに不思議なことがある。それは、あの夜の場面を想起する私の記憶の映写幕に、永嶺修人がほとんど映っていない事実である。

＊

音楽室で月の光を浴び、ピアノを弾いていた修人は、シューマンの音楽の鮮烈な印象とともに、ありありと想起できる。私はあのときの演奏を繰り返し反芻し、そのつど、ベーゼンドルファーに向かって軀を揺らめかせる修人を見出した。音楽の官能と一つになってたゆたう形姿を瞼に映した。

ところが、ピアノの響きが消えて、それと交差するように悲鳴が聞こえて以降は、修人の姿がどこにも見えないのだ。

黒い人影が走り去り、死体を引き上げたあと、プールサイドで人工呼吸を続ける吾妻先生を、私は堅一郎と二人、呆然と立って見下ろしていた。吾妻先生が警察に連絡しろと命じ、私と堅一郎は食堂まで走って、公衆電話から私が警察に通報した。一度プールへ戻ると、なお人工呼吸を続けながら、吾妻先生は、職員室に行ってボードから正門の鍵を取って鍵を開けておくよう指示した。私と堅一郎はいわれたとおり、職員室から鍵を取って、正門の錠を解き、警察車が通れるよう、鉄門を開けた。

警察を誘導する役に堅一郎を残し、私がプールへ戻ると、だめだ、死んでいると、吾妻先生は報告し、銜えた煙草にライターから火を移し、橙色の明かりに一瞬照らされた吾妻先生の顔が、ひどく陰惨に見えたのを私は覚えている。

それから警察車が来るまでどうしていたかは、ややはっきりしない。プールサイドで堅一郎と二人、青ビニールで覆った死体の傍に立つ場面があるのは、吾妻先生が職員室から校長や教頭に電話をかけに行ったからだったかもしれない。正門にいたはずの堅一郎がプールにいるのは、一人でいるのが心細かったからか。そこではじめて私と堅一郎は会話を交わしたはずだが、何を話したかまでは覚えがない。

警察車のサイレンが聞こえてきたとき、私と堅一郎はやはり二人で死体の傍に立っていた。「やっぱりあんなに鳴らすんだな。野次馬を集めるようなもんだと思うけど」といった内容のことを堅一郎は呟き、「誘導した方がいいかな」といってプールから出て、正門の方へ走っていった。

それから、警察車のサイレンが吃驚するくらい大きく耳に響き出し、ランプの赤い色が四階建ての校舎に映るまで、私は一人でプールの黒い水を見詰めていたのだけれど、しかし、なぜ一人だったのだろう。月下のプールサイドには、もう一人の人物の姿があって然るべきではないのか？

だが、そのあとの場面でも——警察が来て、先生たちが来て、油絵具の匂いのする美術室の椅子に座って、前田先生が紅茶をいれてくれて、科学準備室に呼ばれて、刑事から話を訊かれて、調書に文字が記されて……といった一連の場面、人々のざわめきと警察車の赤色灯の明滅に縁取られた諸場面にも、修人の顔はみあたらないのだ。仲間と旅行して撮った写真に、一人だけ写っていない人がいるかのように。

修人がいないはずはなかった。いや、実際、私は、当然修人がいたものとばかり思っていたし、そのことを疑っていなかった。だから私は、堅一郎の「ダヴィッド同盟」ノートの、当日の状況を詳細に記した文章のなかに修人の名前が出て来ないのを見たとき、変に思ったのだ。どうして堅一郎は修人のことを書かないのか、と。

そのことを私は、しかし、堅一郎に訊かなかったと思う。事件への関心を堅一郎は隠さず、「ダヴィッド同盟」ノートに自分の調査を書き込んでいた。そのおかげで私は岡沢美枝子をめぐるあれこれなどを知りえたのである。けれども、私と堅一郎の直接の会話のなかで、事件が話題にのぼることはほとんどなかった。考えてみれば、もし堅一郎が探偵を気取っていたのなら、数少ない事件の目撃者である私からこそ詳しく話を聞くべきだっただろう。堅一郎はそれをしなかった。私もいい出さなかった。私が卒業し、下宿した堅一郎との物理的距離が大きくなった事情もあっただろう。けれども、なにより私が事件について堅一郎に話さなかったのは、あのとき金網の向こうに堅一郎の顔を見出したときの、異様な衝撃が鈍痛となって疼き続けていたからだ。

ノートに修人への言及がないその意図は不明だった。堅一郎が何かを隠していると私は疑い、ノートの頁を埋める詳細な記述は、一種の隠蔽工作、ないしはアリバイ作りであり、それを私に読ませることで、私にもアリバイ作りに参加するよう、堅一郎は無言のうちに要請している、と、そのように私は感じていたのではなかったか?

もしも修人が本当にいなかったのなら、《幻想曲》を弾き終えた直後に、修人は音楽室から立ち去ったことになるだろう。しかしそれはなぜなのか？　いや、そもそも、あの夜、修人がピアノを弾いたのはなぜだったのだろう？

＊

「幻想曲の夜」と私がのちに呼んだ春の夜、三〇年の時間を隔てたあの夜を思うとき、月下で聴いたピアノの音楽の印象ばかりがいよいよ色濃くなって、他の一切が次第に背景に押しやられていくのを私は感じる。あのときの演奏は、私がかつて聴いたあらゆる演奏のなかで最上の演奏、というより、演奏を超えた何かだった。いまやそれだけが鮮明であり、数々の謎は、一つも解かれぬまま、長年棚に晒されたあげく、どれがどれだか区別のつかないくすんだ色に沈んで行く置物の列のようになっていくのを感じる。

いや、一つだけ鮮明なものがある。死体をプールから引き上げたときの、太腿の、頑固で冷え冷えとした、蠟で固めた肉のような感触だ。思うたび、ぞっと戦慄が身裡を駆け抜けるあの感触は、いまだ手にはっきりと残る。だが、それもまた、《幻想曲》に呑み込まれて、あの死体も、禍々《まがまが》しい黒い人影も、殺人事件の恐怖も、あのとき《幻想曲》を聴いた戦慄と一つに溶け込み、いうならば、あの奇蹟のような「音楽」の到来の、欠くことのできない構成要素だったとすら思えるのだ。

＊

永嶺修人のピアノを、生で、私は生涯に三度聴いた。……そうだ、私はたしかに、聴いたのだ。

V

浪人の一年間は、苦しく過ぎた。

と、述べるのが正しいかどうか。つまり、その一年が過ぎて、T音大のピアノ科入学という目標を達成したあとから見れば、ひたすら音楽に明け暮れた浪人の一年間は、人生のなかでも一番幸福な時間だったともいえるからだ。それでも、ただなかにあっては、課題は山積しているのに稽古が思うように捗らない焦りと不安で、毎日が苦しく、だから正確には、浪人の一年間は、苦しく過ぎつつあったというべきだろう。

その苦しさの、何パーセントかは、永嶺修人に原因があった。私には修人に会って話したい気持ちが絶えずあったけれど、時間がないからと、自分を枷にはめた。時間がないのは嘘ではなかった。けれど、すでに述べたように、せめて音大に合格して、音楽家の卵の資格を得てから、修人とは会いたかった。「幻想曲の夜」の、見事な演奏を聴いたあとでは、いよいよそう思わざるをえなかったのである。

そのような心情を、私は堅一郎に漏らし、堅一郎が修人にいったのだろう。そんな考え方はまるでおかしいと、修人は私に伝えてきた。音楽を志した時点で、人はもう音楽家の卵なのであって、音大に行く行かないなどなんの関係もない――。

たしかにその通りで、しかし、そんなふうに自信をもっていえるのは、修人のように才能を最初から保証された、選ばれた人間に限られるのであって、そうでない人間は、たとえば音大に合格するといった詰まらぬ関門を一つずつ越えていくしかないのだ。音楽の清流のなかに生まれ落ちた修人は、そこが水のなかだと気が付く前に自由に泳ぎ出すだろう。だが、こちらは泳ぎはおろか、えら呼吸さえまだ十分にできていないのだ。

修人が電話などの手段で私に直接連絡してくることは一度もなかったけれど、「ダヴィッド同盟」ノートに文章を書くことで、メッセージを伝えてくるようになった。音大に行く行かない云々もノートに書かれていたので、私宛というのではなく、一般論として述べられていたものである。

最初は一行二行程度だったけれど、連休を過ぎる頃になると、かなりまとまった分量が書かれるようになって、雑誌編集に意欲を燃やす堅一郎を喜ばせた。内容はいつも語っているのと変わらぬ音楽論、ピアノ論、そしてシューマン論で、全体にとりとめがなく文章も生硬ではあったけれど、修人の独自の思考とセンスは十分に感じられた。

住まいが遠くなった堅一郎がわざわざ私の家までノートを届けにきたのも、修人が書きはじめたからだろう。返礼というわけではなかったけれど、私も「ダヴィッド同盟」ノートに、聴いたレコードの感想や、稽古している曲についての解釈などを少しずつ書きはじめ、ときには修人とのあいだで論争――というほどではなかったけれど、議論めいたやりとりが交わされることもあった。私は自分の文章に浪人中の苦しさや不安が滲むのを何より恐れ、焦燥の暗い音調を消すのに腐心したのを覚えている。

修人は紫色のインクのボールペンで書いた。それに合わせて、というのでもないけれど、私は緑のボールペンを使った。結果、長らく堅一郎の黒い文字だけで埋められていた頁には、ぽつぽつと紫と緑の字が挟まるようになり、ところによっては、まるごと紫と緑だけで埋まる頁ができるようにすらなった。

結局、こうした形で、自宅のピアノ室に引きこもった私と、修人との交流は継続されたのである。

＊

探偵小説に入れ込み出した堅一郎が、「幻想曲の夜」についてのあれこれをノートに書いたことはすでに述べた。音楽雑誌の趣旨からはだいぶ外れていたけれど、修人がそのことで文句をつける様子はなかった。修人本人が書く内容は音楽論に限られ、私も同様であったから、紫色と緑色の文字が「幻想曲の夜」に触れることはなく、堅一郎が書くものも、どんどんミステリ小説ふうになっていき、虚構の色彩を深めて、あれは全体どういうつもりなのだと、私が質《ただ》したのに対して、「雑誌に小説が載っても悪くはないと思うんだ」と返答が来るに及んで、堅一郎の黒いインクの文字は雑誌に連載されるべき小説の創作ノートの体をとるに至った。

かくて、「僕らのダヴィッド同盟」の活動は、「幻想曲の夜」の不可解な謎をめぐる不穏な通奏低音を響かせながらも、年度が変わってむしろ安定したように見えた。

変化が生じたのは、六月の半ば頃である。

新しい同盟員が登場したのだ。

*

「僕らのダヴィッド同盟」、四番目の同盟員になったのは、末松佳美という、M女子大付属高校の二年生である。

彼女が新メンバーとなったのは、修人の推薦によるもので、詳しい経緯は堅一郎も知らなかったが、とりあえず修人がそうするといえば、私と堅一郎に反対する理由はなかった。

堅一郎が「ダヴィッド同盟」ノートを私の家に配達し、また回収しに来るのはたいてい日曜日の午後で、ピアノ室に一つだけある丸椅子に座った堅一郎は、私のいれたインスタントコーヒーを飲みながら、ピアノ椅子の私とひとしきりお喋りをして帰るのが常だったのだけれど、朝から鬱陶しい雨が降るその日、堅一郎は新メンバーを伴っていたのである。

突然のことに私は慌てつつも、ピアノ室に居間から椅子を運び入れ、コーヒーを三人分いれて、しばらく話をした。末松佳美は油絵で美術大学を目指しているとのことで、修人とはしばらく前に知り合い、「僕らのダヴィッド同盟」の話を聞いて、是非とも参加したいと思い、修人に頼んだのだといった。

口ぶりからして、末松佳美は修人の恋人——と呼ぶまでの仲かどうかははっきりしなかったけれど、かなり親密な関係にあるらしく、これには、戸惑う以前に、私は呆然となった。

なぜならば、末松佳美は端的にいって不美人であり、とても修人と釣り合うとは思えなかったからである。

背が高く、体つきは豊満、といえば聞こえはいいが、ようするに太っているので、ことに脚が太くて、膝がカブトガニみたいに大きいのが目立ち、全体にいかにも質量がありそうだった。色はたしかに白いけれど、七難を隠すまでには至っておらず、つまり難の力が強すぎた。しかも、その膚の白さは、日陰の毒茸を想わせる、嫌な白さなのだ。眼は大きいが、いくぶん飛び出し気味で、鼻はいわゆる団子鼻、顔の面積が大きいのに比して額が不愉快なほど狭小だった。しかし、なによりの問題は口元で、喋るたびに唇が四角く歪み歯茎があらわになるのが下品で、笑ったりすると、正視に耐えぬほどの下卑た印象が顔面全体を支配し、さすがに本人も気にしているのか、頻繁に口元を手で隠す仕草を繰り返すのが、かえって嫌らしかった。

学校の美術部の部活が午前中にあったとかで、日曜日なのにベージュの制服を着、胸に紺のリボンを結んだ末松佳美は、自分は作文は下手だし、音楽論などはとてもできないけれど、イラストとかデザインだったら少しはできるといい、それが駄目なら、雑誌編集の下働きや使い走りで使って貰いたいのだと、非常に謙虚な申し出を、きわめて押し付けがましい態度で口にした。

本当に修人がこの娘を「僕らのダヴィッド同盟」に推挙したのか、疑問に思わざるをえなかったが、口ぶりからはどうやら間違いがなさそうで、堅一郎も、やや扱いかねるふうはありながら、すでにメンバーの一人として遇している様子だった。

驚いたことに、また困惑したことに、堅一郎が帰った後も、末松佳美は一人残って、T音大受験のことなど、いろいろ質問してくるのだった。母親が余計な気をきかし、普段は出さぬケーキを運んできたこともあって、結局、堅一郎が帰ってから末松佳美は一時間以上居残って、最後にはちょっとピアノを聴かせて欲しいとまでいい出す始末だった。

翌週から、末松佳美は堅一郎に代わって「ダヴィッド同盟」ノートを家に運んでくるようになった。本当に「使い走り」をはじめたわけである。私は玄関先だけで応接を済ませたかったけれど、向こうは上がるのが当然の態度で靴を脱ぎ、そうなると私も押し返せなかった。末松佳美は吾妻先生が学校には内緒で教えている美術予備校に通って、吾妻先生からデッサンを習っているとのことで、共通の話題がないのでもなかった。

詳しく聞いてみれば、末松佳美は本当に修人と付き合っているらしく、どうにも信じられぬ思いに捉えられた私は、あるいはこの眼の前の鈍重な牛みたいな女子には、ちょっと見では分からぬ、修人を惹き付けるだけの魅力がどこかに隠されているのかもしれないと考えたりしたが、では、どこに魅力があるのかといって、私にはまるで想像がつかなかった。

蓼《たで》食う虫も好きずきという。修人の美意識は他の人間とは根本的に異なっているのかもしれないとも考えてみた。端的に修人は悪趣味なのであり、その美的感性は音楽のオアシスに集中して、あとは見渡す限り不毛の砂漠が広がる、そんなイメージを心に浮かべたりした。その場合、末松佳美は、荒れ果てた砂漠に棲む、醜い肉食の蜥蜴《とかげ》といった格好であった。

毎週のように訪れて来る末松佳美が家族から注目されるのは当然である。私と特別な仲だと思われたりしたら心外だと思っていたら、まったくもって意外なことに、また心底驚いたことには、末松佳美は私の家族から評判がよいのだった。

父親は何もいわなかったが、母親は「いい娘じゃない」などといって私を冷やかし、そんなことはしなくていいというのに、末松佳美が来れば必ずケーキや菓子を出した。これが妹となると、すっかりなついてしまい、家に来た末松佳美を自分の部屋に引っ張っていき、楽しそうに喋っていたし、アクセサリーを見立ててもらうのだといって、一緒に買い物に出るようなことさえあった。

末松佳美の通う学校はバレーボールが有名で、中等部のときバレーボール部に所属していた末松佳美が、都大会で優勝したことがあると知って、中学でバレーボール部に入っていた妹はいよいよ尊敬したらしい。都大会で優勝するほどの部が厳しい練習をするのは間違いなく、末松佳美の鈍重さは、あるいは体育会系の人間に特有の粗雑さ、図太さに源泉があるのかもしれないと、純粋文化系の私は観察したりしたが、末松佳美が中学時代に何をしようが、それはどうでもよかった。むしろ、同じバレーボール部に岡沢美枝子がいた事実、これが重大に思えた。

岡沢美枝子と末松佳美は小学校から同じ女子校に通い、一時期同じバレーボール部に所属していたが、岡沢美枝子は高校から公立に移った。とくに親しくしていたわけではないが、学校が別々になってからも連絡はあったらしい。だとすれば、「幻想曲の夜」の出来事は末松佳美にとって衝撃だったはずで、にもかかわらず、末松佳美は事件の話をあまりせず、そんなところも私には愚鈍の証拠と思えた。もっとも、私の方もまた殺された岡沢美枝子のことや、事件のことを末松佳美に訊ねたりはしなかったのであるが。

修人と末松佳美が知り合ったのは、あの「幻想曲の夜」に何か係わりがあるのではないか？　根拠を欠いた、しかし、心の奥で急速に根を生やしはじめた疑念が、末松佳美の前で事件について話すことを私に躊躇わせたのだったかもしれない。

＊

連日のように爛れた色の太陽が空でのたうつ暑い夏が過ぎて、九月のなかば、T音大ピアノ科の入試課題が発表になった。一次試験がショパンの《練習曲集》Op.25から、去年とは別の二曲。三番のヘ長調と、一一番のイ短調《木枯らし》。そうして、二次試験が、シューマン《交響的練習曲》Op.13。

発表があったとき、K先生は、「シンフォニック・エチュードとはまた、ずいぶん難しいのになっちゃったなあ」と嘆いたけれど、私は自分のなかに予感めいたものがあったのを感じていた。シューマンがくる。私はそう予期し、待ち構えてさえいた。だから発表を見たときには賭に勝ったときの昂奮に似た感情を抱いた。シューマンで試されて落ちるなら本望だ。そのようにも思った。

とはいえ、あらためて楽譜を調べ、レコードを聴いて、私は呆然となった。この曲はいったい何だろう？　練習曲と題する以上、技術的な課題が盛り込まれるのは当然であるが、それにしても難しすぎる。これはおそらくシューマンが書いたピアノ曲中、最も高度な名人芸的技巧と、ピアニストとしての膂力《りょりょく》が要求される作品だろう。

シューマンは一八三四年、当時恋愛関係にあったエルネスティーネの父親であり、アマチュア音楽家であったフォン・フリッケン男爵の作った主題をもとに変奏曲ふうの練習曲を書き、三七年に《交響的練習曲》の名前で出版したが、この題に至りつくまでにいくつもの題名を考えている。

《ダヴィッド同盟練習曲》《悲愴変奏曲》《フロレスタンとオイゼビウスによる管弦楽的性格の練習曲》といったものがそれで、これらのタイトルにシューマンの企図を窺うこともできるだろう。つまり、それは練習曲であり、変奏曲であり、管弦楽的な色彩を持ち、交響曲の規模と発展性をも具現する、きわめて欲張った作品といってよい。

一八五二年に改版された際には、《変奏曲の形式の練習曲》と改題されて、終曲を改訂するとともに、主題との関連の薄い二曲が外され、しかし、シューマンの死後の六二年の第三版では二曲は戻されて、さらに一八七三年の全集の出版にあわせ、五曲の遺作の練習曲も出版された。いまでは初版ないし第三版で演奏されることが多く、五曲の遺作を曲中に挿入する演奏もある。T音大の入試では、第三版が指定で、繰り返しは省略する。

稽古をはじめてみて、私は絶望的な気持ちになった。表現や解釈がどうのこうのいう以前に、単純に弾けない箇所がいくつもあるのだ。レッスンを受けるT音大の先生から「あなた下手ねえ」と容赦なくいわれたときには、合格はほとんど諦めた。

けれども、私は一度諦めた地点から、逆に開き直った。下手でもかまわないではないか。どのみち人間が演奏するのであれば、どんな名手が弾こうが完璧はありえない。「音楽」はすでにこの世界にあるのであり、演奏されるされないなどは本質の問題ではないのだ。私は、おぼろげながら、「音楽」の存在を感じており、つまり私がピアノを弾くのは、私が「音楽」に一歩でも近づくための、他に無数にある方法の一つにすぎない。――と、このように私は考え、つまり私は、他の誰でもない、私自身のために、私自身が「音楽」の美神に触れるためだけに、《交響的練習曲》を弾こうと決意したのである。

こうした私の発想が、もともと永嶺修人のものであったのはいうまでもない。「音楽はもうすでにあり、わざわざ演奏される必要はないのだ」との思想は、彼との対話や「ダヴィッド同盟」ノートで繰り返された主要主題であり、聞くたび読むたびに私は違和感を覚え、反発せざるを得なかったのだけれど、しかし私は結局、修人の忠実な生徒だったというべきなのだろう、いつのまにか私は彼の思想に染められていたのである。

修人なら《交響的練習曲》をどう弾くだろうか？　私は考え、あの夜の、《幻想曲》を想った。修人は自分の技術や思想をひけらかすためにピアノを弾いていなかった。いままで知られなかった個性的なものを表現しようという意欲とも離れて、むしろあのときの修人は、ひたすら音楽に共感し、誠実に音楽に向かい合う姿勢が際立ち、たとえていえば「祈る人」の印象が濃厚だったと、私は繰り返し想起した。「音楽」にただ奉仕すること。ひたすらに尽くすこと。その姿勢への徹底が、修人の、あの素晴らしい、奇蹟のような演奏を産み出したに違いなかった。

私もそうであろう。自分が何かを「表現」するのだとは考えずに、私も精一杯「音楽」に奉仕してみよう。力は足りずとも、一歩でも「音楽」に近づき、その美しい裳裾に触れてみよう。どのみち完璧な演奏など人間にはできないのだから。

そのように発想できたとき、無明の闇に一筋の光が差し込んだように私は感じたのだった。

＊

私は生涯に永嶺修人の演奏を、三度聴いた。その二度目の機会は、同じ年の一〇月半ばに訪れた。

*

午前中は冷たい雨が降っていたが、出かける頃には薄日が差して、傘はいらなかった。雨が上がると、今度は竈《かまど》から流れ出たような生暖かい空気に街路は包まれ、駅まで歩くだけで軀が気持ち悪く汗ばんだ。

私は武蔵野市民ホールに向かっていた。その土曜日の午後、野上粂彦の肝いりで、ある音楽事務所が企画したジュニア・コンサートが開かれ、永嶺修人が出演したのである。ヴァイオリン、ピアノ、チェロのほか、T音大付属高校の生徒で編成されたジュニアのオーケストラが出演して、修人はソロでシューマンを弾くことになっていた。

大学に受かるまでは修人には会わないと決めていたが、コンサートなら顔をあわせるわけではないし、なにより修人の演奏となれば、それもシューマンであるならば、聴かぬわけにはいかなかった。その日は午後からソルフェージュのレッスンがあったが、キャンセルして、私は会場へ向かったのだった。

私の期待は大きかった。「幻想曲の夜」の感動が再現されるのを私は望んだ。あの夜、あの音楽を聴いたのは私と吾妻先生だけであった。そう思うことは、私を一種の陶酔に導いたが、一方で私は、修人の素晴らしい技術と音楽性が、音楽への真摯《しんし》な取り組みが、世に広く知られるべきだとも考え、今回のコンサートは「音楽家永嶺修人」が公衆の前に姿を現す最初の機会になると思えば、昂奮を抑えられなかった。

ロビーに出演者変更の掲示はなく、まずは安心した私は、半券の座席番号に従って、小ホール、といっても五〇〇人は収容できる会場の、二階席中央に座った。右隣の、堅一郎が座るはずの席はまだ空いていて、左隣には末松佳美がいた。コンサートのチケットは当日精算券で、受付で料金を支払い席を探して座ったときにはもう、末松佳美のベージュの制服はそこにあったのである。

末松佳美が当然の顔で私の横にいるのが、私は気に喰わなかった。まったく図々しい女だと舌打ちしたい気持ちになった。もっとも彼女が永嶺修人の「ガールフレンド」であり「僕らのダヴィッド同盟」のメンバーであり、さらにはコンサートの席の予約をしたのが彼女である以上、そこに居るのは自然であり、だが、そのことこそが私には気に入らなかった。

私がこれほど嫌悪をあからさまにしているのに、鈍感な末松佳美は気付きもせず、気味の悪い薄笑いをクラゲみたいな生白い大顔に浮かべ、巨大な胸をこれ見よがしに揺らしながら、狎《な》れ狎《な》れしく話しかけてくるだけならともかく、妙にべたべたとこちらの軀に触れてくるのが不快であり、私は隣席との関係を一切遮断して、膝に拡げたプログラムに眼を落として読む体勢になった。

永嶺修人の出演順は二番目。曲目は、シューマン《ピアノソナタ第三番ヘ短調〈管弦楽のない協奏曲〉》Op.14である。

*

《交響的練習曲》と同じ時期に、ベートーヴェン《熱情》と同じ調性で書かれた三番のソナタは、シューマンの書いたピアノソナタ中最も規模の大きい、絢爛たるヴァーチュオーゾ風の効果を狙った作品であり、《クライスレリアーナ》Op.16と並んで、シューマンの内奥に秘めた情熱の炎が最も激しく燃え上がる一曲である。

《クライスレリアーナ》がシューマンの代表作とみなされ、プログラムに載る頻度が高いのに対して、《ピアノソナタ三番》は、演奏の難しさの割には効果が上がらず、ぎくしゃくした狷介さがあるせいか、演奏される機会は多くない。総じて、シューマンのソナタは、小曲集形式に較べ、伝統的な様式と渡り合う作曲家の苦闘の跡が色濃く残って、どこか歪《いび》つで畸形なのは否めない。けれども、伝統の枠のなかで自己の幻想を自由に羽撃かせ、想像力を最大限に拡げようとする作曲家の労苦が、均衡を欠いたまま異様なまでの美しさとなって結晶したともいいうるだろう。

シューマンは最初この曲を、スケルツォを二つ持つ、五楽章のソナタとして書いた。が、出版に際して版元の意見を容れ、スケルツォを二つとも外し、ほかの楽章にも手を入れて、《管弦楽のない協奏曲》という、豪華なピアニズムにふさわしい題名を付した。しかし一八五三年に改訂した際、Grande Sonate《大ソナタ》と名前を変え、手を入れた箇所を元に戻し、スケルツォも一つ復活させて四楽章のソナタとした。

通常この曲は、五三年の版で演奏されるが、プログラムにわざわざ《管弦楽のない協奏曲》の副題を入れているところから見て、修人は三六年の最初の版で演奏するようだった。シューマンの書いたピアノ曲のなかで、このソナタくらい単一のモチーフで全体が統御された曲はない。そのモチーフは緩徐楽章に明瞭な姿で登場する。Quasi Variazioni（変奏曲ふうに）と標題のある第二楽章は、クララ・ヴィークの《アンダンティーノ》が主題に用いられて、その冒頭の、下降する五つの音符――「クララの動機」こそが全曲を通貫するモチーフである。

下降する五つの音符――これはいうまでもなく、粉砂糖に手を汚した修人が「僕は、この音符の陰に、何かが隠れているような気がするんだ」と語った例の音列にほかならない。第一楽章の冒頭からいきなり、「クララの動機」は、左手のオクターブで、激しく刻みつけられるかのごとくに現れる。短い序奏のあとの、青白く燃える鬼火のごとき感情を迸らせる第一主題、これもまた「クララの動機」から派生したものであり、軽快で明朗な第二主題が導入された後、区分けのはっきりできない展開部から再現部、さらに結尾へと続くなかで、「クララの動機」は、ときに素顔を晒し、ときに仮面の陰に隠れる形で、繰り返し姿を現す。第二楽章の変奏曲はいうまでもなく、フィナーレでも、泡立つ光の奔流のような音楽を同じ動機が密かに支える。

私は、いくつもの興味を抱いて、ざわめくホールの椅子に座って開演を待っていた。いや、興味などという平凡な言葉では収めきれない、苦痛の予感に似た気分に胃が重く圧せられて、椅子の上で背中が強張るのを覚えていた。

《ピアノソナタ三番》Op.14――。果たしてこの選曲は修人自身がしたのだろうか。それとも誰かが示唆したのだろうか？

まもなくはじまる演奏が、決して明かされてはならない、秘匿されるべき何事かを暴いてしまうのではないか。私はそのような予感に捉えられ、不安の毒液に浸された自分を持て余していた。

＊

「ダヴィッド同盟」ノートで、修人は、《ピアノソナタ三番》について論じる――というほどまとまった文章ではないけれど、それに触れて、二、三のコメントを紫色の文字で記していた。

「クララの動機」の背後には何が隠されているのか？　と問いをたてた筆者は、それはもちろん、クララへの熱烈な想いではあるのだけれど、内容はもっと複雑なのだと述べる。そこにあるのは、「永遠につづく生命の輝き」であり、「みつめると目を灼かれてしまう強い光源」である。と、そのように書かれる一方で、「背後からのしかかって正気を失わせる黒い影」「ニンゲンを食いつくすこわい怪物」「青い火を吹く暗黒の龍」といった言葉が記されているのが印象的だった。

「あの動機の陰には、こわい怪物が隠れている。油断すると襲われて、ニンゲンは食べられてしまうかもしれないよ」

冗談めかした文章ではあったけれど、修人が「クララの動機」の陰に隠れているものを密かに怖れているのは疑えなかった。

シューマンは、彼のほとんどのピアノ曲に登場する「クララの動機」によって、「こわい怪物」が暴れ出さないよう封じ込めているのだとも修人は書き、だから、本当はシューマンのピアノ曲は弾いてはならない、ことにソナタの三番のような曲は、いたるところに魔法の封印が隠されているので、うっかり変なふうに弾くと、封印が解けて、怪物が暴れ出さないとも限らない。怪物はニンゲンを裸にして、背後から襲いかかり、酷いことをするだろう……。

もちろんこれは修人に特有の、お伽話や絵本からヒントを得て書かれた、子供っぽい諧諧だった。それでも規矩正しく並んだ紫色の文字には、明らかに恐怖が滲む印象があった。少なくとも私はそれを感じていた。だからこそ、どうして修人が三番のソナタをこの演奏会でプログラムに載せたのか、考えないわけにはいかなかったのである。

*

コンサートは定刻にはじまった。

プログラムの一番目は、フランクの《ヴァイオリンソナタ》を弾く、T音大付属高三年の女性の演奏であった。フランクのソナタは私の大好きな曲で、演奏もよかったけれど、ほとんど耳に入らなかったのは、私がひたすら修人の登場を待っていたせいもあるが、それとは別に、すぐ横から届いて鼻をうつ甘たるい匂いが、私の集中力を殺《そ》いだからである。末松佳美がつけた趣味の悪い香水、それは末松佳美の体臭と混じり合った結果、発情期の獣の、赤く爛れた臭腺を思わせる悪臭がして、私はむかつきを覚えながら、一方で、劣情を毒々しく刺激されてもいた。

裸にされたニンゲンが怪物に背後から襲われ、酷い仕方で犯される場面を私は想い、生温かく濁った体液にぬるりまみれた欲情を暗く疼かせた。

甘い腐臭のする幻想の絵図のなかで、裸にされるニンゲンは、修人である。背後から犯す怪物は末松佳美である。ほっそりした少年の輪郭を残した、滑らかに引き締まった裸身を黒いピアノに凭《もた》せかけた修人に、肥えた畜豚の末松佳美が背後からのしかかる。肌を桃の色に染め、苦痛と快楽に端正な顔を歪めた修人は、赦しを請う言葉をきれいに揃った白い歯の覗く口から漏らし、その細くふるえる葦の軀を、甲虫の幼虫みたいに病的に生白い、醜く淫靡《いんび》な肉の塊が押し包んでいやらしく蠢《うごめ》くのだ。

罵声をあげた私は、末松佳美のぶよぶよする尻を蹴り飛ばし、歪んだ口から野太い悲鳴をあげた末松佳美が、潰された蝦蟇《がま》みたいに床へ這いつくばれば、今度は私の番だ。

こわい怪物に変身した私は、修人の固い果実の尻を撫で、ついで僅かに汗ばんで蠟の手触りのする背中に頬擦りする。とたんに私は全身が痺れたようになり、欲情の熱い酸で皮膚が溶け出し形を失った肉塊に変わり、修人が泣きながら歓喜の声をあげるなら、いよいよ残忍になった私は、獲物にからみつく情痴の蛇になり、血を搾り吸う山蛭《やまびる》になり、毒液を吐いて回る蜘蛛《くも》になり、相手の無惨な死を望みながら、破滅の呪いを頭蓋に響かせながら、甘くとろける愛の言葉を、激烈で道化じみた愛の告白を、熱い吐息とともに白い貝殻の耳に注ぎ込んだとき、中央にスタンウェーの置かれた、照明の光に満ちた舞台へ、黒い服の修人が登場した。

＊

終演後、私はすぐに帰るつもりでいた。ところが、コンサートの打ち上げに末松佳美から強引な誘いを受け、結局、私と堅一郎は、ホールからは少し離れた場所にあるレストランへ足を運ぶことになった。

道々、堅一郎は、プログラムの最後にシューベルトの《交響曲第五番》を演奏したジュニア・オーケストラを、だいぶ辛辣な調子でこきおろし、ソロで弾いたチェロもヴァイオリンも下手ではないが平凡だと、こちらへも辛口の論評をする一方、それに引き替え、我らが永嶺修人はどうだと、その演奏の素晴らしさを絶賛し、自分の手柄であるかのように自慢した。

うん、うんと、私は生返事をするばかりで、自分から口を開くことができぬまま、暮れかかる街路を早足で歩いた。私は修人の演奏の異様さを受け止めかね、一種のショック状態のなかにいたのである。

たしかにそれは異様な演奏だった。

足早にピアノまで歩いた修人が、いかにもおざなりな感じで一つお辞儀をしたあと、いくぶん高めの椅子に座り、鍵盤に向かってすいと腕を伸ばしたとき、冒頭の「クララの動機」がどのように弾かれるか、興味津々の私が注目したのは、シューマンは冒頭がなにより大切なのだと、修人が繰り返し「ダヴィッド同盟」ノートに書いていたせいである。

シューマンの楽曲は、ずっとどこかで続いていた音楽が、急に聴こえてきたようでなければならない。それは「露頭」みたいに突然に現れて、遥か地平線まで続く眼に見えない「地層」の存在を思わせるようでなければならない。――そう述べた修人は、一番分かりやすい例として、歌曲集《詩人の恋》Op.48をあげていた。第一曲のピアノ前奏は、「まるで、音楽室の扉をあけたら、ふっと聴こえてきた音楽のようだ」と修人が書いていたのを、私は印象深く覚えている。

《クライスレリアーナ》もとりあげて、冒頭の一六分音符のAとB♭の二音、これをどう弾くかを論じ、何人かの演奏家がテンポをいくぶん落として弾くのを批判した。たしかにあの開始はいかにも唐突であり、最初の二音をゆっくり刻印して、音楽の「開幕」を告げ知らせたくなる。けれども、それでは駄目だというのが修人の意見であり、つまり、「いきなり断ち切られ血がほとばしる」ように弾いてはじめて、シューマンが導き出そうとしている音楽の広がりは表現できるのだというのだった。

その意味では、《ピアノソナタ三番》の第一楽章冒頭こそ、「いきなり断ち切られ血がほとばしる」音楽の代表といってよいわけで、私は呼吸も定かでなくなるような、心臓をぎゅうと締め付けられる息苦しさのなかで、ピアニストが鍵盤へ指を落とす場面を注視した。

それは「露頭」のようであったか？　「遥か地平線まで続く眼に見えない『地層』の存在を思わせるようで」あったか？

そう問われれば、違う、と答えざるをえない。というより、そもそもそれは私に何も伝えてこなかったのである。何も？　そんなはずはない。実際に音が鳴っていた以上、何も伝えてこないことはありえない。だから「何も伝えてこなかった」といういい方は比喩でしかない。だが、さらに大胆に比喩を使っていうなら、何も鳴っていないようにすら私には思えたのである。

目立ったミスが一つもない無欠の演奏だったのは間違いない。あれだけの難曲を完璧に弾きこなすピアニストの技術には凄味すら感じられた。とりわけ第三楽章の、Prestissimo possibile（できる限り速く）の指示ではじまり、piu presto、vivacissimoと、常識外れの指示記号が連続する、シューマン特有の、思いが余って少々均衡を欠いてしまった音楽のトラックを、ピアニストはぎりぎりの速度で、猛然と、しかし破綻なく疾走してみせた。

けれども、それは何か、音楽の精巧な剝製であるかのような、あるいは精密機械が演奏したもののように思えたのだ。感情がない。心がこもっていない。魂が入っていない。そうした紋切り型の評言は、いずれも誤ってはいない。しかし、それだけでは捉えきれない、欠落というにはあまりにも決定的な何かが不在だと私は感じた。では、何がないのか？　修人の演奏のあと休憩になり、後半のブラームス《チェロソナタ第一番》とシューベルトを聴くあいだ私は考え続け、やがて一つの結論を得た。

音楽がないのだ――。

最初にその言葉に至り着いたときには、そんな馬鹿なことがあるものかと、たちまち投げ捨てたのだけれど、一度浮かんだ言葉は、鍋についた頑固な焼け焦げのように、心の襞から剝がせなくなった。

音楽がない――。否定しがたいリアリティーの鎧を纏いはじめた言葉は、たしかな重量感を持ちはじめ、沼に入れた脚に何かがふいに絡み付いてきたような不安感を私にもたらした。そうして、くらく濁った不安の沼底を凝視すれば、そこには冷たい鱗に覆われた恐怖の魚が蹲《うずくま》っているのだった。

あそこに音楽が欠落していることに聴衆は気付いただろうか？　見たところ恐怖や不安に青ざめた顔は客席にはなく、私はときおり見る夢――自分だけが裸でいて、それに周りの人間が誰も気付いていない夢のなかと同じ、居たたまれなさを覚えた。

ホールを出て打ち上げ会場へ向かうあいだじゅう、鹿内堅一郎は修人の演奏への感銘を吐露し続けて、少なくとも観客中の一名は何も気付かなかったことが確認できた。それは私を少しだけ安堵させた。

私だけが音楽を取り逃がしたのだ、とは、私は考えなかった。端的に、そこには音楽がなかったのだ、と、そのようにしか私には思えなかった。

しかし、なぜあんな演奏を修人はしたのだろう?

大学へ合格するまで修人には会わない。その禁をあえて私が破ったのは、修人の真意を質してみたい、質さぬまでも、様子を窺ってみたい、そんな気持ちもあったのである。

＊

打ち上げ会場は、駅からだいぶ離れた国道沿いにある、英国パブふうの、広いフロアにビリヤード台なども置かれた、バーレストランだった。カウンターに飲み物やサンドイッチなどの軽食が用意されて、ジュニア・オーケストラのメンバーや、T音大の関係者らしい人たちが、椅子に座ったり、あるいは立ったままで、思い思いに談話を交わしていた。

入口に受付の小机があって、参加費を払い、私と末松佳美はなかへ入ったが、堅一郎はそこで帰った。急に用事を思い出したとかなんとかいっていたが、参加費がけっこうな額で、払えないからなのを私は知っていた。堅一郎はなにかひどく慌てたような様子で、肩を大きく揺すり、夕暮れの街へ消えていった。

バーレストランにはロフトがあり、穴蔵ふうになった小部屋もいくつかあって、修人は壁に穿たれた小部屋の一つに、七、八人くらいの人たちと一緒に、モダンな曲線を描く長卓を囲むソファーに座っていた。赤ワインのグラスを持って私と末松佳美が入っていくと、修人は一瞬だけ私に視線を寄越し、すぐさま中断された会話を再開した。

人々が私と末松佳美のために席を空けてくれて、少々窮屈ではあったけれど、私は修人の斜向いに座を占めた。卓を囲む人たちは、男も女もみな私と同世代で、T音大の学生や付属の生徒であるらしく、私は気後れを覚え、来たことを後悔した。ここは自分のいるべき場所ではない。確信が、椅子に尻をつけたとたん、軀に走り、下腹がにわかに重苦しくなったけれど、来てすぐに席を立つわけにもいかなかった。

席の人々はどうやら修人の取り巻きであるらしく、幼い頃からスターだった修人がそのような人間関係を持っているのは、当然のことだとは思えたけれど、はじめてその雰囲気に接した私にはやはり驚きだった。誰もが修人に眼を留めてもらおう、声をかけてもらおうと願い、奮闘する様子で、王侯とそのへつらう廷臣たち、ないしベッドへの誘いを待つ宮廷婦人たちと評して、あながち遠くない印象だった。

一番驚いたのは、修人を挟んで座った二人の女性である。大学生か社会人か、きれいに化粧して着飾った二人の女は、左右から修人にしなだれかかり、頬と頬とがほとんど接するくらいの距離で何か囁いたり、色の濃いマニキュアをした指でつまんだチーズを修人の口へ運んだりしている。まるでキャバレーのホステスである。しかし何より驚いたのは、修人が、それこそキャバレーの常連客のような顔で二人をあしらっていることで、その白い顔には、中年男みたいな淫蕩さが、脂のように浮き出ているのだ。

修人と左右の女は、私の知らない隠語を使って喋り、だから内容ははっきりとは分からぬものの、何かしら猥褻なことを話しているのは、周りの人たちの淫靡な笑い方や、ときどき飛び込んでくる茶々の文句から理解できた。ピアノの公開演奏というのは、ピアニストに恐ろしい消耗を強いるものであり、演奏後はこんなふうにしてストレスを発散せざるをえないのだろうと、私は眼を背けたくなりながらも同情的に考え、しかし、だからといって居たたまれなさが消えるわけではなく、宙空に眼を据えたまま黙ってグラスを口に運んだ。

ワインを二杯飲んだところで、私は席を立った。すると、横にいた末松佳美が私の腕を摑み、「まだ帰っちゃだめ」と甘えかかるようにいって、空いたグラスに赤いワインを注ぎ込んだ。

中腰のまま私は、「オレは帰る」といい、その言葉の響きがあまりにも固いことに自分でも驚き、場をしらけさせるのを怖れ、その怖れが、なおも腕を引きながら、それこそ手練手管を弄する商売女よろしく甘い声で引き止める末松佳美を振り払う力を私から奪った。

私が椅子へ尻を戻すと、末松佳美はワインのグラスを手に持って私の口まで運び、「そうそう、いい子だから、大人しくしていなちゃい」などと、ぞっとするような声色でいいながら、酸っぱい酒を飲ませるのだった。

修人の「恋人」を自任しながら、修人の隣の特等席を二人の女に奪われた末松佳美は、私にべたべたすることで修人に当てつけているのは疑えなかった。そうと知りながら、私は鼻が馬鹿になるような香水の匂いを放つ末松佳美の、妙に生温かい、柔らかく重量のある肉の感触を肌に感じながら、ただ固く軀を強張らせることしかできず、与えられた酒を飲み、甘いチョコレートを口に含んだ。

ちんちんと音がして、見ると修人がきどった仕草でワイングラスをスプーンで叩いている。それから、みんな、ちょっといいかなと声をあげた。談話を中断して座の一同が注目するなか、

「紹介するのをわすれていたからね」といった修人は、私の方へ手を差し伸べて、私の名前を口にした。

「彼はピアニストでね。でも本人は、いま現在、音楽家の卵になろうとして努力しているところ。しかし、卵の前というと、何なんだろうね？　鶏と卵っていうから、鶏かもね」

悪意の波動を浴びたとは直ちには思わなかったけれど、私の顔は強張っただろう。座の人々も、修人の言葉をどう捉えたらよいか分からないのか、黙って成り行きを窺っている。

「そうそう、彼は来年、シンフォニック・エチュードを弾くんだ」

修人がいうと、ほう、という空気が座に流れ、しかし、すぐに続けて、

「彼は来年、T音大のピアノ科を受けるんだよ」という言葉が吐かれると、手品の他愛ない種が明かされたときのような笑いが起きた。

棘を隠した笑い声に周りの空気が一遍に固くなって軀をぎゅうぎゅう圧してくるのを感じた私は、相変わらず顔を強張らせたまま、それでもなんとか作り物の笑顔を貼付けて、「いまは浪人しています」と声を出し、それが熱を帯びて嗄《しわが》れてしまったことに打ちのめされた。

修人の右横の、黒髪を長く伸ばした、細い鼻と尖った顎が犬を想わせる、鮮やかな緋色のドレスの女が、ワイングラスを捧げ持つ格好になり、

「そうなんだ。頑張ってね」と意地の悪い白眼で私を見詰めていうと、穴蔵にはまた抑えた笑い声があがり、それを撥ね除けるようにして私は、

「はい。頑張りたいと思います」と答え、今度は声が嗄れも掠《かす》れもしなかったことに満足を得た。

私は、自分の場違いに気づかない鈍い男を演じることで、この窮地をやり過ごそうとしたのであり、それはいつも修人の前で演じているのと同じ役柄だった。

そこへ一座の道化を引き受けているらしい、毒々しい青色のネクタイをした若い男が口を出した。

「シンフォニック・エチュードかあ。去年受かっておいてよかったよ。シューマンじゃ全

然弾けないもんな」

自分が去年の合格者である事実を私に明示しつつ、青ネクタイが冗談めかすと、よく受かったわよね、何かの間違いでしょう、と、道化をからかう声があがって、笑い声が穴蔵に反響したあとは、座の人々はもとの談話に戻って、注目からはずれた私はふっと軀を柔らかくし、ワインを口へ運んだ。

もう何杯になるのか、ふらり周囲の景色がゆらめくのを覚えたとき、再び修人が声を上げるのが聞こえた。

「彼はね、ここへ、僕をとっちめにきたんだ。そうだよね？」

修人の言葉に一同の視線が戻ってきた。慌てて仮面を付け直した私はそのとき、入来して以来、鈍い男を演じる私を修人がじっと観察するように見ていた事実に気がついた。修人の顔には柔らかな笑みが浮かんではいるものの、動きの少ない眼だけは、君の猿芝居をいまこそ暴いてやる、とでもいうような凝った光が滲んでいると思える。

私がどう応答していいか分からぬまま、空になったグラスへ口をつけると、修人は語を接いだ。

「彼はね、こういうんだよ」何かおもしろい冗談を披露するような調子で修人はいった。

「僕の演奏には音楽がない、とね」

誰もしばらくは声をあげず、息さえしないようで、そこへ、凄いことというわねえと、犬顔黒髪の緋色ドレスの女がいい、驚愕と非難の入り混じった冷気が座を覆った。

そんなことといった覚えはないと抗弁しようとして、私は凝固した。音楽がない——とは、たしかに修人の演奏を聴いて私が考えた内容ではある。しかし、どうして修人がそれを知っているのか。そもそも「音楽がない」というフレーズ自体、今日初めて思いついたものなのだ。いや、あるいは、私はそのような内容を、修人に話したり、「ダヴィッド同盟」ノートに書いたりしたことがあったのだろうか？ 私は混乱した。

「しかし、それは間違っちゃいない。事実、今日の僕のピアノには、音楽はなかったからね」

どういうことだろうと、訝る視線が集まるなか、修人はワイングラスを右手で弄びながら続けた。

「演奏なんかしなくたって、音楽はすでにある。完璧な形でもうある。楽譜を開く。それを読む。それだけで、音楽がたしかな姿でもう存在しているのが分かる」

「またまたでました、永嶺修人の超越的音楽論」

調子よく茶々を入れた青ネクタイを、薄い笑いを浮かべたままの修人が冷たく光る眼で睨みつけて、

「もっとも、譜面がちゃんと読めなくちゃ、駄目だけどね」というと、修人の左隣に座った、西洋人とのハーフらしい顔立ちの、蝶の刺繡の深緑色の服を着た、茶色い巻き髪の女

が、ケンイチロウじゃ無理ね、楽譜文盲だもの、と声を出し、一同は青ネクタイに向かって笑いの礫《つぶて》を一斉に投げつけた。一方の青ネクタイは、僕の場合、譜面なんか読まなくったって弾けちゃうんだよね、と応えて、軽く軀をかわす。

青ネクタイの名前が、鹿内堅一郎と同じケンイチロウだった偶然に、私の注意は向いた。なぜ二人は同じ音の名前を持つのだろうか？　答えようのない問いを私は自分に問い、すると、青ネクタイと堅一郎が同一人物ではないかという、馬鹿げた感覚に捉えられ出して、頭を僅かにふって酔いを払おうとしたけれど、すでにアルコールは熱い酸に変じて血管中を駆け巡っていた。

「でも、修人くんの今日の演奏に音楽がなかったというのは、どういう意味なの？」と茶色巻き髪が先を促した。「私には完璧な演奏だと思えたけど」

「それはつまりね」修人はグラスの酒を少し口に含んでから、また話し出した。

「誰かが演奏をする。それはどんなものであれ、現実的なものであって、だから不完全なものになるしかない」

「つまり、マサト先生は、音楽はイデア界にあるといいたいんだよね」とケンイチロウ青ネクタイが飛び出す。

「数学でいえば、三角形はあくまでイデアであって、紙や黒板に描かれた三角形は、必ず不完全になるというわけだ」

今度は修人は睨みつけたりはせず、軽く頷いて見せてから先へ進んだ。

「数学の場合だと、紙に三角形を書いて、これが本当の三角形だっていう人はいないよね。でも、音楽の場合、演奏されたものの方が本物の音楽だってことになぜかなる。それは変でしょ。演奏する人の個性といえば、聞こえはいいけれど、要するに、癖だとか勝手な思い込みだとか、そういうもので音楽は汚されてしまう。演奏されたものが不完全、なんていうのはまだ優しいいい方で、つまり演奏は音楽を滅茶苦茶に破壊し、台無しにする。その滅茶苦茶になった残骸を、僕らはずっと音楽と呼んできたんだ」

修人はそこで一度息を入れ、ワインを口へ運んだ。もう随分飲んでいるはずだが、白い顔はいよいよ血の気を失って冷たく青ざめるように見える。

「つまり、今日のマサト先生のシューマンは、音楽のイデアを台無しにしない演奏だったと」

青ネクタイが阿諛《あゆ》を含んだ調子で整理したのを受けて修人はまたはじめた。

「音楽を台無しにしない演奏なんてないさ。どんな天才が弾いたって音楽は台無しになる。僕が目指したのは、いってみれば零の演奏、というか空虚の演奏さ。何も弾かないのと同じくらいに何もない演奏。絶対の零。あるいは虚数の演奏。そう、虚数っていうのが一番ぴったりかもしれない。かけ算するとマイナスになる。そういう演奏」

「でも、修人くんの演奏は、現実に私には聴こえたわ」と犬顔の緋色ドレスが甘たるい息とともに言葉を吐いた。「素晴らしい演奏だった」

「感動した。本当に感動したわ」と茶色巻き髪も口を添える。

そのとき私は、修人を左右から挟んだ二人の女が、フロレスタンとオイゼビウスであると直感した。シューマンが産み出した二つの対照的な人格――フロレスタンとオイゼビウスは、そもそも男性であって、彼女らには、二人であること以外、それを連想させるものは何一つない。妄想、というにも及ばない馬鹿な思いつきだ。にもかかわらず、一度直感が生まれれば、なぜだかその思いつきから私は離れられなくなった。

「あんなのはゴミだ」とワインを一口飲んでから修人は断じた。「というか、ゴミじゃない演奏なんて存在しない。せいぜい、ひどく臭う生ゴミとそうでもないゴミの差があるくらいでね」

「つまりマサト先生は、できるだけ無臭のゴミを目指したと」

ケンイチロウ青ネクタイがいうのへ、修人は今度ははっきりと頷いてみせた。

「ゴミっていう言い方はどうかと思うけど」と茶色巻き髪のオイゼビウスがすぐに口を出した。「あんなに美しいゴミだったら、私はゴミを愛せるわ」

「私も同じ」黒髪緋色ドレスのフロレスタンが続いた。「だから修人くんには、弾かないのが一番いいなんていわないで、どしどし弾いてもらいたいわ」

「それについては、僕に名案がある」とケンイチロウ青ネクタイが、潤んだ眼で修人を見詰め、修人に露骨にしなだれかかる二人の女を面白そうに眺めながら発言した。一同の注目を十分に惹き付けてからケンイチロウ青ネクタイははじめた。

「つまり、今後、永嶺修人の演奏会では、ジョン・ケージの《四分三三秒》だけをプログラムへ載せる。そうすりゃ、永嶺修人は何も演奏しなくていい」

なるほどね、と誰かが間《あい》の手を入れたものの、さして感心するふうのない反応が起こるなか、不意に、あはははは と、傍若無人ともいうべき笑い声があがって、座の人々はぎょっとなって笑う人物に眼を向けた。笑ったのは私だった。

修人は、げらげら笑いをした後、今度は黙り込んで酒を飲み、隣の末松佳美の膝に手を伸ばした男を、疑うような眼で眺めてから口を開いた。

「ケージは駄目さ。彼がいいたいのは、要するに、楽音と、そうじゃないノイズとのあいだには区別がないっていうだけのことだからね。そんなのは常識だよ。ピアノの音だって、真の音楽からしたら、ノイズの一つにすぎないんだからね。つまり、彼は真の音楽なんて、最初から信じちゃいないんだ。というか、音楽のことなんか、何も知らないんだ。ちょっと剽軽《ひょうきん》な、アメリカの田舎のおっさんさ」

「あいかわらずケージに厳しいなあ」とケンイチロウ青ネクタイが嘆息するようにいった。

「マサト先生のケージ嫌いはグールド嫌いと一脈通じるところがある」

「とにかくケージなんて駄目」とフロレスタン黒髪緋色ドレスが修人の腕に自分の腕を絡

めながらいった。「修人くんには、あんなわけの分からないのじゃなくて、ロマン派を弾いて欲しいわ。せいぜいラヴェル、ドビュッシー、プロコフィエフくらいまで」

「わたしはシューマン。シューマンがいいわ。あんな素晴らしい演奏が聴けるんですもの」

負けじと、反対側から修人に軀を密着させたオイゼビウス茶色巻き髪が甘い声でいったときである。土足で畳を歩き回るような声が狭い穴蔵室に響き渡った。

「今日の演奏には、オレは全然感動できなかったな」

座は一瞬にして凍り付き、人々は首を巡らせて、胡乱な眼で発言者を見た。

*

寒天状に凝固した空気、これをほぐすのはむろん道化の役割である。青ネクタイが真っ先に出てきたのは妥当なところだ。

「こりゃまた、歯に衣着せない批評が飛び出したな。まあ、ピアニスト本人が、ゴミだっていうくらいだから、厳しい評価はしょうがないけどね。もちろん批評は自由です。しかし、シューマンも書いてますが、俗物の、知ったかぶりの批評くらい有害なものは、世の中にないですからね。これは、あくまで一般論ですが」

途中から急に言葉がていねいになったことが、発言者の敵意を明示した。

敵意を向けられた当の人物、つまり私は、自分のなかに別の誰かが入り込み、そいつが勝手放題の振る舞いをするのを、恐怖のうちに、どこからか見遣っていた。

「だったら、この際、俗物として、いわせてもらうけど」やめろ、やめろ、やめろと、私は悲鳴をあげているのに、高慢なにやにや笑いを浮かべたそいつは全然聞く耳を持つ様子がない。

「今日の演奏は、ある意味、完璧だったと思う。技術についてはは文句がつけられないと思う。だけど、根本的に何かが欠落していた」

「音楽がない、っていうのは、さっき永嶺修人本人から説明があったけどね」

「あんなのは、下らないいいわけだ」と私がいったときこそ、一座の者らの敵意の草に火がつき、憎悪の炎が燎原《りょうげん》に広がった瞬間だった。

「イデアだか何だか知らないが、ようするに音楽性がないっていうだけの話さ。演奏しないのが一番いいなんてのは、ただの屁理屈だ。屁理屈以下の戯《ざ》れ言《ごと》だ。演奏しなくて、どこに音楽があるっていうんだ。演奏しないのが一番なんていうのは、恐いからだ。弾いて失敗するのが恐いからだ。そんなのはただの甘えだ。甘えているだけの話だ。あんな凄い演奏ができるのに、なんでちゃんと弾かないんだ！」

自分は君の演奏を聴いたよ。あの「幻想曲の夜」、君の本当に凄い演奏を聴いたよ。そう心に叫んだ私は、自分こそが永嶺修人の最良の理解者であり、崇拝者なのだと、熱く念じながら、修人に視線を向ければ、修人は長い睫毛をしばたき、それが一瞬、ひどく哀し気に映った。

「僕は、ちゃんと弾いたよ」

修人がいい、その幼さの面影の残る言葉に私は言葉を押し被せた。

「弾いていない。君はちゃんと弾いていない。ちゃんと弾いたらあんなふうになるはずがない！」

荒々しい糾弾の石つぶてが修人の細い軀を粉砕する像を私は脳裏に描き、それが加虐の油液をいよいよ沸騰させる。

「君は、本当の音楽だとかなんとか、変な理屈をこねくり回して、音楽と誠実に向き合うことを避けているんだ」

「違う。それは違うよ」

「違わない！」

私は眼を潤ませた修人の抗議を圧殺した。私の軀を乗っ取ったそいつは、おそろしく頑固で、肌理の荒い太古の石像みたいに融通が利かなかった。

「かりに本当の音楽なんてものがあったとしても、誰かが懸命に演奏して、それをなんとか実現しようとするからこそ、ありえるんだ。完璧がありえないのはたしかだけど、それへ一歩でも近づこうとしなかったら、それは消えてしまう。しかし、君は、近づくんじゃなくて、どんどん遠ざかろうとしている」

修人はもう何もいわず、蒼白の顔から表情を消して、ソファーに固着している。俯き加減の白い仮面に向かって私はなお言葉を投げつけた。

「君はおかしい。君はどこか狂っている」

そこまでいう権利が自分にあるのか？　いって何か意味があるのか？　その思いが刹那、頭を過ったものの、こうなってはもはや心の器に溜っていたものを吐きつくさなければすまされず、ソースの瓶を逆さにふって中身をしぼり出すようにして私は言葉を吐いた。

「永嶺、君には、魂がない！」

そういったあと、激高のあまり言葉が出ず、私が絶句しているところへ、低い笑いが管から漏れた水のように流れ込んで、見れば修人が俯いたまま笑っているのだった。

「魂がないとは、また古典的だなあ」と青ネクタイが、修人の笑いに乗じつつ、しかし修人の笑いの意味を捉えかねる表情で口を出せば、凝固した空気を解きほぐす期待の吐息が一座の人々から漏れ出たのを受けて、青ネクタイは続けた。

「名人芸と引き換えに悪魔に魂を売ったとでもいうの。パガニーニじゃあるまいし。といいますか、ぼくだったら、ポリーニ並みのテクニックが得られるんだったら、魂なんてじゃんじゃん売っちゃうけどね」

あまり活発とはいえない笑いが散発するなか、私は、青ネクタイがいま口にした言葉に異様なリアリティーを感じていた。悪魔に魂を売る。もし眼の前に悪魔が現れて、魂と引き換えに超絶的技術をやると提案されたら、青ネクタイ同様、私は断らないだろう。私だけではない。悪魔と取引をしないピアニストが世の中にいるだろうか？　いるはずがない。だって、そうなのだ。音楽は悪魔の発明になるもの、音楽とはそもそも悪魔的な何かなのだ！　西洋のクラシック音楽が、神を賛美するところから生まれてきたのは、たしかにそうなんだろう。けれども、悪魔と気楽に関係を結べないような音楽家には、神を賛美などはできはしないのだ。モーツァルトの、あの美しい賛美歌Ave verum corpusは、悪魔的であるからこそ天上的であるのだ。

だが、凡人の所へは決して悪魔は訪れない。悪魔が選ぶのは天才だけ。ファウストのごとき。そして、幼くして天賦の才を発揮した修人のごとき。

「永嶺、君は、魂を売ったんだね？」

いまは声を出さずに、顔面に笑みの薄膜を貼付けた修人は、小さく頷いたようだった。

「そうなんだね。やっぱり売ったんだね」

悲哀の水が胸いっぱいに溢れ出るのを覚えながら、私が不必要な念を押したとき、

「しつこい人だなあ」と苛立ちをあからさまにした青ネクタイが介入してきた。

修人の様子に気をとられるあまり、青ネクタイをはじめ周りの人間は私の視野から消え

ていて、それが青ネクタイの気に触ったらしい。言葉に棘が生えて空気をちくちく刺す。

「魂を売ろうが売るまいが勝手でしょ。そんなに永嶺修人の演奏が気に入らないんだったら、自分で弾いたらいいじゃないか」

「そうよ。何を偉そうに。まだ……あれのくせに」とフロレスタン黒髪緋色ドレスも敵意を剝き出しにした。「あれのくせに」と言い淀んだのは、「浪人のくせに」といいたかったのだろうが、そこまではいうべきでないと自重したんだろう。援軍を得て青ネクタイは勢いづいた。

「そんなにいうんならさ、弾いてみせてよ。魂のこもった演奏てやつを聴かせてほしいもんだ。そこにピアノもあるしさ。曲は、そうだ、シンフォニック・エチュードでいいや」

一座の者から賛同の声と一緒に笑い声があがったのは、青ネクタイのいうピアノが、店の入口近くに置かれた、ぼろぼろの、調律もしたことのないようなアップライトだったからで、さすがにそれでシューマンを弾くのは無理だったからである。ところが、修人が口を開いて、流れは変わった。

「弾いてみてよ、あのピアノで。僕は聴きたいな」

どんなつもりで修人がそういったのか、微笑の霞の奥で真意は計りかねた。しかし、王子である修人がそういうのなら、願いは聞き入れられなければならない。青ネクタイをはじめ一座の者たちはだいぶ戸惑った様子で、というのも、もし本当に私がピアノを弾くとなれば、ピアノの位置からして、店中の注目を集めざるをえず、穴蔵室での一場の座興ではすまなくなるからである。

「じゃあ、ひとつ、リサイタルってことで、やってもらいますかね」と青ネクタイはいったものの、椅子から離れぬまま修人を横目で窺っている。

修人は人々の困惑ぶりを愉しむかのように、ワイングラスを掌で弄びつつ一座の者の顔を順番に眺めるばかりで、あとは何もいわず、他の人も口を開かず、まあ、馬鹿なことはやめておいた方が無難だろうとの空気が穴蔵室を覆ったとき、

「聴きたあい。絶対聴いてみたあい」と声があがった。根本的に無責任な印象のある、妙に間延びした言葉の主は、末松佳美であった。

「ねえ、弾いてえ。ヨシミ、聴きたあい。ねえ、弾いてよおう」

末松佳美はこれ見よがしに私の肩にしなだれかかって甘たるい声を出し、これを憎悪の眼で眺めた修人が再びいった。

「そうだ。弾いてもらおう」

修人がソファーから立ち上がり、押し出されるようにして人々も卓から離れた。真っ青な顔色になった修人は、室から出ると、一直線にピアノまで歩き、蓋を開けた。それは本当にぼろぼろの、鍵盤の一部が剝がれてしまっているような楽器だった。ピアノ椅子もなく、修人は傍にあった食卓椅子をピアノの前に運んだ。

穴蔵室から出た者らはピアノを囲む形になり、何がはじまるんだろうと、打ち上げの参加者たちはしばし談話をやめて、こちらへ注目する。ロフトの人々も好奇心に駆られたらしく、手摺に鈴なりになっている。

「では、どうぞ」と丁寧に椅子を据えた修人は、末松佳美に手を引かれた私を、恭しい仕草で促す。修人の残酷に光る眼を見た瞬間、私のなかに入り込んで傍若無人に振る舞う頑固男は勝手に消えて、一人取り残された私は、しかし、もはやどうすることもできず、いわれるままにピアノの前に座れば、自分を断罪する無数の視線が軀に突き刺さるのを覚えた。観客のなかにはなぜか私の妹もいて、妹は私の窮地に気付いていないのか、末松佳美と楽しげに談笑している。吾妻先生もいた。とくに私に関心があるふうでもなく、壁際に立ち横を向いて煙草をくゆらせている。堅一郎らしい男もいた。音楽部の仲間の姿もあった。恐怖の石臼に押し潰され、擦り潰された私は、もうどうなっても知らないぞ、どうなってもオレの責任じゃないぞと、神経が悲鳴をあげるのを聞きながら、もう一度だけ修人に救いを求めて眼を向ければ、フロレスタンとオイゼビウスに挟まれた修人は、生気のない年寄りの顔、しゃれこうべの輪郭が浮かび上がる皺だらけの顔に変わっていて、ただ眼だけがいやらしく淫靡に光るのを見たとたん、胃の腑が破裂するような猛烈な嘔吐感とともに一つの確信が閃光となって軀を刺し貫いた。

「あの夜、岡沢美枝子を殺したのは、永嶺、君だ！」

言葉が、吐瀉物と一緒に口から噴出した。

VI

誰でもよい。誰かある人物を私が知っているとは、いったいどんな事柄を指すのだろうか？　つまり、いまここにいない人は、死者であれ生きている人であれ、私によって思い描かれる像である。そしてほとんどすべての他人がいまここにいない以上、彼らは像の集積であるほかない。

一方で私たちは、心の湖に浮かびあがる像が、どれほどあやふやで頼りないものかを経験から知っている。それはちょうど水面に影を映す湖畔の丘陵が、季節によって、時刻によって、天候によって、あるいは見る者の感情の起伏によって、風景のなかで大きく姿を変えるのと同じであり、ときには、光と映像の魔法が、ありもしない丘陵の姿を宙空に描き出すことだってある。

にもかかわらず、他人は像の集積を超えて、存在していると感じられる。私たちは他人の存在を直覚している。湖畔の丘陵がたしかにそこにあるように。だが、それが蜃気楼でないと、どうしていいうるのだろうか？

たとえば、永嶺修人を私は知っている。あれこれの場面の永嶺修人を記憶している。けれども、いまそれらの場面を思い起こすとき、当の場面に登場してくる永嶺修人が同じ永嶺修人だとなぜいいうるのだろう？　どれもそのつど、そのつどの、異なる永嶺修人なのであって、それら無数の永嶺修人を統括するものをあえて探すならば、「永嶺修人」の名前しかないのではあるまいか。

いや、そもそも私自身どうなのだろう？　さまざまな場面の中心にあって、そのつど世界を眺め、感じてきた「私」は、いつでも同じ「私」だったといいうるのだろうか？　たとえば、あの打ち上げ会場のバーレストランで醜態を晒した私と、T音大を受けに行ったときの私は、同じ私だといっていいのだろうか？

＊

そのような疑問を私が抱くのは、修人の《ソナタ三番》から私の入試までの四ヵ月間の、私の心境、というか日々のありさまのごときものが、判然と想起できないからである。

入学試験に向かって死にものぐるいで練習をしていたのは間違いない。けれども、その時間の体感を、私は蘇らせることができない。一年目の受験は、とりあえず来年に向けて経験だけはしておこうと、気楽な気持ちだった。しかし、二年目は違ったはずで、冬を迎え不安や焦りが嵩《こう》じていたに違いないのだが、そのあたりの感覚もはっきりしない。一年間頑張ったのだから駄目なら駄目で仕方がない、とにかく悔いだけは残さないようにしようと、すがすがしい気持ちでいたとも思えない。いま振り返れば、私が私の実力でT音大ピアノ科に合格できたのは奇蹟に近く、あるいは私は不安の迷路のなかで呆然と立ちつくしていただけだったのかもしれない。

ただ一つはっきりしているのは、《ソナタ第三番》に続く打ち上げ会場での「出来事」以降も、修人との関係が切れなかったことだ。修人は以前と同様、「ダヴィッド同盟」ノートに、私が読むことを明らかに意識した諧謔混りの音楽論を書き、末松佳美が家までノートを運んでくるのも以前と変わらなかった。私は行間に滲むあらゆる感情の起伏や気分の変転を見逃すまいと、紫色の文字に注意深く眼を据えただろう。そうして私も、修人への密かな思いを行間に刻み込むべく、しかし、それとは悟られぬよう、さりげない言葉で、日々のレッスンで考えたことなどを、緑のインクで記していっただろう。

一つ思い出す。あるとき、ノートの頁に修人からの励ましの言葉があるのを私は発見したのだ！　直接的な表現ではないけれど、明らかに応援であると読んで間違いない文章を、紫色の文字で記されたそれらの言葉を、深く胸に抱いて、私は浪人生活後半の苦しい時間をやり過ごしたのだったのかもしれない。

いま思うなら、真に苦しい孤独の時間を過ごしていたのは、むしろ修人の方だった。だが、自分のことで精一杯だった私は、「ダヴィッド同盟」ノートに並んだ紫色の文字をあれだけ丹念に読みながら、修人の苦悩については欠片《かけら》も気付けなかった。もっとも、たとえ気付いたとして、私に何かできたとは思えないのではあるが。

＊

修人からの「激励」とは、次のような内容だった。

シューマンは、多かれ少なかれ職人的な修業を経たそれまでの作曲家とは違い、いわば素人のディレッタントであり、そんなところにも彼の天才性はみてとれるのだけれど、なによりシューマンが素晴らしいのは、あれだけ音楽の魔に憑かれながら、彼が市民的な家庭人としての生き方を全うしたところにある。もちろん人生半ばから精神疾患という不幸に見舞われはしたけれど、普段はことさら奇矯な振舞いもなく、家庭内に暴君として君臨するのでもなく、円満な人間関係を保ちながら、あれだけの仕事をしたところに価値はある。シューマンの生涯を振り返るにつけ、平凡な生のなかで発揮される才能こそ、真に貴重なのではないかと思えてくる。たとえば、これを現代に置き換えるならば、ごく普通の音楽学校で、ごく平凡な音楽教育を受けるなかから才能を開花させていく、そんな行き方が、もしかしたら一番まっとうで価値があるのかもしれない――紫色の文字はそのように述べていたのである。

T音大合格という、私にとっては難関であるけれど、ある意味慎ましいともいいうる目標に全霊を傾けつつある私への、これは激励以外ではありえなかった。少なくとも私はそう理解した。

音大への合格は音楽家へのパスポートを得ることではない。パスポートを発行する窓口に並ぶ権利を得るにすぎない。しかも当の窓口が本当にパスポートを発行する窓口なのかどうかもはっきりしない。そんなことは私だって承知していた。けれども、喘ぎ喘ぎ崖を這いのぼりつつある私には、他に手がかりはなく、とりあえず頭上にあるT音大の突起岩に摑まる他ない。こうした心情は修人には永遠に理解して貰えないだろうと思っていただけに、私は嬉しかった。修人が私を気にかけてくれている。それだけで力が湧いた。

バーレストランでの一件について、修人はノートでは全く触れず、暗に仄めかすようなこともなかった。修人を殺人犯人と決めつけ、鍵盤に汚物を吐き散らした私を修人が赦《ゆる》してくれるとはとても思えず、一件への沈黙ぶりは修人の怒りの深さを証しだてるようにすら思えていた。が、右の文章を目にしたとき、私は修人から赦されたと感じ、修人の寛大さに感謝したのだった。

＊

あのとき修人に絡んだり、吐いたりしたのは、慣れない酒のせいだと考えられた。恥ずかしい話だが、私はその後、幾度も酒で失敗した。離婚も、それが原因の一つ――決定的ではないが――であった。

しかし、岡沢美枝子殺しの犯人だとの決めつけが口から飛び出したのには、自分ながら驚愕した。あのような言葉が出たのは、疑惑を潜在的に抱いていた証拠なのだろうが、「幻想曲の夜」の出来事を思い返すなら、第三楽章の最後の音が消えるか消えぬうちに悲鳴が聴こえてきた事実は動かし難く、だから修人が犯人であるはずはなかった。私の疑惑には根拠がなかった。私は何度もそのことを確認した。

そうして、そのたびに私は不審を覚えた。なぜ私は自明の事柄を何度も確認しなければならないのか、と。

＊

どちらにしても、市民的家庭人シューマンへの修人の賞賛の言葉は、どれほど私を喜ばせただろう。

クララとのあいだに八人の子供をもうけたシューマン。子供好きで家族を愛したシューマン。

もちろん私がそのイメージに重なるわけではない。けれども、私は修人の言葉を、日々のささやかな喜びを糧に暮らして行くことの肯定、どこまで行っても平凡でしかないだろう我が人生への肯定と受け取ったのだった。

逆にいうなら、修人本人は、そのような市民的安定や家庭的幸福を最初から断念している、ないし、やがては断念せざるをえない場所に押し出される、とそのように私は感じていて、だからこそ修人が私のあり方を肯定してくれたことが嬉しく、感謝の気持ちを抱いたのだった。

そうなのだ！　修人は、私を肯定してくれていた。認めてくれていた。修人は私の苦しみであると同時に支えだった。悩みの種であると同時に力の源だった。しかも、修人は離れた所にあって精神の支えになってくれただけではない。

私は思い出す。T音大の入試という具体的な場面——修人とはまるで無縁なはずの場面で、意想外の仕方で力を貸してくれたのだ！

一次試験には合格して、学科や聴音やソルフェージュなどの試験も終わり、一番最後が《交響曲練習曲》の演奏試験だった。

*

試験当日は前夜からの雪が積もり、朝起きたら、窓の景色が白一色になっていたのを覚えている。交通には遅れが出た。私は早めに家を出たおかげで、会場へは時間通りに到着したが、試験は予定より一時間遅れてはじまった。

受験生控え室で、指先をカイロで暖めながら、自分がどんな心境でいたのか、私ははっきりとは思い出せない。去年の明治神宮のは効かなかったから、今年は大国魂《おおくにたま》神社のにしたと、妹がくれた護符がジャケットのポケットに入っているのを手で確かめたのは覚えている。雪道で滑るといけないと思い、裏がゴムになった靴にしたのはいいが、バックスキンが濡れてしまい、靴下が冷たくて困ったのも覚えている。控え室の暖房の蒸気パイプがかんかんと高い金属音をたてたことや、当時はまだ珍しかったダウン・ジャケットの受験生が風船を着ているように見えたことや、母親に付き添われた白マスクの女子学生が大粒の涙を零していたことや、そうしたさまざまな断片は浮かんでくる。

とりわけ強く印象に残っているのは、受験生を控え室から試験会場まで案内する役の黒い背広を着た男で、なぜだかその人はにやにや笑いを浅黒い顔に終始浮かべて、尖った犬歯が唇から覗けているのがひどく残忍そうだった。私がトイレに行って戻ってくると、控え室の戸口に立った男が声をかけてきた。「君の可愛い人によろしくね」。彼が何をいわんとしたのか、私には見当がつかず、受験生の緊張をほぐす軽い冗談のつもりだったのだろうと解釈したのだけれど、あとから思えば随分と奇妙だった。私は、男が声をかけてきたときの、芝居がかってウインクしてみせた瞼の動きや、灰色がかった眼の色や、頬に刃物疵《きず》のように刻まれた深く長い皺や、酷薄に薄い紫色の唇を、いま眼の前に見るように、ありありと思い起こすことができる。

にもかかわらず、それら一々の場面や情景を中心にあって統御するはずの「私」が、私にはいまひとつ摑めない。私の試験順は何番目であったか、黒服の係員に案内されて、試験の行われる教室へ私は入っただろう。正面に蓋を開けた黒いピアノがあり、その向こうにカーテンがかかって、試験官はカーテンの奥にいたはずだ。係員に促されて、私は椅子の高さを調節しただろう。それから椅子に座り、もういちどポケットの護符に触れてみただろう。ハンカチをピアノの端に置き、手を胸の前で組み、いつもするように右手と左手に協働を誓わせ、少しでもあなたに近づくことができますようにと音楽の美神に祈り、一つ深く息を吐いてから、鍵盤に指を下ろしただろう。

私は試験の行われた教室がどこだったか思い出せない。案内係の気味の悪い男も、助手か事務職員だったはずだが、入学後に見かける機会がなかった。それほど大きな大学ではないから、一度も出会わないとは思えず、だから見かけてもそれと気付かなかっただけなのだろうが、あの男は、あのときに限ってあそこに現れた人物だった気がしてならず、そのように考えるとき、そもそもあの雪の日、私は本当にT音楽大学で試験を受けたのだろうかと、疑ってしまうほどなのだ。

　かように私の記憶像はとり散らかって、自分が《交響曲練習曲》をどんなふうに弾いたかも、ほとんど思い出せないのだけれど、演奏中に一つ、気付いたことがあった。それだけは鮮明に記憶している。常識的に考えればまったくありえざる事柄だったのだけれど、演奏中の私は、頭のなかにそれを直接抛り込まれたかのように、そのことを確信した。

　――修人がいたのだ。

＊

　試験会場の教室には、公平を期すために、白いカーテンが下がって、向こう側にいる試験官は、受験生の姿を見ずに、ピアノの音だけを聴く。逆に、受験生は顔の見えない試験官に向かって一人で演奏するわけである。

　アンダンテの主題を弾き終えて、最初の変奏曲を弾き出そうとしたときだ。私はカーテンの陰に修人がいることに気がついた。姿が見えたのではない。不透明なカーテンの向こうを見通せたはずがないからだ。けれども、疑いようもなく、そこには修人がいて、カーテンの後ろに立ち、俯き加減の姿勢で、私の演奏に耳を傾けているのだった。

修人がいるはずはなかった。けれども修人の実在感は打ち消しようがなく、T音大の教授の誰かと顔見知りの永嶺修人が、頼んで入れてもらったのだろうと私は解釈した。

それにしても、なぜ修人がいるのか？

答えは一つしかなかった。私の演奏を聴きにきたのだ！　そう思うことは、私に力を与えた。

「演奏なんかしなくたって音楽はもうすでにある。演奏はむしろ音楽を破壊し台無しにする」

繰り返し耳に聞き眼に読んだ修人の皮肉な言葉が、カーテンの陰に立つ無言の修人から伝わり、私を試験の緊張から解放するのに益した。

私は考えた——といっていいのか分からないけれど、演奏への集中とはまた別のところで、言葉が、イメージが、感情が、渓流の魚影のごとく走ったのを覚えている。

なるほど演奏は「音楽」を台無しにするかもしれない。——私は考えた。しかしだからといって、それで「音楽」が消えるわけではない。「音楽」は傷つきもしない。そうなのだ。「音楽」はもう在るのだ。氷床の底の蒼い氷の結晶のように。暗黒の宇宙に散り輝く光の渦のように。動かし難い形で存在しているそれは、私の演奏くらいで駄目になるものではない。私はミスをするだろう。技術が足りないところも多々あるだろう。だが、それがなんだというのだ。私はただひたすらに「音楽」を信じ、余計事を考えずに光の結晶であるところの「音楽」に向かって進んでいけばいいのだ。「音楽」に半歩でも近づけるように。あの「幻想曲の夜」、真摯に「音楽」に向き合った修人がそうであったように！

演奏を否定する修人の思想が、一つの逆説であり、アイロニカルな形で演奏家を鼓舞するのを私は知った。修人の忠実な生徒であった私は、修人のレッスンの成果を、修人本人に披露すべく、《シンフォニック・エチュード》を弾いているのだった！

ミスタッチはあっただろう。あの難曲を弾いてミスタッチが一回もないなどということはありえない。私がミスをするたびに、修人が大きく頷くのを、私は見た。それはまるで自分だけは本当の「音楽」を聴き続けている、と告げるかのようであり、一度ミスをすると動揺して力んでしまい、流れを見失いがちだった私に、落ち着きを与える効果があった。そうだ、「音楽」はもうあるのだ。それを少なくとも、天才永嶺修人だけは、私と共に聴いてくれているのだ！

アレグロ・ブリリアンテのフィナーレ。シューマンに特有の執拗に反復する付点のリズム——ともすればかったるく、重苦しく感じられてしまうリズムの反復が、非常に心地よかったのを私は覚えている。この軽快な足どりでなら、どこまでも進めそうだと、晴天の下、涼風わたる広野を往くような気分が生まれていたのを覚えている。そうして、修人もまた、よい香りのする風を受けたかのように、眼を閉じ、音楽に聴き入っているのだった。

　最後のクライマックス、勇壮な主題が回帰して、勢いを増しながら突入する終結部、最後から二〇小節目の、D♭からB♭への転調が、突発的な事故であるかのように起こるあの場面、私は室に光が眩く溢れたように感じ、宇宙の彼方にある「音楽」の冷たい結晶から放たれる光を、自分と修人が遠く憧れるそれを、二人が共有する眼で見詰めているのを私は確信した。

　最後のD♭の和音をペダルを一杯に踏み込んで響かせ、ペダルを踏み戻し、演奏を終えたとき、修人の姿はもう消えていた。

*

　私の合格を一番喜んでくれたのはK先生だった。

電話で報告したあと、母親と一緒にあらためて挨拶に行き、K先生はとっておきのドイツワインを開けて祝ってくれた。母親が先に帰ったあと、K先生は永嶺修人に関する気になる情報を私に伝えた。

永嶺修人がとうとう野上条彦から破門になったと、K先生は私にいったのである。例の武蔵野市民ホールでの演奏会以降、永嶺修人はレッスンに行かなくなり、今度こそ野上条彦も見限ったのだという。

武蔵野市民ホールの演奏をK先生は聴いていなかった。野上条彦はもちろん聴いたはずで、彼があの演奏をどう評価したのか、私は気になっていた。「思弁に傾き過ぎる」という、やや辛口の批評が音楽専門誌に載ったと、鹿内堅一郎からは聴いていた。

永嶺修人の《ソナタ三番》はたしかに変調だった。技術は完璧ながら「音楽がない」などと、直後には大袈裟に考えたけれど、あの変調は、いろいろと考え過ぎたあげく、おかしな隘路へさまよい込んでしまったせいだろうと、私は理解していた。そもそも音楽について、楽曲について、精一杯思弁を働かせるのは、永嶺修人のスタイルなのである。

コンサートの後も修人は「ダヴィッド同盟」ノートへの書き込みを続け、そこに記された言葉を読むならば、修人の音楽への情熱が決して衰えていないのが実感できたし、なにより私は、「幻想曲の夜」の、あの素晴らしい演奏を聴いていた。一時的に迷路へ入り込むことがあるにせよ、必ず修人は自己のスタイルを確立して、人々を瞠目《どうもく》させるに違いなかった。

野上条彦から見限られる。それがどの程度の問題なのか、私には分からなかった。ピアノ教師は野上条彦だけではあるまい。むしろ永嶺修人は、野上条彦などは軽く乗り越えてしまう才能だろう。

「そのあたりについては、ちょっとした噂があってね」

ワインで顔をやや赤く染めたK先生が、口辺に笑いを浮かべながら、ゴシップを漏らす調子でいった。

「つまりさ、野上氏と永嶺くんのあいだには、恋愛感情のもつれのようなものがあったんだね」

K先生は言葉を選びつつ、野上条彦と永嶺修人が、いわゆる男色の関係にあったといい、しかし最近になって、永嶺修人は野上条彦から離れていき、これを野上条彦が恨みに思うようなことがあったらしいと教えた。

聞いた私は怒りと嫉妬で蒼白になっただろう。K先生はそれをワインを飲み過ぎたせいだと考えただろう。野上条彦は教え子に手を出すので有名であり、業界ではあまり評判がよくないのだと、K先生は付け加えていい、私は、まるく尖った禿頭《とくとう》をつやつやと光らせる野上条彦の風貌を思い、あんな奴が修人を、と思えば口惜しくて、顔面が凍え、憎悪の黒い獣が腹の底で吠え暴れた。

もっとも私は、永嶺修人と野上条彦のあいだに特別な「関係」があったとは、必ずしも考えなかった。野上条彦が狙いを付けたのは事実として、修人がそうやすやすと毒牙にかかったとは思えなかった。修人に深く惹かれる同性が、学校の生徒をはじめ幾人かあったのを私は知っていた。けれども、修人が彼らを寄せ付ける気配はなく、ましてや「恋愛関係」になるなどはありえなかったし、末松佳美という異性の恋人がいることも、私の直感を補強した。

どちらにしても、永嶺修人が野上条彦のもとを去ったのは正しい判断だと私は思い、K先生も同じ意見だった。永嶺修人は海外で勉強するのが一番だとは思うが、もし日本にいるつもりなら、T音大へ入って勉強するのがいいだろうとK先生はいい、私は呆然となった。

修人がT音大に来る！　そうなったら、私はまた修人の先輩として、修人に師事することになるだろう。そうなったらどれほどいいだろう！

だが、私は即座に、希望を打ち消した。修人がT音大へ来ることなどあるはずがないと、格別の根拠なく考えた私は、修人のピアニストとしての未来が永久に絶たれることを、この時点ですでに予感していたのかもしれない。

*

T音大に受かった以上、晴れて修人と会える身となったわけであるが、そのような機会はすぐには訪れなかった。

大学の授業がはじまる前の春休みには、音楽部の指導を頼まれて何度か母校へ行ったけれど、休み中だから当然とはいえ、修人の姿は見えなかった。大学合格の報告だけはしておきたく、しかし、こちらから電話をかけて呼び出すのもなんだかしにくくて、鹿内堅一郎を通じて伝えてもらうのが一番なのだけれど、堅一郎は三つほど受けた大学をいずれも落ち、浪人が決まったばかりだったから、遠慮する気持ちが働いた。

「ダヴィッド同盟」ノートで連絡し合い、語り合う関係が、私と修人のあいだではすっかり確立していて、実際に会ってどんなふうに話したらいいか、私に怖れる気持ちがあったこともある。T音大合格のことを私はノートに書かなかった。ノートはそうした私事を書くべき場所ではなかった。だから直接口頭でいうしかないのだけれど、修人を呼び出して、T音大に受かったと報告するのは、だからそれで？　と冷たく問い返されそうな予感があった。

わざわざ会うのではなく、偶然のように出会うのが一番よいと思われ、私は修人が帰宅しそうな時刻を見計らって、銀杏公園や商店街のあたりをうろついてみたけれど、空振りに終わった。音楽部の指導がてら学校へ行き、三年生になったはずの修人の姿を校舎に探したときも、目的は果たせなかった。

予備校へ通う堅一郎も修人とは会っていないようで、大学がはじまって課題に追われ出した私も忙しくなった。それでも末松佳美は変わらず「ダヴィッド同盟」ノートを運んで来て、修人も前と変わらぬ調子で文章を連ね、私と修人の関係は以前と同様の形で継続していたから、少々淋しくはあったけれど、私は一定の満足を得ていた。

三年生になった末松佳美は修人と付き合い続けている様子だった。どうしてこんな女となのかと、私はなおも考えないわけにはいかなかったけれど、末松佳美が定期的に修人と会って「ダヴィッド同盟」ノートの受け渡しをしているのは間違いなく、修人の紫色の文字の文章には、Y・Sのイニシャルで末松佳美が登場した。Y・Sと修人は一緒に音楽会に出かけたり、家でレコードを聴いたりしていて、ときに修人はY・Sの家に泊まることもあるようで、二人の「親密」さは疑いようがなかった。それでいて末松佳美は、私の家に来れば、夕方まで帰らず、ときには家族と一緒に夕飯を食べたりするので、むしろ私と付き合っていると、世間からは見られても不思議ではなかった。

末松佳美の父親は金属加工の中企業の経営者で、当時は本社のある大阪に住み、末松佳美は大学生の姉と一緒に、私の出た高校の最寄り駅近くのマンションに住んでいた。姉という人は、いわゆる遊び人で、家にいないことが多く、だから末松佳美は夜に家を空けたり、人を泊めても平気であるらしかった。

家はそこそこの金持ちでも、末松佳美は間違いなく修人には不似合いな不美人だった。けれども、知ってから一年を越えて、末松佳美の天性の鈍さが修人の鋭利さを受け止めるのに格好であり、一種母性的な魅力が、母親を知らない修人を吸引しているのかもしれないと、私は考えるようにもなり、以前ほどの違和感を覚えなくなったのも事実だった。

修人に会いたいなら、末松佳美に頼む手もあった。実際、私はそういってみたが、末松佳美は変ににやにや笑うばかりで、私の求めに応じる様子がなかった。これには私も苛立った。非常に不愉快になった。一度などは、虫の居所が悪かったのだろう、激高した私は、なんで修人に会わせない！　と末松佳美を怒鳴りつけた。眼を吊り上げた末松佳美は、あんたはホモだ！　変態だ！　そういう言葉で反撃してきて、私はいよいよ憎悪の炎に油を注がれ、末松佳美の頰を思わず打った。

帰るわ、と、表情というものを一切削ぎ落としたような顔で末松佳美がいって、帰っていったあと、これでもうおしまいだと、私は放心しつつ考えたが、翌週になると、末松佳美は何事もなかったかのような顔でやってきて、家にあがり、定位置であるピアノ室の丸椅子に座るのだった。

＊

T音大合格の報告がしたいだけでなく、私が修人に直接会いたい理由は他にもあった。それは「ダヴィッド同盟」ノートに書かれた紫色の文字の内容に関わる。

この時期の修人は、シューマン《森の情景》についておもに論じていたのだけれど、そこにはいままでにない暗い調子が漂っていて、野上条彦から離れた修人の精神の状態が気がかりだったのである。

修人に会って何ができるかは分からないけれど、一刻も早く会って様子を確かめねばならないと、せきたてられるくらい、ノートの内容は胸騒ぎを呼ぶに十分だった。

＊

《森の情景》Op.82は、一八四八年から四九年にかけて書かれた、九つの小曲からなる作品である。シューマンのピアノ曲はそのほとんどが、彼が二〇歳台だった一八四〇年までに書かれ、以降歌曲、交響曲、室内楽へと創作の領野は拡がっていくのであるが、四三年前後の精神疾患の発現を経て、作曲家としての何度目かの充実期を迎えつつあるこの頃、シューマンは再びピアノ曲の創作に向かい、全四三曲からなる《子供のためのアルバム》Op.68を書き、続いて《森の情景》へと筆は進められた。

この時期のシューマンのピアノ曲は、かつての過剰さは影を潜め、簡潔で見通しのよい書法に特徴がある。和声上の大胆な実験はあるけれど、全体には非常に統制のとれた、落ち着いた透明感溢れる美しさが実現されている。いかにもロマン派芸術家らしい「森への想い」が、抑えた色調のなかに昇華されて、穏やかで寛いだ森の風景が描き出される一曲には、ロマン派以降の音楽を先取りする斬新な響きを聴き取ることもできる。

その一方で、すでに精神を病んでいたシューマンの、不安や恐怖が仄見える、とは多くの批評家が指摘してきたところである。

とりわけ、Verrufene Stelle《呪われた場所》と題された第四曲は、不安感を醸し出すためのリズムの作りや、長調と短調がぶつかりあう不協和音の導入など、ロマン派以降の音楽の世界への入口になる一曲だと評価できると同時に、シューマンの精神に巣食った不気味なものの影が色濃い作品である。

最初は各曲にモットーが付されていたが、出版時に外されたなかにあって、シューマンはこの第四曲にだけはヘッベルの詩を残した。

どれほど高く伸びた花でも
ここでは死のように白い
中央の一輪の花だけが
にぶい赤い色で咲いている

その色は太陽のせいではない
それは陽の光を受けたことさえない

その赤い色は大地からきたものだ
人間の血を吸い込んだのだ

森の奥、陽のあたらぬ場所に咲く赤い花。それは人間の血を吸った花である。——この不吉なイメージに、紫色のインクで綴られた文章は、繰り返し言及していた。

この不気味な場所はどこにあるのか？ と問いをたてた書き手は、あの「クララの動機」、シューマンの楽曲に執拗に現れる下降する音列の陰に、死と狂気と病に支配された暗い場所はあると書いた。そこは骸骨みたいに青白く痩せた花がひょろひょろと立ち並ぶ気持ちの悪い所である。なのにそこが美しいのは、一本の赤い花が咲いているからであり、その美しさは、死んだ人間の血を吸うことで支えられている。この花は弱くて繊細な花であり、人間の血を吸い続けなければ、たちまち青ざめて枯れてしまう。

この赤い花は自分だ——紫色の文字は端的に記していた。

自分は陽の差さない森の奥にあって、生気のない病気の花に囲まれて、人間の血を、死んだ人間の血を吸うことで、かろうじて生きている赤い花だ。この暗い気味の悪い場所は、人間を喰い殺すこわい怪物の棲家であり、花が吸う人間の血とは、怪物に殺された人間の血なのだ。

自分が暗がりの吸血花だという観念は、何度も文章中に出てきて、それを眼にするたびに私は、修人自身がさまよい込んだのかもしれない、「死のように白い」花が咲き乱れる暗がりを思い、不穏な気持ちにならざるをえなかった。

しかし、それ以上に私が心を騒がせたのは、九番目の終曲についての言葉である。終曲の標題は Abschied《別れ》。「速くなく」と指示のある変ロ長調の穏やかな一曲は、決して辛く悲しい別れではない。散策した森から、ひとときの憩いに満足しつつ、心静かに離れて里へ戻っていく、そんな情景を思わせる。ところが、紫色のインク文字は、まるで別の、一種異様な解釈をこれに施していた。

この音楽を聴くと、僕は涙が零れるのをとめられない、なぜならば、これはシューマンの別れの挨拶だからだ——と紫色の文字は記していた。別れは、森に対して告げられたものではない。別れはむしろ幸福な生活からの別れであり、シューマンは、自分が森の奥の、赤い吸血花の咲く、気味の悪い場所に棲まざるをえないことを知って、それまでの暮らしからの別れをここで告げているのである。シューマンは自分が怪物になるほかない運命を悟り、世界との別れを告げているのだ……。

このときシューマンはすでに精神病を発症しており、狂気の暗い穴蔵に、それこそ陽の差さぬ、死そのもののような白い花の咲く所に落ちて行く自分を鋭く予感していたのは間違いなく、穏やかな市民的な生活や、温かい家族や友人や、光溢れる天上の音楽と、まもなく別れなければならないと、考えるときがあったのはたしかだろう。

けれども、《森の情景》が書かれたのは一八四八年から四九年。シューマンの病状が著しく悪化するのは五二年。五三年には一時的な回復を見せるものの、五四年の二月にライン河に身を投じ、ボン郊外エンデニッヒの療養施設に収容されて、五六年七月にシューマンは四六年の生涯を閉じる。

つまり一八四九年を越えても創造の火はなお消えておらず、《交響曲第三番〈ライン〉》Op.97、《ヴァイオリンソナタ》一番Op.105／二番Op.121、《チェロ協奏曲》Op.129、《レクイエム》Op.148、《ミサ曲》Op.147といった名曲が産み出されたのは、晩年のこの時期である。

その意味で、《森の情景》の終曲が人生からの別れを告げる音楽だというのは、少々無理があった。けれども、紫色の文字は強引に論を進め、そういわれてみれば、あの平明でやすらぎに満ちた響きは、深い諦念に裏打ちされつつ、これまでの生活を懐かしみ、感謝をこめて回想するものだとする、論者の主張もあながち的はずれではないように思えるのだった。

「末期の眼」――その言葉が使われたのは、国語の教科書の文章に印象を受けたかららしいが、《森の情景》は「末期の眼」で眺められた世界の風景だと、紫色の文字は述べ、論者自身もまた同じ眼で周囲を見はじめている印象が滲んだ。

学校の近くの寺に無縁仏のお墓がある――と書かれていたのを私は覚えている。あの石碑の下には、たくさんの人たちが埋められているのだけれど、あの人たちは「誰だか分からない」人として埋められている。彼らはなに一つ感覚しないまま、なにも思わぬまま、自然とひとつになってやすらっている。僕は彼らのことを思うと、とても哀しくなるけれど、うらやましくも感じる。そして、Abschied《別れ》こそ、彼らに相応しい音楽である……。

修人こそが世界から別れを告げようとしているのではないか。その印象に私は脅かされ、どうしても直接会って話したいと考えたのはそのためだ。今度は私が修人を支える番になるはずだった。

*

私が修人に会えたのは、夏休みに入った、七月の半ばすぎであった。私が生涯に三度聴いた永嶺修人の演奏の、三度目の演奏を聴いたのがこのときである。

そして、それが最後の機会になった。

*

修人の誕生日のお祝いを、蓼科《たてしな》にある末松佳美の家の別荘で行う。そのように伝えられたのは、その一週間前のことで、私は大学の合気道サークルの合宿に重なっていたが、合宿所は浅間山だったから、蓼科へ行くには都合がよく、夜までには行けると返事をした。永嶺修人の誕生会ということになれば、また取り巻き連中が大勢来るに相違なく、気が重いところもあったけれど、とりあえず今回はT音大生の身分なのだからと思えば、気後れを感じる理由はなかった。

山裾の合宿所から軽井沢まで先輩の車で送ってもらい、信越線に乗って小諸《こもろ》で降り、そこからバスで終点で降りた。この年は梅雨明けが遅れて、七月中旬だというのに雨が降りしきり、標高があるせいもあって肌寒くすらあった。

地図を見ながら雨中を二〇分ほど歩けば、末松佳美の父親の経営する会社の持ち物だという、予想よりずっと立派なログハウスふうの別荘が雨に煙る白樺林のなかに現れた。なかへ入ってみれば、取り巻き連中は呼ばれていないらしく、ごく内輪の、「ダヴィッド同盟」を中心にした会だと分かって、私はだいぶ安心した。来ていたのは、末松佳美と鹿内堅一郎と私の、「僕らのダヴィッド同盟」のメンバーの他には、私の妹、それから吾妻先生の姿もあった。末松佳美の父親の会社は、特許を幾つも持つ金属加工のメーカーで、別荘には寝室だけでも七つ八つあり、サンルームやサウナなどの設備も充実していた。地下には、会社の製品だというナイフや掘削機の刃、微細な加工を可能にするカッターなどが展示された一室があって、これもなかなかの見物だった。

私が別荘に着いたのは夜の七時過ぎで、食事がすでにはじまっていた。ウッドデッキに面した広いダイニングには、一五人は座れる木の食卓があって、末松佳美と妹で用意した羊肉の辛いシチューやサラダや鶏の唐揚げなどが、麦酒《ビール》やワインと一緒に並んでいた。ところが、肝心の修人の姿がない。

理由は忘れたが、修人は何かで遅れているらしく、私が席に着くと、遅ればせながらの私の合格祝いということで乾杯した。浪人中の堅一郎には悪い気がしたけれど、堅一郎はいつに変わらぬ、妙に生真面目な、横にいると鬱陶しくなるたたずまいで、蕎麦をすするのと同じ派手な音をたててパスタを食べ、むせてワインを口から噴き出した。

当時の堅一郎は、高校生になっていた私の妹に密かな「関心」を寄せていた。堅一郎は午には着いて、末松佳美と妹を手伝い、買い出しをしたり別荘の掃除をしたりしたとのことで、予備校の夏期講習をさぼってまでそうしたのは、当の「関心」ゆえであったのは疑えない。いくぶん先の話ではあるけれど、堅一郎の恋は実らなかった。実るもなにも、こと恋愛に関して、堅一郎は一貫して、芽が出ぬまま土竜《もぐら》に喰われる草の種であった。

食事が一段落すると、ダイニングの隣にある、煉瓦づくりの古風な暖炉のあるスモーキングルームへ移動した。夜になって一段と冷え込んで、暖炉に火を入れるのはいくらなんでも季節外れだとは思ったけれど、末松佳美が寒い、寒いとしきりにいうので、吾妻先生が薪を運んできて火をおこした。雨中を歩いたせいか、私も手足が冷たい感じがあったので、あかく燃える火が有り難かったのを覚えている。

コーヒーを飲んだり、またワインを飲んだりしながら、吾妻先生に請われて私がちょっとピアノを弾いたあと、トランプや人生ゲームで遊んでいるうちに、夜は更けた。

雨は依然降りやまず、樹林の梢を打つ雨音が、山の放つざわめきのように一晩中聴こえていたのを思い出す。修人はまだ到着しなかった。いまにして思えば不思議であるけれど、誰もそのことを不審がったり、心配したりする様子がないまま時間は過ぎていった。

やがてゲームにも飽きて、コーヒーをいれ直そうということになり、めいめいがカップを手に暖炉の周りに陣取った。妹が妙なことをいい出したのは、日付が変わる時刻だっただろう。岡沢美枝子の事件について、ここにいる人たちで考えてみたらどうかと、妹が突然いい出したのだ。

「あの事件の犯人は、変質者ってことになっているけど、わたしは違うと思うんです」

妹が堅一郎同様、アガサ・クリスティーなどを読み、ミステリに興味を持ちだしているのは知っていた。妹がこっそり「ダヴィッド同盟」ノートを読んで、堅一郎の書いた「プールサイド女子高校生殺人事件」のメモに関心を持っているのも知っていた。つまりは、探偵趣味の延長上で、やや不謹慎な遊び気分で事件を持ち出したのだろうが、それにしても、いまここでのタイミングはなんだか妙な気がした。私は妹の真意を測りかねた。

妹が話し出したとき、必ずしも深刻でない調子とは裏腹に、巨獣の湿った舌に舐められたかのように空気が強張り、樹林をうつ雨音がいっそう大きく耳に響いたのを覚えている。「もしかして」吾妻先生が固い空気をほぐす調子でいった。「このなかに真犯人がいるっていうのかな？」

妹が首を僅かに上下させたと見えたとき、暖炉の薪がばちりと爆《は》ぜて大きな音をたてた。

*

妹は語った——。

岡沢美枝子の死体をプールに投げ込んで逃げた黒い人影は犯人ではないのではあるまいか？

妹は続けた——。

犯人でないとすれば何か？　答えは共犯者。つまり黒い人影は共犯者にすぎない、と仮説をたててみる。プールに投げ込まれるだいぶ前に被害者が死んでいたとも考えてみる。

その場合、目撃者たちが聞いた更衣室の悲鳴というのは、共犯者が放った贋の声ということになるだろう。ここで、悲鳴は明らかに女のものだったという目撃者に共通する証言がある。悲鳴が男のものか女のものか、ことに男が女の声色を出そうとしていた場合、判定は難しいと思われる以上、男の可能性は排除できないが、目撃者は誰も顔を見ていないのであるから、共犯者が女だったと考えても不都合はない。――妹はさらに続けた。

いま、動機はいったんおくとして、犯行の手口はこうだ。

犯人が被害者をプールの更衣室で、紐で頸を絞めて殺す。共犯者が最初から現場にいたのか、犯人に呼ばれて来たのかは分からないが、どちらにしても、共犯者を更衣室に一人残して、犯人は外へ出、何喰わぬ顔で「レンガ棟」に現れる。

犯人は他の目撃者と一緒に、プールを見下ろす「レンガ棟」にいる。頃合いを見て、犯人は共犯者へ合図を送る。共犯者は贋の悲鳴をあげ、死体をプールまで引きずって捨て、逃走する。それを犯人は、他の目撃者と一緒に目撃する。ここに完璧なアリバイが成立する。

死体をプールに捨てたのは、「犯行」をしっかり目撃されるためと、死体を水中に沈めることで死亡推定時刻を誤魔化す目的があったのである――。

妹の推理は右のようなものであった。

これを一同がどんなふうに聞いていたか私は思い出せない。ただ途中で、だいぶ眠そうにしていた末松佳美が寝室に引っ込み、妹の話が終わったあたりでおひらきになって、私たちはそれぞれの寝室へ向かったのだっただろう。妹への「関心」からしても、ミステリ好きの立場からも、鹿内堅一郎が大いに興味を表明して然るべきであったが、コーヒーカップを手に堅一郎はじっと押し黙っていた。

早い話が、妹の推理話は、場を一向に盛り上げることなく不発に終わったのだったと思う。推理を披瀝したとき、妹がどれくらい本気だったのか、私は知らない。座興として話し出した様子からして、必ずしも自分の推理を本気で信じていたのではなかったのだろう。

たいした反応がないなかで、誰かが、一つだけ、死体をプールに捨てるよう犯人が共犯者にした合図とは何だったのかと質問した。妹は答えた。

「音楽室のピアノ。犯人たちはそれを合図にしたんだと思う。ピアノを弾けば、学校に残っていた人たちが聴きにきたりもするでしょう？　目撃者を集めることができる。一石二鳥。そこで弾かれるのは、まさに《殺人ソナタ》っていうわけ」

あのとき私はどんな顔をしていたのだろう？　私は間違いなく顔色を変えたのだったと思う。しかし、妹が、それに気付いた様子はなかった。妹は言葉を継いだ。

「曲が終わって、ピアノの音がやむとき、悲鳴が闇をつんざくのよ」

*

《幻想曲》第三楽章。

静謐で神秘的な音楽が闇に溶け消える。その瞬間、夜の校舎に谺《こだま》した女の叫び声。曲が終わるとすぐに、attacca の指示の下で、切れ目なく新たな曲の開始を告げ知らせるかのように、闇に響き尾を曳いた悲鳴——。

＊

妹の推理は、正しかった。

＊

そのことを、私は、あのときすでに知っていた。

「幻想曲の夜」の、音楽が消えて以後の場面に、修人の姿が一つもないのは、私が自分の記憶からそれをあえて消し去ったからなのだ。

＊

ぶあつい霧の奥から滲み出る影のように、修人が、ざわめきに満ちた夜の暗がりに、いま、その黒い姿を現した。記憶の沼から這い出た修人が、月下の森を抜けて歩き出す。

＊

私は最初から真相を知っていたのだ！

VII

夜の一番深い時間だっただろう。
私はベッドで眼を覚ました。ピアノの音を聴いたように思ったのだ。

＊

ピアノの音で眼を覚ますことはいまもある。

それはたいてい夢のピアノであって、だから、眠りと覚醒の淡く霞む狭間を通り抜ければ消えてしまう。夢——トロイメライのピアノは、私が音楽から離れて、むしろ頻繁に現れるようになりさえした。

けれども、そのときのピアノの響きは、消えることなく、寝室の暗がりに眼を瞠《みひら》き、喉の渇きを覚える私の耳に、なお流れ込んできていた。

あの響き――。

いまそれを想うとき、様々な事物や言葉や景色が、あたかもピアノの響きに導かれるようにして、しだいに輪郭を明らかにしていくのを私は感じる。波紋が静まるにつれ見透せるようになる水底の遺跡のように。

私はベッドで眼を覚ましたのだった。それは蓼科の、白樺林に囲まれた建物の、二階に並んだ寝室の一つ、風に揺れる樹の枝が硝子窓を覗き込むように迫る室の、ツインになったベッドである。

私は起き上がる。ベッド脇の椅子の背にかけてあったジーパンを私は穿く。寝室の扉を開く。出たところは左右に扉の並ぶ灯りのない廊下である。ピアノの音は階下からまだ聴こえていた。雨はやんでいるようだった。

同室の吾妻先生は寝息をたてずにベッドに横たわっていた。彼も眼を覚ましているように思ったが、起き出す様子がないのをたしかめてから、私は室を出た。

ピアノの響きは導く。私を導く。吹き抜けの廊下から、螺旋になった黒い鉄の階段へ。階段から、林を望むウッドデッキに面した、いまだ黎明《れいめい》の光のない、大きな硝子戸のあるダイニングルームへと。ピアノの置かれたスモーキングルームの方へと、私を導く。

暖炉に火があった。

揺らめく炎が、壁や天井に暗い光斑を映し出し、室の事物は渦巻く水中にあるかのように目まぐるしく影を交差させる。

ピアノの響きは私を導く。

ピアノの傍らへと、私を導く。暖炉とは反対側の、壁に向かって据えられた黒いアップライトピアノへと――修人がいた。

＊

黒い衣装の修人の、白い横顔には表情がなく、あたかも石膏の仮面を被ったかのようで、そのせいか、ピアノを弾く姿が楽器に付属する機械人形のように見えるのは、しかし、いつものことだ。私がかつて見た、そして、私が想う修人は必ず、どこかぎくしゃくした自動人形の雰囲気を放ちピアノの前に座っている。

修人が弾く曲はシューマンに違いなかった。

しかし、それはなんという曲であり、また、なんという演奏だったろう！

＊

修人がいま弾いているのは、Variationen über ein eigenes Theme Es dur,,Geister-variationen“《天使の主題による変奏曲》と呼ばれる遺作である。

一八五四年二月一七日、シューマンは天使から送られてきた主題を耳にし、譜面に書き留める。だが、このときすでに彼の精神は黄昏を迎えていた。二月二七日、天使の歌声は悪魔のそれに変じ、雨中、シューマンは靴も履かずに家を飛び出し、ライン河へ身を投じる。このとき、机の上には、変奏曲の譜面が置かれていた、という。

最晩年のシューマンのピアノ独奏曲では Gesänge der Frühe《暁の歌》Op.133 が重要である。ヘルダーリンの Diotima《ディオティーマ》の詩句にインスパイアされた、五つの小品からなる曲集は、精神障害の影ゆえに平板に堕したところはあるものの、随所に斬新な響きもちりばめられて、その書法はブラームスの《間奏曲》に影響を与えたといわれる。

これに較べると、遺作の変奏曲は、すでに精神の奥行きは失われて、劣化したバネのごとき単調さに全体が支配されているといわざるをえない。シューマンが最も愛した変奏の形式は、もはやかつての、散策する者が新たな風景がひらけるたびに驚嘆したり、深い寛ぎを覚えたり、急に駆け出したりするような動きを持たない。変ホ長調の単調な主題が合計六回、僅かに変化をつけて繰り返されるだけの印象は否めず、最後の第五変奏では、左手に奇怪な不協和音が現れる。これは精神障害の傷跡と普通は見なされるのだけれど、不可思議な響きでもって人を魔界へ誘い込もうとしていると聴くこともできるだろう。

シューマンは、この平板な天使の歌声でもって、彼の愛したピアノに別れを告げた。

*

永嶺修人もまた別れを告げようとしていた。

何に別れを？　音楽にだ。

*

永嶺修人が音楽に別れを告げようとしている。明かりのないダイニングルームの、扉のないアーチ型の戸口に立ち、暖炉の火が赤く燃える隣室を覗いた私は確信した。

暖炉の火を背後から浴びて鍵盤に向かったピアニストが、心を込めて弾いているのは間違いなかった。いくら機械人形のように見えようとも、「ダヴィッド同盟」ノートを熟読している私には、ピアニストが「祈る人」の姿勢をとっていることを知っていた。いつどんなときでも、真摯に、神に向かって首を垂れる人のように、音楽に向き合っていることを知っていた。彼はいま間違いなく祈っているのだった。

にもかかわらず、その音は、まとまりのある輪郭を一つも描き出していない。平板というにはあまりにぎくしゃくし、単調というには無意味に凹凸が目立った。雨だれにぱりぱり音をたてる朽ちかけのトタン板の、あるいは、潮に洗われ陽に晒されて罅《ひび》の入ったプラスチックの感触——私は恐怖すら覚えた。

横顔の修人はいつもながら美しかった。黒い衣装と黒い髪に縁取られた白い顔は、生気を失ったように見えてなお眩しく私の眼には映じた。しかし、それは外皮にすぎず、着ぐるみのなかには皺だらけの乾涸《ひから》びた老人がいる。その印象が生まれたのは、聴こえてくる音のせいだったろう。老人は耳も聴こえず、指の動きもままならぬまま、ただ譜面台に置かれた楽譜の音符を虚ろに追っているのだ。

修人は身体から「音楽」を失っていた。いまこのとき宇宙のあらゆる場所で鳴り響く「音楽」を聴きとる力を失っていた。「地層」は消えて、地面の下は、のっぺりした、一塊の、鉛色の粘土になり、幻想の翼は破れて、もはや埃や雑音しか運んでこない。身体は楽器であることをやめ、割れた土壺のような音しかたてない。それでいてなお修人は「音楽」を求め、ピアノに挑みかかっていた。調律が甘く音程の悪いアップライトにしがみついていた。しかし駄目なのだ。いくら足掻《あが》いても、もう「音楽」は帰ってこないのだ。焦りと自棄を必死で押さえ込んで、なお息を潜め「音楽」へ向かって魂の耳を澄まそうとする姿は、痛々しかった。変奏曲を弾き続ける修人の目尻から、一筋涙が零れるのを、私は見た。

　不安な響きのする第五変奏が終わって、鍵盤から手を離した修人はしばらく楽譜に眼を据えたあと、私が聴いているのを知っていたかのように、ごく自然な仕草でこちらへ顔を向けた。

　私はスモーキングルームに歩を進め、はじめて学校の音楽室で出会ったときの修人がそうしたように、椅子に座ったピアニストのすぐ横に立ち、譜面台の楽譜を覗き込む格好になった。

「この曲、知ってる?」楽譜に眼を戻した修人が口を開いた。

「シューマンだね」私はいった。

「そう。シューマン。彼の最後のピアノ曲」楽譜の頁を最初の主題まで乱暴にめくり戻しながら修人はいった。

「この曲をどう思う?」

「どう、というのは?」

「つまり、評価に値する曲かどうか、という意味」

私が答える前に修人はいった。「僕には分からないんだ。これがどんな曲なのか、僕にはもう分からない。いまの演奏はどうだった？」

よかったよ。そんなおざなりな言葉を私が呑み込むと、皮肉に笑う様子もなく修人は続けた。

「よくなかったでしょ？　というか、いいとか悪いとか、そういう問題の、外の演奏だったでしょ？」

私は相手の進路を遮るようにして言葉を被せた。

「どんな演奏だって完全なものはないよ。人間が演奏するものはどれだって不十分なんだから」

「音楽はもうすでにある」私の言葉を修人が引き取った。「それは人間が演奏するしないに関係なくもうここにある」

楽譜をまたぱらぱらとめくる修人は、車窓の風景を眺めるように楽譜に眼を遣った。それからいった。

「その音楽が、僕にはもう聴こえない」

修人が首を巡らせて、私の顔を下から覗き込んだ。長い睫毛に覆われた眼から、すうと黒い光が流れ出る印象に、私は慌てて眼を逸らした。

「そのことは知ってるよね？」修人がきいた。

たしかに私は知っている。そう思ったとき、答えを待たずに修人がいった。

「今日は、僕の誕生日なんだ」

そうだったね。おめでとう、と文句が浮かんで、しかし全然別の言葉が口から飛び出た。

「プールで人を殺したのは、やっぱり君だね？」

暖炉の火の光を横から浴びて、墨絵の人物のように陰影の濃くなった顔が、上下に、ゆるやかに動いた。

＊

私の問いに修人が頷くこと。それを私は知っていた気がする。ピアノの前に座った修人が一つの告白をすること。それも私は知っていた気がする。その口調を、内容を、その表情を、手を置いた肩の震えを、私は知っていた気がする。ずっとずっと前から。たとえば、はじめて音楽室で出会ったあの春の日から。何もかもを、私は最初から知っていたような気がする。

＊

ピアノが聴こえる。

シューマン《幻想曲》Op.17——聴こえてくる音楽はこれだ。春の月下で聴いた、修人の一度限りの、奇蹟のような演奏。その音楽を、私はいま、聴いている。

ピアノの響きに言葉が重なる。ピアノの響きがそのまま言葉になる。

*

いつから、こんなふうになったか、はっきりとは分からない。ハンナ・マーレの直後くらいからだったかな。簡単にいうとね、音楽とそうじゃないものの区別がつかなくなったんだ。もちろんいきなりそうなったわけじゃない。段々そうなって、でも、恐ろしいことに、やがて自分が音楽を全然聴くことができなくなると、たしかに予感できるんだ。その恐ろしさが、分かるかい？

レコードでもいい。演奏会でもいい。何かを聴く。でも、全然感動できない。というか、感動できないなんていう、そんなレベルの話じゃないんだ。そもそもそれが音楽だってことが分からないんだ。音楽だと思えないんだ。電車に乗って聴こえる騒音と同じなんだ。それがどんな気持ちか、分かるかい？

医者には行ったよ。アメリカでね。神経の病だってことで、でも、そんなことは最初から分かっている。解離性障害とか、離人症とか、かかる医者ごとにレッテルは色々だったけど、一つだけ共通していたのは、全然よくならないってことだ。薬も飲んだし、変な体操もやった。でも駄目なんだ。結局、ストレスが一番よくないというんで、日本に戻ってきた。アメリカは世界一のストレス国家だっていうからね。アメリカ人は大人の半分がストレスで病気になるっていうのは本当なのかな。

日本で普通の学校へ通って——つまり、それも治療の一つだったわけだけれど、少しだけ回復した感じもあった。高校に入った最初の一年はだいぶよくなって、野上先生や麻里谷先生のところへレッスンに行くようにもなった。けれど、秋に演奏会に出ると決まって、またおかしくなっちゃった。冬になる頃には全然だめになった。僕はヘッドフォンで、レッド・ツェッペリンやイエスを大音量で連続八時間聴いたりした。錐を耳に突き刺してぐりぐりしようとしたこともある。恐くてできなかったけれどね。

岡沢美枝子と知り合ったのは、新宿のロック喫茶みたいなところだった。そこではじめて僕はマリファナを吸ってみた。それで音楽が聴こえてきたってわけじゃないけど、何か少しだけ変化があった気はした。ドラムスのどすどす打ち出すリズムや、ベースのぶうんぶうんいう低音が背骨に響いてきて、気持ちよかった。マリファナには中毒性はないというんだけど、どうなんだろう？　その後も僕は、岡沢美枝子から貰ったり、岡沢美枝子の友達だという人から買ったりして、吸ってた。それで音楽が帰ってきたわけじゃないんだけどね。

あの夜も、僕と岡沢美枝子は会っていた。二人でプールの更衣室に入り込んだ。鍵を岡沢美枝子が持っていたし、あそこは色々と都合がよかったんだ。もちろん電灯はつけないけど、高窓から外の電灯の光が入ってきて、最低限の明かりはある。僕らはマリファナを吸って、それからキスをした。いつもそんな感じで、でも、セックスはしなかった。それは岡沢美枝子が誘ってこないからで、僕たちの関係は完全に岡沢美枝子がリードしていたからね。岡沢美枝子はキスは求めても、セックスまでは求めてこなかった。僕も別にそれでよかった。

だけど、あの夜は、ちょっと違ってた。僕は自分から積極的な行動に出た。どうしてそういう気になったか……どうしてなんだろうね？　分からないけど、とにかく僕はそうしたんだ。岡沢美枝子は激しく抵抗した。すごく暴れた。そんなに暴れられるとは思わなかったからびっくりしたな。だけど彼女は声は出さなかった。人が来てマリファナがばれるのを気にしたからなんだろうね。僕たちは暗がりのなかで、無言で揉み合った。闘う森の獣みたいに。僕は凶暴な気持ちになったよ。彼女の脚かどこかがお腹に激しくぶつかったとき、僕は逆上して、気がついたときには、首を絞めていた。岡沢美枝子はぐったりしていて、といっても、死んだわけじゃない。首はそんなに強く絞めてなかったんだと思う。彼女がぐったりしたのは、頭をどこかにぶつけたからだ。そのときは分からなかったけどね。僕は、てっきり死んだと思った。そう思っていたら、むうんと岡沢美枝子が暗がりで呻いた。恐かった。死んだ人間が生き返ろうとしている。変な話だけど、そんなふうに思った。そう思ったときには、洗濯物を干すロープで首を絞めていた。そうしているときは、僕はもう冷静だったように思う。

今度こそ岡沢美枝子は本当に死んだ。僕は死体から離れて、そのとき更衣室の扉を叩く音がしたんだ。

びっくりして、でも、こうなる運命なんだなと思った。いずれ罪は見つかるしかないわけで、そのときが早くきたことに、安堵する気持ちもあった。僕は返事をして、錠を外して、扉を開けた。

末松佳美が立っていた。

＊

私は修人の声を聞く。どこから響く声なんだろう？　私が肩を置いた細い軀から？　きっとそうなんだろう。けれども、それはいま、遠い音楽のように、私に届いてくる。彼方で鳴り続ける《幻想曲》と一つになって聴こえてくる。私は聴く。耳を澄まして私のなかに響く言葉を、音楽を聴く。

＊

末松佳美は岡沢美枝子の友達で、僕とも顔見知りだった。学校は違うけれど、岡沢美枝子に誘われて、プールの更衣室に入ったこともあったらしい。あの日、末松佳美は駅で僕と岡沢美枝子を見かけて、僕たちが学校へ行くと考えたらしい。末松佳美が駅の傍に住んでるのは知ってるよね？　それで、ちょっと僕たちを脅かそうと思って、ドーナッを買って来たんだと、あとで話していた。末松佳美の狙いは大成功だよね。僕は、実際にひどく脅かされたわけだからね。

末松佳美という人は、知ってると思うけれど、こんな場合、必要以上に大騒ぎするタイプでしょ？　それは間違いないと思う。ところが不思議なことに、僕がいきさつを話して、ロープが首に絡まったままの死体を見せても、末松佳美は騒ぐどころか、ひどく冷静なんだ。僕は呆然として床に踞っていたんだけど、末松佳美は、更衣室のなかを変にうろうろして、それから、いった。私が助けてあげる。末松佳美はそういったんだ。

末松佳美は、ロープを死体の頸から外して、岡沢美枝子が被っていた黒い毛糸の帽子を自分で被った。そのときの末松佳美は制服じゃなくて、ジーパンに赤い革のジャンパーを着ていた。焦げ茶のブーツも履いていたな。末松佳美は僕にジャンパーを渡して、自分は、更衣室に置き忘れられていた黒いジャージのトレーナーを着た。それから僕に、誰か友達を電話で呼ぶようにいった。あの日、美術室の電気は消えていて、吾妻先生がいるのを僕は知らなかったんだ。学校には誰も人がいない感じがしていた。だから、誰か、目撃者が必要だったわけだ。それで僕は、鹿くんに食堂の電話から電話をして、来てもらったんだ。電話に指紋をつけないようにと、僕に注意したんだから、末松佳美はすごいだろう？　もちろん更衣室の後始末だってしっかりやったんだろうね。マリファナの吸い殻とか、指紋とかね。僕はいうなりになるしかなかった。

僕が音楽室へ入ってピアノを弾く。それを鹿くんがベランダ廊下から聴いているところへ、悲鳴がして、死体がプールへ投げ捨てられる。それを鹿くんが目撃する。末松佳美はそのまま逃げる。そういう計画だ。末松佳美は、中学でバレーボールをやっていたとかで、けっこう運動神経はいいんだ。とてもそんなふうには見えないけどね。

僕は末松佳美のジャンパーとドーナツの袋を持って、音楽室へ入った。ジャンパーとドーナツは準備室の棚に入れた。それからピアノに向かった。

僕がね、この夜、一番驚いたのはね、死んだと思った岡沢美枝子が呻いたときでも、更衣室のドアがノックされたときでもないんだ。このときだ。ピアノに触ったときだ。音楽が、帰ってきていた。もう何年も僕のところから去っていた音楽が、帰ってきていたんだ！

最初はシューマンなんか弾く気はなかった。それは、そうだろう？　あんなときにとても弾けるもんじゃない。ところが、月の光に輝く鍵盤をみたとき、僕のなかに突然、音楽の精霊が飛び込んできたんだ。それは比喩じゃなくて、本当に何かが、ぽんと躯のなかに飛び込んできた感じがした。それを弾くしかないぞ！　全身の細胞という細胞が叫び出したようで、ぼくは声に押されて弾き出した。一一月のコンサートで弾くはずだった曲だ。僕の大好きな、僕が一番時間をかけて研究した、子供の頃から夢のなかで繰り返し演奏したあの曲。そうだ。シューマンの《幻想曲》だ。

音楽が遠い所から、天使の翼に乗って、次々と運ばれてくる。なんていったら笑うかい？　でも、本当にそんな感じだった。あとからあとから音楽が、平凡ないいかただけど、泉のように躯のなかであふれてくる。僕は夢中で弾いたよ。弾くというより、弾かされているといったほうがいいかもしれない。自分が楽器だっていう感覚を、あのとき僕は本当の意味で理解した。それは幸せなんて言葉じゃいいあらわせない、最高の時間だよ。あのときの時間の感覚は……ああ、とても言葉じゃ伝えられないよ。

ピアノはそんな長く弾く予定じゃなかった。末松佳美は僕に、更衣室で自分が声をあげたら、ピアノを弾きやめて、ベランダに出るように指示していた。だから僕は、声が聞こえないといけないと思って、音楽室の窓を開けたんだ。更衣室に高窓があるでしょ。棚に脚をかけて伸び上がれば、あそこから音楽室の前のベランダは見える。末松佳美は、鹿くんが来しだい、声を出すつもりだったんだ。けれど、あのときもし、鹿くんが早めに来て、末松佳美が叫び声をあげたとしても、僕は演奏をやめなかったと思う。やめられるわけがない。僕にとっては、いってみれば、人生で一度限り与えられた、音楽の時間だったんだからね！

末松佳美は、鹿くんがなかなかこないんで、いらいらしたらしいよ。鹿くんていう人は、なにかにつけ、人をいらいらさせる人だよね。だけど、彼が、第三楽章が終わった瞬間に来たのは、最高のタイミングだった。彼はまさしくあの瞬間にきた。それはすごいことだ。間違いなく、鹿くんには、音楽の才能があるんだ。本人にも分からない才能がね。

僕は人生一度限りの《幻想曲》を弾いた。それにしても、あんなふうに音楽に満たされることが、人殺しと引き替えだとしたら、音楽はやっぱり悪魔の発明だとしかいいようがないよね。僕が人を殺したことと、音楽が帰ってきたことの間には、明らかに繋がりがあった。それは疑えなかった。理屈抜きにそう思えた。岡沢美枝子の頸に巻いたロープを思い切り絞めたとき、逆流する血のなかで、何か虫みたいな、寄生虫みたいなものが卵から孵《かえ》って、むくむくと動き出すのを僕は感じたんだ。

魂を売るっていう話があったけど、あのとき、僕は魂を売ったんだと思う。僕が殺した人間は、契約の印であり、僕が悪魔に差し出した報酬なんだ。僕は赤い花だ。《森の情景》の、暗がりで人間の血を吸って生きる赤い花。自分が花ならば、どうしたって咲きたいよね。どんなことをしてでも咲くのが花の使命、というか運命だよね。だから僕は怪物になった。人間を食べる、こわい怪物になった。って、いいたいんだけど、駄目さ。あれから何度も僕は人を殺すことを考えた。想像のなかで、僕は何百人、何千人という人を殺した。マルキ・ド・サドの小説みたいにね。でも、現実にはできないよ。人を殺すなんて、簡単にできることじゃない。一つ、告白するとね、僕は犬を一匹だけ殺した。近所の、顔見知りの犬だ。夜中、こっそり連れ出して、林で殺した。石で頭を打ってね。犬は哀しそうに鳴いたよ。殺されながら、まだ尻尾を振って、くうんくうんて鳴いてた。僕はスコップを取りに帰って、埋めてやった。それで家に帰ってきたら、もう疲れ果てて、とてもピアノどころじゃなかった。僕は怪物のなりそこない。でも、できれば人は殺さない方がいいよね。もちろん犬もだけど。そう思うでしょ？

末松佳美が、僕のところに派遣されてきた魔女なのかと、最初は考えた。成り行きからしてそうでしょ？　つまり、末松佳美が次々と人殺しをお膳立てしてくれて、僕がどんどん本物の怪物になっていくっていうお話。でも、そんなふうにはならなかった。末松佳美はかなり変だけど、僕の恋人になることで満足していた。結局は、魔女でもなんでもない、普通の人だということだね。僕は末松佳美とは別れることにしたよ。もう付き合う必要はないしね。そのことは末松佳美には伝えてある。

あの夜、僕は暗がりの赤い花になった。でも、もう血は吸えない。あとは白くなって枯れていくだけ。だけど、一度だけでも咲くことができたんだからね。月の夜、岡沢美枝子の死体の上で。一回だけ、赤い花は咲いたんだ。

*

幻想の花は、月下に、一度限り咲いた。

*

《幻想曲》はなおも遠い地境から流れ込んで、仄暗い室に満ちる。

音楽は、微かな黎明の光を宿した硝子戸の、向こうに広がる森からではなくて、語るのをやめ、静かに泣いている修人の、草の葉のように微細に震える肩から、私の掌に伝わってくるようだった。それは赤い花の奏でる最後の歌なのかもしれなかった。

私には口にできる言葉がなく、もし言葉を放つならば、それは音楽にならなければならなかった。

「永嶺は、夜、ときどき学校に来ていたんだね？」

私は口を開き、とたんになんて詰まらない言い草だと己を呪った。こんな大事な瞬間に、平凡な音色しか出せない自分に絶望した。だが、修人は、次の瞬間、陳腐な音色の糸でもって美しい響きを編んでみせたのだった。

「ときどき行ってた。プールの更衣室はね、音楽室のピアノの音が聴こえるんだよ。里橋さんはあそこでよくピアノを弾いていたでしょ。僕は、聴いていたんだよ。里橋さんのピアノを。更衣室の臭い暗がりで。そのときだけは、音楽が、戻ってきそうな予感がして。僕は里橋さんのピアノを聴いたよ」

里橋さん——その呼び名を、修人が口にするその名前を、私ははじめて聴いたように思った。とたんに私のなかに《幻想曲》が溢れ出し、私はたまらず、背後から椅子に座ったままの修人を抱きしめた。髪の感触を頬にたしかめ、衣服の布地を越えて伝わる滑らかな皮膚の温みを感じながら、腕の肉に一杯の力をこめて、自分の熱い血を注ぎ込むようにして、裸の魂を擦り付けるようにして、抱いた。

修人は小さく身じろぎして、軀の向きを僅かに変え、陽に向かう花の茎のように頸を伸ばしてきた。白い顔が息のかかるまでに近づいて、私は修人を強く抱いたまま、唇に唇を押し付けた。

《幻想曲》の静謐《せいひつ》な響きが続くなか、幽かな黎明の光が室に忍び込み、結び合う二つの影を闇から隔てた。

音楽が途切れる。
断ち切られたように。花の茎が鋏で切られたように。
彼方から届く音楽を遮ったものは、胡桃《くるみ》の柄の鋭利なナイフである。

＊

ダイニングルームとスモーキングルームを繋ぐ、上辺が弓形になった戸口に、人が立ち、暖炉の火を受けて、壁に天井に黒い影が蠢くのを私は見た。鳩尾《みぞおち》のあたりで両手で支えられたナイフの刃が青く光るのも見た。それがきわめてリアルな危険の印象を放つのは、当のナイフが、別荘の地下室に解説プレートとともに展示されていた、「固い樫材さえ簡単に断ち切る鋭利さと強度を実現した」製品のどれかだと直感したからである。

末松佳美がナイフを地下室から持ち出したのは、修人から別れを告げられたからなのか。それとも私と修人の「場面」を目撃したからなのか。おそらくは両方だったのだろう。末松佳美は言葉を発しなかった。無言でスモーキングルームへ進んできた。鈍く光る刃物は殺意を露骨に示していたはずだが、私は暖炉の火を浴びた末松佳美の真意を測りかねた。

末松佳美は、室の花瓶の水を取り替えにきました、とでもいった何気ない足どりで進んでくると、修人の正面に立ったところで、何事か急に思い出した人のように突然小走りになり、そのまま真っ直ぐ修人にぶつかった。

私はどこにいたのだろう？　暖炉のあかく燃えるスモーキングルームにいたのは間違いない。末松佳美が室に飛び込んで来たとき、修人はピアノの前で、ピアノ椅子から立ち上がった姿勢だった。そのとき、私は、何をしていたのか？　はっきりしているのは一つのことだ。私は見た。その場面を見た。

修人は、慌てた様子もなく、表情を変えることもなく、ただ本能的にだろう、突き出されたナイフを両手で受け止める格好になった。そうしなかったら、鋭利で頑丈なナイフは修人の腹部を背中まで突き通していただろう。

末松佳美は声を放つことなく、息の音さえさせず、ただ急に力を失ったように、腰から崩れ、床に沈み込み、それでもナイフだけは、大切な護符か何かであるかのように、両手にしっかり保持していた。

ピアノの前に立ち尽くす修人と跪《ひざまず》いた末松佳美が、聖人の衣に触れようとする貧しい女を描いた絵画のように見えたのを私は覚えている。

最初に言葉を発したのは修人だった。

やっちゃったよ。修人はそういい、私に向かって――たしかに私に向かって、右手を顔の前に差し上げて見せた。

血にまみれた手の、中指の先が無惨に折れ曲がっている、と見たとき、修人は皮一枚で繋がっていた指先を、左手の親指と人差し指でつまみ、そのときだけは暗鬱な呻き声をあげて、切れた部分を手から外した。

悲鳴があがったのはそのときだ。ダイニングルームから当夜別荘にいた人たちが入ってきたのだ。

やっちゃったよ。修人は、今度は明らかに微笑の浮かんだ顔を観客たちに向けると、暖炉の傍まで歩き、切り取られた指を火に投げ入れた。

＊

このあとのことは、一つ一つの断片は鮮明なのだけれど、出来事の順序や繋がりはいくぶん曖昧になってしまう。

庭に鶏頭が咲く、古くさい木造の病院の、消毒液の匂いのする待合室。訛りのある命令口調で喋る顔色の異様に悪い看護婦。手に巻かれた包帯――それらの場面は、上田の病院だ。しかし、そこへ行ったのは救急車を呼んでだったか、タクシーだったのか、思い出せない。

　別荘からいつ東京へ戻ったか。その日のうちだったか、もう一泊したのだったか。末松佳美の寝室の前で、人々が交互に声をかけている場面は、室に閉じこもってしまった末松佳美を心配してのことだっただろう。用事があって先に帰る鹿内堅一郎が、バス停に向かう林の陰に消えていく。それを私と妹が見送っている。強い日差しが白樺林に射し込んだ。ようやく梅雨明けだと、テレビのニュースが伝えた。昼ご飯に妹がスパゲティーを大鍋に茹でた。吾妻先生がウッドデッキでウイスキーを飲みながら、庭に咲いた山百合の花をスケッチした。

　これらの場面に登場しない修人は、別荘へは戻らず、病院からそのまま東京へ帰ったのだっただろう。誰かが付き添うことを申し出たはずだが、修人は独りになりたいからと、それを断ったのだっただろう。

　蓼科から戻ってすぐ、私は北海道へ旅行をした。船で釧路へ上陸し、寝袋をかついでユースホステルや民宿を泊まり歩き、二週間で北海道中を回った。大学へ入ったら絶対にやろうと、高校時代から計画していた旅だった。函館では、吾妻先生と合流した。吾妻先生の運転する車で、さらに数日、夏の北海道の雄大な景色のなかを走った。天気もよく、それは楽しい旅だっただろう。が、ここでも、一つ一つの場面は鮮明に記憶されてはいても、全体を繋ぐ気分が思い出せない。修人の「告白」と、それに続く「事故」は、私にとって衝撃だったはずで、そもそも蓼科での事件のすぐあと、どんな気持ちで私は旅に出たのだったか。嫌なことを忘れてさっぱりしたいと考えたのか。若さとは迅速な回復力を人に与えるものなのか。よく分からない。

どちらにしても、心弾むはずの北海道旅行が、古びて傷んだ映画フィルムのように、ひときわ暗鬱に翳るように思えるのは、この旅行中に、末松佳美が蓼科の別荘の風呂で手首を切って死んだせいだ。

事件を聞いたのは旅行から戻った直後だったはずだ。どこでどんなふうにそれを聞いたのか、それも思い出せないが、末松佳美は本当は死ぬ気はなかったのに、手首を切る前に睡眠薬を嚥《の》みすぎ誤って死んでしまったのだと、酷薄な批評を耳にした記憶がある。真相は分からない。だが、私は、末松佳美が、自殺未遂をしてみせることで修人を傷つけた罪の赦しを請おうとしたと理解し、それは甘えた考えだと断罪し、未遂に失敗して死んでしまったのだとしたら、それは天罰というものだと、冷たく突き放したのだったただろう。

＊

血で赤く濁った浴槽に裸で突っ伏す末松佳美の白い軀——。

私が蓼科の別荘へ行ったのは、修人の誕生日、彼が取り返しのつかない「事故」にあった、あの一度きりである。だから末松佳美のその像を、あたかも現場にいたかのような鮮明さで想うことができるとすれば、贋の記憶なのは間違いない。にもかかわらず、この場面は、三〇年の時間を経て、末松佳美が登場する他のどんな場面より、生々しく思い描かれる。

末松佳美の、クラゲのように生白くて冷たい、蠟の塗られた肉の感触は、プールから岡沢美枝子の死体を引き上げたときの感触と重ね合わされて、掌にいまも残る気がするのだ。

*

修人は高校の卒業を待たず、アメリカへ渡った。夏休みのあいだに移ったのは、向こうの学校が九月にはじまるのに合わせたからだっただろう。

修人は私に連絡を寄越さなかった。おそらく他の者にも同じだっただろう。八王子の実家は残っていたから、連絡先を調べようと思えばできただろうが、私はそれをしなかった。浪人中の鹿内堅一郎も、別荘での出来事以後、修人とは会わぬままになり、「僕らのダヴィッド同盟」は自然に消滅して、あとには五冊の「ダヴィッド同盟」ノートだけが残された。

【ダヴィッド同盟】Vと表紙に書かれたノートの五冊目は、最初の数頁に文字があるだけで、あとは空白である。

＊

＊

空白――。

その夏から秋、私はどのような思いを抱いて日々を送っていたのか。それを考えるとき、空白というのが、一番ふさわしい言葉に思える。書かれるべき文字が書かれぬままになったノートの頁の空白――。

末松佳美の葬式には、妹は参列したが、私は行かなかった。それもなぜだか思い出せない。ただ、葬式から戻った制服姿の妹に玄関で塩をかけ、白い結晶の粒が紺色のスカートの布地を滑り落ちて行く場面だけが、夕暮れの沼で水面から飛び上がる魚のように、ぽかりと浮かぶ。あとは空白――。夏の残り、私は遊園地の売店でアルバイトをし、午後遅く家に帰って、市営プールで夕暮れまで泳いだ。赤い樹液を滴らせて燃える太陽。Tシャツに染み付いた焼きそばの安油の匂い。スピーカーから一日中流れ出る賑やかで安っぽい音楽。脱衣場の饐《す》えた匂いと、ぬるりと肌を舐める生温かい水――いくらでも並べることはできる。けれども、それら断片をどれだけ集めても空白を埋めるには至らない。

私が音大を退《や》めると決めたのは、同じ年の冬だ。医大受験を目指して、私は予備校の冬期講習に通った。音大を退めようと考え出したのは、もっとずっと早かっただろう。あれだけ苦労して合格した音大を退めるには、長い逡巡の時間が必要だったはずだから。

空白に無理に文字を書き込むならば、私が音楽から離れようと考えたのは、修人の切り取られた指を見た瞬間だったかもしれない。事実、あの夏、北海道旅行から戻って以降、私は一回もピアノに触れなかったばかりか、レコードすら聴かなかったように思う。そうして、それはそのままの形で、三〇年の時間にわたって持続したのである。

＊

音楽から離れて以後の自分の人生は空白だった。などとは、とてもいえないし、もちろんいいたくない。けれども、ここまで書いてきて、自分は「ダヴィッド同盟」ノートの五冊目の、黒紫緑の文字が消えたあとの「空白」を、ずっと生きてきたのかもしれないとの思いに捉えられる。

いや、そもそもこの手記それ自体が、「ダヴィッド同盟」ノートの空白を埋めるべくして書かれたのではなかったか？

＊

私は手記を書きながら、「幻想曲の夜」の、あの奇蹟のような演奏をずっと「聴き」続けていた。いや、むしろ《幻想曲》の美しい響きに導かれてあれこれの出来事を想起したというべきだろう。音楽とともに、私の魂の湖水に波紋が生じ、想起された一々の事物が、たしかで堅固な形姿となって、あるいはときに輪郭が曖昧なまま、狭霧《さぎり》の奥から姿を現したのだった。

しかし、そういう意味でいうなら、私が「音楽」を聴いていたのは、手記を書きはじめてからだけではないだろう。私は「幻想曲の夜」のあの素晴らしい演奏を、この三〇年間、繰り返し回想してきた。それは修人のいう、「地層」のように果てしなく続く「この世界にすでにある音楽」を聴くことであり、幻想のなかの「音楽」はいつでも欠落のない完璧さをともなって、私のところへ還ってきた。

と、ここまで書き継いできて、私は考える。私がピアノから離れたのは——ピアノばかりではない、一切の音楽から離れたのは、私が「音楽」を聴くためではなかったか、と。

修人はいった。どんな演奏であれ、それは現実的な演奏であるという理由で、「音楽」を台無しにしてしまう、と。「音楽」は演奏などされずとも、もうこの世界にあるのだ、と。

そのように思うとき、修人が指を失ったあの出来事は、彼自身が予言していたように、修人の運命だったと、やはり思えてくる。指を失い、ピアノから、現実の音楽から追放されてはじめて、修人は真の「音楽」の響く場所で、本来彼があるべき故郷で、静かにやすらうことができた、というのは、私が勝手に作りあげた物語にすぎないだろうか？　あまりにもロマンチックな「お話」だろうか？

いや、それでかまわない。修人は、この三〇年ほどの時間、私の記憶のなかだけで生きてきたのであり、すでに物語中の人物といってよいのだから。

＊

《幻想曲》Op.17——冒頭のシュレーゲルの詩文を最後にもう一度引用しよう。

色彩々の大地の夢のなかで
あらゆる音をつらぬいて

ひとつの静かな調べが
密かに耳を澄ます者に響いている

指を失った修人は、いまなお「ひとつの静かな調べ」に密かに耳を澄ませているのだ。

*

私は、ながらく記憶の底に押し込めていた記憶を解き放つつもりで書きはじめた。

だが、ここまで書いてきて、それは逆だったのかもしれないとも思う。私はむしろ、修人とともに生きてきた時間、「ひとつの静かな調べ」を聴き続けてきた時間を封印しようとしているのかもしれない。そのように思えてくる。

音楽の圏域に帰ってきた私は、CDを買い、週末にはコンサートへ足を運び、ときにはピアノを弾いてみたりもする、ごくあたりまえの音楽好きの人間になるのだろう。そうすることで、私は「耳を澄ます者」であることをやめるだろう。

もういいのではないか。そう囁く声が私のなかにある。声に素直にしたがおう。たとえそれが、修人との別れを意味するのだとしても。

私は、修人に別れを告げるために、「ダヴィッド同盟」ノートの空白を埋めたのだ。

＊

＊

私はこの手記のごときものを、かつてのように緑色のインクで記してきた。だから「筆を措《お》く」という言葉は比喩ではない。そろそろ筆を措くべきときがきたと私は感じる。

数日前、私はCDショップでCDを買った。クラシックの棚に手を伸ばしたのは、何十年ぶりであった。そのとき買ったなかに、アニー・フィッシャーの弾く「シューマン集」がある。《子供の情景》Op.15、《クライスレリアーナ》Op.16、そして《幻想曲》Op.17が収録された一枚だ。アニー・フィッシャーは、かつてK先生が「最高に価値あるピアニスト」として絶賛してやまなかったブダペスト生まれの女性ピアニストである。私がかつて音楽の圏域にあった時代には聴く機会がなかった。

これからまずは聴いてみようと思う。一九七一年録音の《幻想曲》。これでもって、封印を解くのか、封印をするのか、よく分からないけれど、とにかくにも音楽の圏域にそっと足を踏み入れてみようと思う。

一つだけ残された問題がある。

鹿内堅一郎がドイツから書いて寄越した手紙、そしてマルデ・アルゲリッチが送ってきた新聞の切り抜きに書かれていた、「ピアノを弾く永嶺修人」である。

切り取られ暖炉に投げ捨てられた指を、この眼で見た人間にしてみるならば、やはり信じられる話ではない。それ以上に、この話は、音楽の圏域から自らを追放することでむしろ真の「音楽」を取り戻したという、修人の物語を破壊するものだ。

ピアニストとして死んだ後、音楽から離れて平凡に暮らす男。殺人の罪をひそかに償いながら、しかし、かつての苦しみからは逃れ得て、平穏に日々を送る彼は、ときに遠い調べに密かに耳を澄ます——そんな物語は消えてしまう。大地の血を吸って生きる赤い花は伐られて、別の場所に植え替えられた。そこは決して肥沃でもなく、太陽が燦々《さんさん》と照るのでもないけれど、ひっそりと咲くには格好の森陰であり、葉陰からはときおり細く光が差し、鳥たちの明るいさえずりが届いてくる——そんなイメージは台無しになる。

つまり、修人があの事故のあとでピアノを弾いたなどということはありえないのだ。

そのように考えるのは、倒錯だろうか？

三〇年のあいだ、私自身、音楽の圏域から離れてきたのは、私もまた修人と同じ場所で生きようとしてきたからだと、手記を書き終えたいま、私は確信する。修人とともに私は生きてきた。

鹿内堅一郎の手紙や新聞記事はたしかな物であり、君の思い描く「永嶺修人」はただのイメージではないか？　そういわれるかもしれない。けれども、私にとって、永嶺修人は空虚なイメージなどではなく、一個の実在なのだ。手で触れられる物以上に、たしかな存在なのだ。誰がなんといおうとそうなのだ。

この問題について、私は答えを持たない。堅一郎の手紙と新聞記事に何かしらの間違いがある。そんなおざなりな解決しか用意できない。けれども、それで十分だという気もする。

もういいだろう。今度こそ本当に筆を措こう。

この手記は、誰かに読ませるために、書かれたのではない。しかし最後に日付だけは記しておく。

二〇〇八年　七月二三日　　　永嶺修人の誕生日に

指。シューマンの指――。

自分を偽るのはやめよう。気付かないふりをするのはやめるべきだ！　そんなことをしても何にもならない。
修人の指。切り取られ暖炉に投げ捨てられた指。一個の生き物みたいにぬめりを帯びた指。それを私は見た。たしかに見た。けれどもいま、その指を中心に、疑惑が湧き上がり、渦巻くのを止められない。そうして、それら渦巻く疑惑は、いまや一つの明瞭な形を成そうとしている！　実はそれを見出すためにこそ、私は書いてきたのではなかったかと、私は考えはじめている。そのことを私は認めざるをえない。
結局、私は知らなければならないのだろう。どれほど知りたくない事実であっても。
私は、書くべきではなかったのかもしれない。

＊

疑惑、疑惑、疑惑——私も修人も煙草は吸わなかった。

＊

疑惑の第一は、修人が告白した、「幻想曲の夜」の、末松佳美の像だ。修人の窮地を救った末松佳美の行動は、あまりにも鮮やかすぎないだろうか？　短時間にあれだけの計画を立て、実行するだけの機敏さと頭の鋭さが末松佳美にあったとはとても思えない。これが一点。

疑惑の第二は、暖炉だ。人々が寝室に向かったときには、暖炉の火はすでに消えかかっていた。とするなら、修人が登場してからの場面で、暖炉で火がさかんに燃えていたのはなぜなのか？

そうして指だ。あの指。蠟を塗ったように冷たく光った指。あれは蠟を塗ったよう、ではなくて、全体が蠟の、つまり細工物ではなかったか？

私も修人も煙草は吸わなかった——決定的なのはこれだ。煙草の匂いがしたのだ。ナイフを持った末松佳美がスモーキングルームに現れる直前のこと。修人の唇に唇を合わせたとき、私は煙草の匂いを感じたのだ。

あの匂いを感じた瞬間に、すでに私はひとつの影の存在を直感していたのではなかったか？　それは直後の騒動に紛れ、記憶の底に埋もれた。けれども、直感の火は消えず、長らく燻《くすぶ》り続け、いまはじめて赤い炎をあげようとしている。

回りくどいいいかたはやめよう。端的に語ろう。

吾妻豊彦——疑惑の中心に現れ出た影の名はこれだ。

＊

疑惑。紫色の疑惑——黒の毛糸帽。ループタイ。ジッポのライターの炎。

＊

「幻想曲の夜」、吾妻先生と修人は、二人でプールの更衣室にいたのではあるまいか？

いや、これはもはや憶測ではない。推理でもない。心に固く根を張る確信である。あの夜、二人はたしかにあそこにいたのだ！

二人が更衣室にいた理由は明らかだ。二人は、それまでも、何度もあそこで密会していたのだ。スモーキングルームで修人の口腔に感じた煙草の匂いがその証拠――というには、あまりにも頼りなく、決定的とはいえないだろうが、それはもはや動かし難いと私は感じる。全直感がそれを私に訴えかける。間違いない。二人は恋人同士だったのだ！

二人の密会現場へ岡沢美枝子が現れる。それは偶然ではなく、修人に関心のあった岡沢美枝子が修人を尾行したのだったろう。あるいは岡沢美枝子は、修人の行動に疑惑を抱いて、二人より先に更衣室に忍び込み、物陰から様子を窺っていたのかもしれない。

どちらにしても、岡沢美枝子は、その「場面」を目撃した。驚愕した岡沢美枝子は声をあげたのだろう。シンジラレナイー、シンジラレナイー。そう叫ぶ岡沢美枝子の声が私には聴こえる。声をとめようとして揉み合い、はずみで岡沢美枝子を昏倒させたのは、修人だったろう。しかし、ループタイを外し、それで頸を絞めて岡沢美枝子を殺害したのは、吾妻先生だったろう。

吾妻先生は即座に偽装工作を立案した。それだけの頭の回転のよさと大胆さが、あの人にならあるだろう。

まずは末松佳美に電話をかけて呼び出す。あの晩、末松佳美の姉が家にいたかどうかは分からぬが、末松佳美が夜に外出するのに障害はなく、駅近くのマンションからなら一五分ほどで到着できただろう。そこからは、修人の「告白」のとおりに劇は進行する。

現れた末松佳美に劇の役柄が与えられる。音楽室でピアノを弾く修人と、ピアノを聴きに現れた吾妻先生とともに、第三の目撃者となるべく、鹿内堅一郎が修人から電話で呼び出される。吾妻先生は鹿内堅一郎が来るのを、「レンガ棟」の美術室でじりじりしながら待っていただろう。しかし堅一郎の到着は遅れ、音楽室の様子をいったん見にきて、吾妻先生は、ベランダ廊下に立つ人影——私を発見しただろう。もちろん目撃者が堅一郎でなければならぬ理由はない。あまり時間が経てば、死亡時刻に大幅なずれが生じる。決断した吾妻先生は、更衣室の窓からこちらを窺う末松佳美に合図を送る。——ライターの火だ。チェーンスモーカーの吾妻先生が、修人の演奏の間、ずっと煙草をすわずにいたのはそのためなのだ!

合図を見た末松佳美は贋の悲鳴をあげ、死体を引き摺ってプールへ捨てる。そのタイミングで鹿内堅一郎がベランダ廊下に現れたことは、自分らは幸運に恵まれた、きっとうまくいくとの確信を、吾妻先生に与えただろう。吾妻先生は末松佳美に、ズボンをはき、指紋がつかぬよう手袋をはめ、黒っぽい服を着てくるよう指示を出してあっただろう。そして帽子だけは、自分の毛糸帽を末松佳美に被せ、顔を隠させた。

あのとき、吾妻先生の代名詞ともいうべき三つのものが彼の身体から失われていたことには、明確な理由があったのだ！　黒の毛糸帽子。煙草。そしてループタイ。殺人に使ったタイは、さすがにもう一度首にかける気になれず、どこかに捨てたのだろう。

被害者の衣服をわざと乱して下穿きを脚までずりさげたのも、犯人はジーンズにブーツを履き、ヘルメットを被っていたと証言したのも、暴漢の犯行であるとの幻影を作り出すためだっただろう。そしてそれは成功した。

プールサイドの吾妻先生は、自分が絞殺した生徒に、懸命の蘇生術を施していたのだ！

修人と吾妻先生がいつ頃から付き合い出したのかは知らない。けれども、「幻想曲の夜」を経て、いっそう親密になっていったのは疑えない。秘密を共有する者らの親密さの輪のなかで末松佳美がどんなふうに遇され、どんなつもりでいたのかは分からないけれど、修人の「カノジョ」の地位を与えられたことで満足していたのかもしれない。鹿内堅一郎は何か妙だと、うすうす感づいていただろう。しかし、彼も真相までは到達できず、一方の私はといえば、何一つ気付いていなかった。いや、気付こうとすらしていなかった。

神経の病を抱えた修人は、ピアノから離れようと、いつしか決意したのだったろう。けれども、「天才永嶺修人」が音楽をやめることが簡単に許されるはずはない。修人は心の中をあれこれいじくられ、人から興味半分に詮索される苦痛に苛まれなければならず、それだけは避けたいと考えただろう。秘密を共有していた吾妻先生は、末松佳美を使って一芝居うつことを修人に勧めただろう。それがあの蓼科の別荘の夜だ。

細工物の指は吾妻先生が製作したものだろう。専門が美術の人間ならそれはお手のものだろう。暖炉の火も彼が起こしたのだったろう。薪の燃え出した暖炉の前で、ゆらめく炎を浴びた濃い二つの影は、抱き合い抱擁しただろう。

吾妻先生は一度寝室に戻る。修人がピアノを弾く。そうすれば必ず誰かが起き出して覗きに行くことを彼らは知っていた。とりわけ私が。

ナイフを持った末松佳美の登場。新たな秘密の劇への参加を請われた末松佳美は、喜んで役を演じただろう。あのナイフもダミーだったのだろう。血糊も修人がポケットに隠してあったのだろう。そうした準備はすべて吾妻先生がやったのだろう。

芝居がはじまる。末松佳美が階下へ降りていくタイミングを見計らい、吾妻先生は堅一郎や妹に、なにか様子がおかしいとでも声をかけて、芝居の観客をスモーキングルームへ誘導する。悲鳴のなか切り取られた「指」が暖炉の火に投じられる。

永嶺修人が指を失ったとの話は世間に伝わるだろう。痛ましい悲劇の主人公として、修人は同情されながら、アメリカへと去るだろう――。

しかし、あのとき、末松佳美が現れる直前、修人が私に向かって告白をしたのはなぜだったのだ？　私にだけは真実を伝えておきたいと考えたからか？

違う！　なぜなら、修人の告白は贋だったからだ。修人は自分一人で岡沢美枝子を殺したといったのだ。それは吾妻先生を守るためではなかったか？　修人は、あるいは私が真相に肉薄していると疑い、機先を制して贋の告白をしたのではなかったか？　殺人の告白を聞いた私が警察に告げたり他言することはないと、修人は十分に予想できたはずだ。だとしたら、告白のあとの私たちの抱擁は、修人からしたら、口封じの保証、私の愛情を利用した一種の口止め料だったことにならないか？

修人はいった。夜、更衣室から、しばしば私のピアノに耳を傾けていた、と。だが、そのとき、修人の傍らには、岡沢美枝子ではなく、脚の悪い美術教師がいたのだ！

三〇年の時間を経て、いま私の肚《はら》の底に蟠《わだかま》る、黒く燃えあがるこの感情は何なのだろう？　嫉妬なのか。嘆きなのか。虚仮《こけ》にされた憤怒なのか。

私には見える。冷えたコンクリートに汗とカルキが染み付いた臭気のなかで抱き合う二つの影が。高窓から入り込むピアノの響きを聴きながら、甘たるい言葉を囁き交わし、淫靡に笑う二つの顔が。

「また弾いているな」煙草を銜えた影がいう。

「あんな下手っぴじゃ、ピアノが泣いちゃうよ」白い顔がいう。

私にはそれがありありと見える。もちろん妄想だ。妄想で悪ければ想像だ。しかし、見えるものと、見たものは、どこが違うのだろう？　実際に見たもの、見たはずのもの、そのほとんどを私は忘れてしまっている。それをいま見ることはできない。だとしたらそれらは私にとって存在しないのと同じだろう。逆に、いま見えるのだとしたら、それは私にとって、あるものではないのか？

あの夜の、修人の弾く《幻想曲》を、私は三〇年のあいだ聴き続けてきたし、いまもそれを聴くことができる。月下の煌めく宝石のような演奏を。一度限りの奇蹟の演奏を。修人から手ひどく裏切られたと知ったいまも、その神秘の結晶のような美しさは変わらない。たとえあれが、悪魔が修人の姿をとって演奏したのだとしても！

いや、あるいは、あれは、悪魔——か何か知らないが、この世ならざる何者かが描いてみせた幻影だったのだろうか？　もちろんそれでかまわない。それでいい。私が反芻する音楽の素晴らしさはそれで損なわれはしないのだから。

しかし、修人はどうなのだろう？　あのとき、修人は本当にシューマンを弾いたのだろうか？

これもいまとなっては意味のない問いなのだろう。しかし、なお私は問わざるをえない。問わざるをえないと感じる。

＊

あのとき、永嶺修人は、実在したのか？　それとも

#

#

#

前略お許し下さい。

突然の手紙に驚かれたことと思います。

高校時代に先生にお世話になった里橋優の妹の恵子です。現在は結婚して姓が宮沢に変わり、福岡に住んでおります。先生とは、わたしが高校生だったとき、何度かお目にかかっております。

学校を退職された先生が、北海道の穂別町に陶芸と木版画の工房を開かれたのは存じておりました。その後、東京に戻られて、高尾の高齢者施設に入られたと知り、迷いはあったのですが、思いきって手紙を差し上げました。

御存知のように、兄は音大を中途退学したあと、医大に入り直し、医師をしておりました。一度結婚して、離婚したあと、転勤を繰り返し、最近では川崎の病院に勤務しながら横浜で暮らしておりました。それが先月のはじめ頃、急に姿を消しました。もともと気楽な一人暮らしですので、ふらりと旅行に出ることなどもあったようなのですが、病院に連絡もせずにというのはおかしく、実家へ連絡が参りました。

父はだいぶ前に亡くなり、実家には母が一人で住んでおりましたが、からだの具合がよくないと申しますので、わたしが兄の横浜のマンションへ参りました。事情を伝えて、管理人から鍵を開けてもらい、そこでわたしは、兄の机の上に、ノートがあるのを見つけました。【ダヴィッド同盟】Ⅰ〜Ⅵと表紙に題の書かれた六冊のノートには、わたしにも見覚えがありました。高校時代の兄が鹿内さんと二人ではじめた、音楽評論サークルの回覧ノートです。鹿内さんが亡くなられたとき、兄が受け取って、実家の押し入れに仕舞ってあったものを持ち出したのでしょう。他にも昔のレコードや楽譜などが、マンションにはありました。

ノートをぱらぱらとめくってみて、最後の六冊目だけが最近になって書かれたことにわたしは気がつきました。どうやら兄は、それを書いた直後に失踪したようなのです。一緒にお送りしたのは、そのコピーです。

読んでいただけばわかるとおり、内容はひどく不思議なものです。ですが、兄の失踪と、この手記に関係があることは、間違いないと思われます。

実を申しますと、兄は先生のところへ行ったのではないかと、最初にわたしは考えました。施設の方にお電話すると、兄らしい人は来ていないとのことでした。今後、兄がそちらへうかがう可能性はあると思います。手紙を差し上げたのは、そのことを申し上げておこうと考えたからです。

しかし、わたしが手紙を書いたのは、他に理由があります。とうに時効を迎えているでしょうから、率直にお尋ねいたします。一九七八年に兄の高校で起こった、女子高校生殺人の真犯人は、この手記にあるように、先生なのでしょうか？

このことは、長い間、わたしのなかでもやもやとしていた疑問でもあります。もしも可能であるならば、YESかNOだけでもご返事を頂きたいのです。失礼は承知です。そのうえでお願いしたいのです。もちろん、その御返事を見て、わたしが何かしようというわけではありません。けれども、このままでは気持ちがはれず、また失踪した兄のことを考えるとき、ぜひとも真相を知りたいと思うのです。

手記の中に出てくる「永嶺修人」は、いうまでもなく兄の分身です。

先生は御存知だと思いますが、兄が高校生のとき、ハンナ・マーレ・コンクールで優勝した永嶺まさと氏が、兄の高校へ入学してくるという噂がありました。

アメリカから戻った永嶺まさと氏が、八王子に住んだのは事実で、兄がずいぶんと昂奮していたのを覚えております。結局、永嶺氏は入学してこず、別の学校へ行かれたのですが、兄は永嶺氏の動向にはずっと注目して、コンサートにも行っておりました。武蔵野市民ホールの演奏会のあとでは、レストランかどこかで御一緒したことなどもあったようです。実際に会った永嶺氏にはあまりいい印象を持たなかったようで、ずいぶんと子供っぽい話し方をする人だったと、兄がいっていたのを覚えております。

永嶺まさと氏が指に怪我を負い、ピアニスト生命が危ぶまれているという話が伝わったときには、兄は自分のことのように青ざめておりました。永嶺まさと氏は指を切断するほどの絶望的な事故にあった、という話はたしかに当時あって、わたしも驚いたのですが、実際には、永嶺氏が、アメリカへ戻るに際し、指を切断してしまったと、冗談半分の手紙を誰かに書いて、話が広がったようです。永嶺まさとという人は、たえず冗談を口にしているような人だともききました。

しかし、実際、怪我はかなりひどいもので、ピアニスト生命が危なかったのは事実のようです。永嶺まさと氏は、アメリカで演奏活動に復帰したものの、やはり怪我のせいもあるのか、その後は音楽からは離れてしまったとききました。

一方で、兄は、永嶺まさと氏をモデルに、当時、鹿内さんとはじめていた「ダヴィッド同盟」の一員として、「永嶺修人」を作り出しました。これはシューマンが「ダヴィッド同盟」を作り、フロレスタンやオイゼビウスといった架空人物に仮託して評論活動をしたのにならったものでしょう。「修人」はもちろん、シューー修、マンー人の洒落です。「修人」で「まさと」と呼ばせるのは、知り合いにそういう名前の方があったようです。兄は自分の名前と「永嶺修人」の両方を使い、ノートにいろいろと音楽のことについて書いていったわけです。分身というのは、つまり、そういう意味です。

【ダヴィッド同盟】のV――高校から浪人時代の兄と鹿内さんの書いた回覧ノートの一番最後には、「永嶺修人」が指を切断してしまう顚末が、ちょっと小説風に書かれています。これは、さきほども述べたように、永嶺まさと氏の「事故」のことがあったからでしょう。ノートは「永嶺修人」が指を失くしたところで終わっています。

兄がこの手記を書きはじめた動機は、おそらく、実家に仕舞ってあったノートを、あらためて読んだことにあると、わたしは想像します。兄はそれを読むことで、あの頃のことを、いっぺんに思い出したのではないか。実際に、手記には、ノートに書かれた議論や出来事が、そのまま出てくるところも多くあります。

あの頃の兄は、本当に音楽に打ち込んでおりました。ピアノもそうですが、音楽に関する本もいろいろ読んで勉強していました。兄はとくにシューマンが大好きで、「永嶺修人」は、兄のシューマンへの想いが結晶した人物だったと思います。兄のなかでは「永嶺修人」は本当に生きている人物だったのであり、三〇年の時間が経つうちに、いよいよ実在感を深めていったことは、なにか想像できる気がいたします。

それで、あの事件です。わたしは当時から、兄や鹿内さんがかかわったあの事件に何ともいえない不審を抱いておりました。兄の手記にもありますように、佳美さんの別荘に遊びに行ったとき、わたしが推理を述べたことを先生は覚えておいでてでしょうか？　あのときは、わたしなりに、事件を解決したいと、密かに意気込んでいたのです。

ちなみに、わたしたちが別荘へ遊びに行った七月二三日を、手記のなかで兄は「永嶺修人」の誕生日だとしていますが、この日付は、「ダヴィッド同盟」に「永嶺修人」が加わった日、つまり兄がはじめてその筆名で文章を書いた日です。

あの日の夜、佳美さんに兄が刺される事件が起こって、推理どころではなくなりました。兄の手の怪我は大したことがありませんでしたが、佳美さんとは仲良くしていたので、わたしには大変なショックでした。さらには、まもなく佳美さんが自殺してしまい、二重にショックを受けました。わたしは暗い穴に落ち込んだような気持ちになり、そこから抜け出すには長い時間がかかりました。

大学に入った兄が新しい女性とおつきあいをはじめ、佳美さんに別れ話を持ち出したことが、ああいう結果を招いたのだと、当時のわたしは理解していました。けれども、兄の手記を読んだいま、そうではなかったと考えはじめています。

手記のなかでは、先生と「永嶺修人」が「恋人」となっております。しかし、「永嶺修人」が兄の分身であるとしたら――と考えるのをわたしはとめられません。もし間違っていたなら、これほど失礼なことはありませんが、そのときは、馬鹿な女の妄想だとお笑い下さい。

単刀直入にお伺いします。先生と兄は「恋人」同士だったのではありませんか？　そして、あの夜、プールの更衣室には、先生と兄がいたのではありませんか？

もう一つ。もっと恐ろしい疑問があります。ここまで書いた以上、書いてしまうほかありません。

蓼科の別荘から戻ってすぐ兄は北海道へ旅行しましたが、どこかで（手記では函館となっています）先生と合流すると兄はいって家を出ました。その旅行中に、蓼科の別荘で佳美さんが自殺したのですが、あのとき先生と兄は、蓼科へ回ったのではないですか？

と申しますのも、旅行から戻った兄の財布から出てきた領収書を何気なく見たとき、軽井沢のレストランのものがあるのにわたしは気付いたのです。領収書の日付は八月の何日かで、北海道から信州方面へ回ったんだなと、そのときは何気なく考えただけでした。佳美さんの遺体は、亡くなって二週間も経ってから、掃除に来た人が発見したわけで、その報せを聞いたときは、ただうろたえるばかりで何も考えられず、佳美さんの自殺と兄の財布の領収書を結びつけて考えることもしませんでした。

けれども、兄の手記を読んだいま、結びつけないわけにはいかない。ここでも単刀直入にお尋ねします。佳美さんの死に、先生と兄は直接の関係があるのでしょうか?

いろいろ申し上げました。繰り返しになりますが、YESかNOの形でご返事いただけたら幸いです。もしも、まったくの見当外れであった場合は、深くお詫び申し上げます。これも繰り返しになりますが、御返事を得て、わたしがどうこうすることはいっさいありません。すべては遠い過去のできごとです。

それでも手記を読んで、わたしはあらためて知ったり考えたりしたことがたくさんありました。一つだけ申し上げるなら、手記のなかで「永嶺修人」は神経の病にかかっていると告白しておりますが、いまにしてわたしは、兄が似たような病(それほど重いものではないにせよ)にかかっていたと思うのです。兄が音大を急にやめたとき、佳美さんを自殺させてしまったことが原因だろうと、わたしは考えました。それでも、あれだけ好きだった音楽から離れてしまったことには、なにか納得できないものが残っていました。たとえピアニストにはなれなくとも、評論とか研究とか、兄は必ず音楽関係の仕事をしていくだろうと考えていたからです。しかし、それも「病」ということを思えば、理解できる気がいたします。医大に入ったのも、自分の病気を治そうという動機があったのかもしれません。

しかし、いまさら理解しても仕方がないのでしょう。わたしは兄はもう帰ってこないような気がするのです。

このことはわたしの胸ひとつに仕舞っておこうと思っていたのですが（だから警察にも誰にもいっていません）、わたしが兄のマンションで見つけたものがもう一つあったのです。

それは、指です。中指か薬指か、第二関節から先の部分を切り取ってビニール袋に入れたものが、「ダヴィッド同盟」のノートの上に置いてあったのです。指は腐っておらず、簡単な防腐処理がしてあるようでした。おそらくは、失踪前に兄が自分で切り取って、そうしたのでしょう。

これは、手記と並べてみたとき、明らかに錯乱の証拠とみなされるでしょう。わたしもそう思います。けれども、わたしは、その指が、三〇年前の出来事に、罪を償う、といった単純なことでなく、何かしらの決着をつけるべく、兄がそこへ置いたように思えるのです。何をどう決着つけたのか、その意味はわたしには分かりませんが。
何年も会っていなかったこともあるのでしょうが、わたしには兄がなぜだか、すでに過去の人間であるかのように思えます。兄はどこか知らぬ場所に去り、最後に、この世界に生きていたことの証拠として、一種の署名として、指を残した、そんなふうに感じるのです。

かしこ

宮沢恵子（旧姓　里橋）

吾妻豊彦様

本書の執筆にあたっては、我が旧友である、ピアニスト椎野伸一氏の助言を得ました。深く感謝します。

著者

参考文献

M・シュネデール『シューマン　黄昏のアリア』千葉文夫訳、筑摩書房、一九九三年
前田昭雄『シューマニアーナ』春秋社、二〇〇三年（新装版）
門馬直美『シューマン』春秋社、二〇〇三年
岸田緑渓『シューマン　音楽と病理』音楽之友社、一九九三年
吉田秀和『吉田秀和作曲家論集4　シューマン』音楽之友社、二〇〇二年
M・ブリオン『シューマンとロマン主義の時代』喜多尾道冬・須磨一彦訳、国際文化出版社、一九八四年
J・チセル『シューマン／ピアノ曲』（BBCミュージックガイドシリーズ12）
千蔵八郎訳、東芝EMI音楽出版、一九八二年
藤本一子『シューマン』（作曲家　人と作品シリーズ）音楽之友社、二〇〇八年
シューマン『音楽と音楽家』吉田秀和訳、岩波文庫、一九五八年

※本書は書き下ろし作品です。

奥泉　光（おくいずみ・ひかる）

一九五六年、山形県生まれ。国際基督教大学教養学部人文科学科卒業。

同大学院修士課程修了（博士課程中退）。現在、近畿大学教授。

一九九三年『ノヴァーリスの引用』で野間文芸新人賞、
一九九四年「石の来歴」で芥川賞受賞。

二〇〇九年『神器　軍艦「橿原」殺人事件』で野間文芸賞受賞。

『葦と百合』『バナールな現象』『『吾輩は猫である』殺人事件』『グランド・ミステリー』

『鳥類学者のファンタジア』『浪漫的な行軍の記録』『新・地底旅行』

『モーダルな事象　桑潟幸一助教授のスタイリッシュな生活』など著書多数。

シューマンの指《ゆび》

二〇一〇年七月二三日　第一刷発行

著者　奥泉《おくいずみ》 光《ひかる》
装丁者　帆足英里子
発行者　鈴木 哲
発行所　株式会社講談社
〒一一二―八〇〇一　東京都文京区音羽二―一二―二一
出版部　〇三―五三九五―三五〇四
販売部　〇三―五三九五―三六二二
業務部　〇三―五三九五―三六一五
印刷所　凸版印刷株式会社
製本所　島田製本株式会社
定価はカバーに表示してあります。

ISBN978-4-06-216344-6　Printed in Japan